변신 2

변신 2

초판1쇄 인쇄 | 2018년 2월 1일
초판1쇄 발행 | 2018년 2월 5일

지은이 | 이원호
펴낸이 | 박연
펴낸곳 | 한결미디어

등록일자 | 2006년 7월 24일
등록번호 | 제25100-2006-152호
주소 | 서울시 마포구 모래내로 83 한올빌딩 6층
전화번호 | 02 · 704 · 3331
팩스번호 | 02 · 704 · 3330

ISBN 979-11-5916-072-1 979-11-5916-070-7(set)   04810

변신

② 사라진 세상

이원호 장편 환상무협소설

한결미디어
HANGYEOL
MEDIA

목 차

5장 신인간

10분 후, 국정원 특작팀장 윤준기가 국과수에 파견 보낸 2팀장 서문혁으로부터 보고를 받는다.

"김광수 박사가 살해되었습니다!"

서문혁이 가쁜 숨을 고르더니 한 마디씩 겨우 말을 뱉었다.

"칩도 없습니다!"

"…"

"가져간 것 같습니다!"

"…"

"연구원 4명이 살해되었고 별관 안에서 경비하던 특작팀 요원 6명도 피살되었습니다."

"…"

"그런데…"

어금니를 문 윤준기는 듣기만 했고 서문혁이 말을 이었다.

"CCTV에도 놈들이 침입한 흔적이 없습니다! 그리고 놈들은 잔인하게….”

서문혁이 이 사이로 말했다.

“모두 목을 자르고 내장을 꺼냈습니다!”

“핵 따위는 문제가 아냐.”

최희연이 강호상에게 말했다.

“이제는 신인간으로 세상을 정복할 테니까. 신인간의 주체(主体)는 조선인민공화국이고 신인간 세상의 영도자는 위대하신 장군님이야.”

“그렇습니다.”

강호상이 어깨를 펴고 맞장구를 쳤다.

“신인간 세상을 위해 목숨을 바치겠습니다, 감독관 동지.”

“칩은 빼앗았지만 간발의 차이로 자료가 국정원으로 넘어갔다.”

최희연이 찌푸린 얼굴로 말했다.

“남조선 정부는 이제 신인간의 존재를 알고 있다고 봐야 된다.”

강호상은 침묵했고 최희연의 말이 이어졌다.

“특작팀이 구성되었지만 아직 장님이나 다름없어. 우리 신인간의 감별법도 찾지 못한 상태에서 우리가 회수해 왔으니까.”

“잘 하셨습니다, 영웅적인 공적입니다.”

최희연이 칩을 탈취해 온 것이다. 혼자 국과수에 들어가 국정원의 경호 병력을 돌파하고 칩을 탈취해 왔다. 칩을 연구한 김광수 박사와 연구원 넷도 살해했다. 엄청난 능력이다. 그때 쓴웃음을 지은 최희연이 말을 이었다.

“지시가 내려왔어.”

강호상이 긴장했다. 이곳은 영등포역 2층 커피숍 안이다. 테이블은 손님으로 가득 찼고 떠들썩했지만 둘은 거침없이 이야기를 주고받는다. 그것은 둘이 입만 달싹였을 뿐으로 목소리는 내지 않기 때문이다. 입술 움직이는 것만으로도 말을 알아듣는다. 그만큼 둘은 신인간의 고등급(高等級)이다.

"데모대에 섞여 간접적으로 남조선 정권을 전복시키려는 작전은 취소다. 지금부터 직접 싸운다."

최희연의 얼굴에 웃음이 떠올랐다. 남들이 보면 20대의 여자가 30대쯤의 사내에게 다정한 이야기를 하는 것 같을 것이다.

"어떻게 말입니까?"

"3등급이 지휘하는 유격대가 각개 격파를 하는 거야."

강호상이 숨을 들이켰다. 자신이 3등급인 것이다. 최희연의 표정이 차가워졌다.

"총지휘는 나야. 그리고 조직은 말해 줄 수 없어, 넌 네 조만 맡아서 내 지시대로 움직이기만 하면 돼."

"예, 감독관 동지."

"네 조원은 20명이야. 이제부터 너희들은 유격대로 부른다. 넌 12유격대장이다."

최희연의 지시는 추상같다.

"비상사태입니다."

장한용 국정원장이 이성국 대통령에게 보고했다. 국가비상안보회의가 개최되고 있다. 그러나 비밀, 비공개 회의여서 언론에도 철저히 연막을 쳤다. 오전 3시 반, 청와대의 지하 벙커 안이다.

안보회의에는 총리와 국방, 내무, 외무장관, 3군 참모총장과 기무사,

특전사령관, 경찰청장과 서울청장, 그리고 국정원장과 제1차장까지 참석했다. 국가비상사태인 것이다.

방금 장한용은 1차장 박형수를 시켜 신인간이 국과수에서 분석 중이던 국과수 연구원들과 국정원 요원들을 무참하게 살해한 것까지 보고를 했다. 보고를 들은 대부분이 그야말로 아연해진 얼굴로 긴장하고 있다. 이런 식으로 북한이 침공해 올 줄은 누구도 예상하지 못했기 때문이다. 그때 대통령이 입을 열었다.

"칩의 분석 자료는 메일로 받았지요?"

"예, 대통령님."

장한용이 서둘러 대답했다.

"칩은 다시 빼앗겼지만 분석한 자료는 다행히 보낸 후였습니다, 그래서 그것을 토대로 더 연구를 해야…."

"분석 자료에 나온 결과만으로도 이것은 엄청난 사건입니다. 북한은 도발해 온 겁니다."

대통령의 목소리가 굵어졌다.

"지금 연구를 더 할 때까지 기다릴 여유가 없는 것 같아요, 그렇지 않습니까?"

"그렇습니다."

국방장관 나호경이 말을 받았다. 육참총장 출신의 나호경이 대통령을 보았다.

"각하, 전군(全軍)에 비상대기령을 선포하고 북한에 경고를 보내고 이 사실을 미국 측에 즉각 통보해야 된다고 생각합니다."

"동의합니다."

총리 엄상섭이 바로 나섰고 외교, 내무장관도 동의했다. 대통령이 머

10

리를 끄덕였다.

"일단 미국 대사와 한미연합사령관 맥그루더, 그리고 미국 대통령한테도 급전을 보내도록 합시다."

대통령이 말을 이었다.

"만일 북한이 신인간을 침투시켰다는 소문이 퍼지면 사회는 격심한 혼란에 휩싸이게 될 것입니다, 그러니 지금 즉시 기존의 특작팀을 강화시켜 신인간에 대비해야 될 것입니다. 그것을 오늘 결성합시다."

"청와대에 다 모였습니다."

7유격대장 전성복이 보고했다. 전성복은 현재 대학 강사다. 머리의 칩이 5등급에서 3등급으로 격상되어서 능력은 물론 충성심도 몇 배나 상승된 상태다. 30대 중반의 나이에 잘생긴 용모에 부하 20명을 지휘하고 있다. 전성복이 말을 이었다.

"제가 별관까지 잠입했다가 돌아왔습니다. 안은 철문을 3개나 통과해야 되었기 때문에 들어가지 못했지만 문밖에서 참석자는 모두 파악했습니다."

전성복이 번들거리는 눈으로 최희연을 보았다.

"국가비상회의여서 대통령 이하 고위급은 다 모였습니다. 지금 청와대로 진입하면 끝납니다."

"그만."

말을 자른 최희연의 얼굴에 쓴웃음이 떠올랐다.

"네 지능은 업그레이드가 안 되었어, 그러니까 작전에 대해서는 왈왈대지 않는 것이 낫다."

"왈가왈부라고 합니다."

전성복이 대답한 순간이다.

"철썩!"

머리가 한쪽으로 돌아갈 정도로 귀싸대기를 맞은 전성복이 눈을 치켜떴다. 그러나 최희연은 테이블 건너편에 그대로 앉아 있다. 그 옆쪽에 앉은 '집행관'은 여전히 시선을 내린 채 이쪽을 보지도 않는다. 귀빰을 맞은 볼이 화끈거려 전성복이 손바닥을 뺨에 붙였다. 그때 최희연이 말했다.

"말대답하지 마라."

"전 적절한 단어를 말씀드린 것입니다."

기어코 전성복이 말대답을 또 했을 때 옆에 앉은 집행관이 우물거리듯 말했다.

"성격 개조 칩은 현재 연구 중입니다. 지금은 어쩔 수가 없습니다."

어깨를 부풀렸다가 내린 최희연이 전성복에게 경고했다.

"넌 시킨 일만 해, 알았나?"

"예, 감독관 동지, 그런데 어떻게 절 때리신 것입니까?"

"이렇게."

다음 순간 전성복은 다른 쪽 귀싸대기를 맞았다. 눈을 똑바로 뜨고 있었는데도, 그리고 시력이나 운동신경이 5등급이었을 때와 비교해서 3배쯤 상승이 되었는데도 속수무책으로 맞았다.

머리가 반대쪽으로 돌아갔고 눈에 눈물이 핑 고였다. 그런데 최희연은 그 자리에 그대로 앉아 있는 것이다. 전성복이 얼얼한 뺨을 손바닥으로 감싸 쥐고 감탄했다.

"대단하십니다, 감독관 동지."

"지금 한국 지도층을 몰사시키면 대혼란이 일어난다, 그럼 그것을 수습하는 것이 더 어려워. 이해가 가나?"

"그건 그렇습니다만…."

"우리는 피해를 최소화하면서 한국 정부를 전복, 흡수하려는 것이다, 알겠나?"

"알 것 같습니다."

"너처럼 어설픈 지식을 갖고 있는 놈이 더 골치 아픈 존재다, 그러니 앞으로는 이유를 묻지 말고 따르도록, 알았나?"

"예, 명심하겠습니다, 감독관 동지."

최희연이 손목시계를 보면서 자리에서 일어섰다. 오전 4시가 되어가고 있다. 이곳은 시청 앞 임페리얼 호텔, 청와대가 가깝다.

박영준이 대한대 의대 연구실의 책상에 앉아 있다. 이 연구실은 학장 유근만의 개인 연구실로 유근만이 사재를 내어 설치한 곳이다. 지금 유근만은 해외 출장 중이어서 연구실이 비었다.

오전 5시, 새벽 2시에 이곳에 온 후 정상 시간으로는 3시간이 지났지만 박영준에게는 1개월쯤이 지났다. 그동안 아래층 식당에 내려가 음식을 먹고 유근만의 샤워실도 이용했지만 한 달 동안 자르지 못한 머리털과 수염이 덥수룩했다.

이윽고 컴퓨터 화면을 응시한 박영준이 머리를 끄덕였다. 지난번 칩을 빼냈을 때 박영준은 서초경찰서 보관함에서 잠시 가져와 분석해놓았던 것이다. 그 자료를 갖고 있었기 때문에 이번에는 칩을 착용한 신인간의 분별법과 대처 요령, 그리고 신인간의 능력에 대해서 더 치밀하게 연구했다.

박영준의 지식은 머릿속에서 지금도 '확장 중'인 것이다. 그래야 북한이 개발한 신인간의 칩에 대해 대응할 수 있다.

"10명이 무참하게 학살당한 내용이 밝혀지면 사회는 대혼란이 일어날 것입니다."

총리 엄상섭이 대통령 이성국에게 보고했다. 이곳은 지하 벙커의 대회의실 옆 대통령 대기실 안이다. 방안에는 이성국과 엄상섭, 국정원장 장한용까지 셋이 모여 있다. 지금 다른 각료와 군 지휘관들은 특작군(軍) 편성에 열중하고 있다. 엄상섭이 말을 이었다.

"당분간 국과수 별관의 참상은 보도하지 않는 것이 나을 것 같습니다."

"제 생각도 그렇습니다."

장한용이 거들자 이성국이 머리를 끄덕였다.

"그렇게 합시다. 하지만 그자들이 어디까지 나올지 불안하군."

"그자들 목표는 대한민국 전복입니다."

엄상섭이 바로 대답했다. 전체 회의에서는 삼가고 있었지만 지금은 주관적인 개인 의견을 다 털어놓을 수 있는 자리다. 대통령은 공적, 사적인 이야기를 다 듣는 성품이다. 엄상섭의 목소리가 높아졌다.

"제가 각료 회의 때는 말씀 못 드렸지만 우리도 상응하는 보복을 해야 됩니다, 그렇지 않으면 그자들은 더 나갑니다."

그때 문이 열리더니 비서관이 들어왔다.

"각하, 미국 대통령 전화입니다."

비서관이 내민 전화기를 받아든 이성국이 심호흡부터 했다. 엄상섭과 장한용은 숨을 죽였다. 이성국이 입을 열었다.

"예, 이성국입니다."

영어로 직접 이야기하는 것이다. 스피커로 연결되어서 곧 미국 대통령 패터슨의 목소리가 울렸다.

"각하, 보내주신 칩에 대한 정보를 받았습니다. 이것은 핵보다 더 심각한 사건입니다."

패터슨의 목소리는 날카롭다. 굳어져 있기도 하다.

"그 칩 분석을 위하여 우리 과학자를 보내도 되겠습니까? 우리 CIA와 국토방위부는 이것이 인류 역사상 가장 충격적인 사건이라고 합니다."

스피커로 전환한 패터슨의 목소리가 방을 울렸다. 엄상섭과 장한용도 영어가 유창한 터라 얼굴이 굳어졌다. 이성국이 굳어진 얼굴로 말했다.

"각하, 그 칩을 빼앗겼습니다. 다행히 분석 자료를 메일로 보낸 직후에 국과수가 습격을 받은 것입니다. 경비하던 요원들이 죽고 박사 3명이 무참하게 피살을…."

"칩을 빼앗겼단 말입니까?"

되묻던 패터슨의 목소리가 비명 같았다.

"아니, 그럼 그 자료는…."

"더 연구를 해야 대처 방법을 알 수 있었는데 칩을 빼앗겨서…."

"심각하군요, 대통령 각하."

"현재 국가비상사태를 운용하려고 합니다. 다만 당분간 사회에 혼란을 줄 것 같아서 비밀리에 운용할 것입니다."

"미군이 적극 협조할 것입니다."

그러더니 패터슨이 서둘러 말을 이었다.

"지금 즉시 연구진, 조사단이 파견될 것입니다."

통화가 끝났을 때 이성국이 지친 얼굴로 둘을 보았다. 책임자인 국정원장 장한용이 서둘러 시선을 내리고 있다.

오피스텔 안, 오전 7시 10분, 박영준이 안으로 들어서자 소파에 쪼그리고 누워 잠이 들었던 유영화가 놀라 일어섰다. 박영준은 유영화가 도착하기 전에 오피스텔 키를 경비실에서 찾아가라고 해놓고 대한대 의대 연구실로 갔던 것이다.

"바쁜 일이 있었어."

창가로 다가선 박영준이 가져온 가방을 내려놓으면서 말했다.

"침대에서 자라니까 왜 소파에서 잤어?"

"어떻게 남의 침대에서 자요?"

유영화가 눈을 흘겼다.

"앞으로 넌 여기서 자. 난 다른 방을 얻어서 나갈 테니까."

"또 방을 얻어요?"

"여기는 사무실 겸 네 숙소로 써."

"아저씨는요?"

"나 아저씨 아냐."

박영준의 얼굴에 쓴웃음이 번졌다. 머릿속의 온갖 지식으로 따지면 1백 살 먹은 할아버지라고 해도 될 것이다. 그러나 그는 22살짜리 박영준의 화신(化身)이다. 신경과 피부, 근육을 강화시켜 다른 모습으로 되었지만 나는 익산 배차장파의 병신(病身) 박영준이 변신(變身)한 몸인 것이다. 그때 유영화가 다시 물었다.

"그럼 뭐라고 불러요?"

"좋을 대로."

"그럼 오빠라고 부를게요."

"좋아."

머리를 끄덕인 박영준이 유영화를 보았다. 호칭은 상관없다. 지금 상황이 절체절명의 위기, 국가가 전복되기 전의 상황이라는 것을 어떻게 설명한단 말인가?

그것에 대비하려고 유영화도 불렀고 익산에서 우선 고갑수와 장용만도 불렀다. 부동산 사무실에서 일하던 오수연까지 끌어들였다. 영문도 모르고 들떠 있는 유영화를 보면서 박영준의 머릿속이 분주해졌다.

특작팀이 개편되었다. 확대되고 더 치밀해졌으며 강해졌다. 그러나 바람 빠진 커다란 튜브 같다. 이것이 특작팀 경찰조장(組長)이 된 최경태의 생각이다. 특작팀의 총지휘는 국정원장 장한용, 휘하에 군(軍)과 국정원, 경찰로 이루어진 3개 조가 편성되었는데 각 조(組)의 인원 편성은 다르다.

군(軍)은 특공대 250개 팀, 1개 사단 병력이 특작팀의 주력(主力) 역할을 했고 국정원과 경찰은 정보 수집과 별동대 역할을 한다. 그래서 부지휘관이 특전사령관 차병돈이다.

오전 8시 5분, 최경태가 핸드폰의 진동을 보았을 때는 특작조 회의 중이었다. 경찰 특작조는 보강되어 10개 반 300명으로 편성되었는데 최경태는 이번에 경정으로 특진되었다. 공(功)은 별로 없었지만 신인간을 가장 먼저 접촉했고 칩을 잠시나마 확보했던 당사자였기 때문이다.

경찰청장 이기수가 승진시킨 것이다. 서초 경찰서가 특작조 본부 역할이었고 최경태가 지휘하던 강력1반이 본부 사무실로 쓰였는데 강력1반은 모두 특작조로 편성되어서 다른 업무는 다른 조에 다 넘겼다.

"누구야?"

진동이 계속되었기 때문에 짜증을 낸 최경태가 핸드폰을 노려보며 투덜거렸다. 모르는 번호다. 아는 번호면 진즉 받았다. 마침내 최경태가 핸드폰을 귀에 붙였다.

"여보세요."

"바쁘신 모양이오."

사내의 목소리에 이맛살을 찌푸렸던 최경태가 숨을 들이켰다. 귀에 익은 목소리다.

"누구요?"

"목소리가 귀에 익지 않으쇼? 성심병원 영안실 뒤에서…."

"아, 김장규 목소리!"

"감찰대장 김장규, 4등급 칩, 내가 죽였소."

"아!"

감동한 최경태가 앞에서 긴장한 반장들에게 손가락을 입에 붙여 조용히 하라는 신호를 하고는 재빠르게 녹음 버튼을 눌렀다.

"그렇군, 당신이 김장규가 아니었어. 당신을 목을 빼고 기다리고 있었어."

"그 정도요?"

"뭐, 뭐가 말이오?"

"목을 빼고 기다릴 정도밖에 안 되냐고?"

"그, 그거야."

마른침을 삼킨 최경태가 서둘렀다.

"전화 주셔서 고맙습니다. 당신 때문에 우리가 그놈들 존재를 알게 된 것이나 마찬가지요."

18

"내가 국민저항운동 조현철 실장한테 전화한 장본인이라는 것도 이젠 아시겠지요?"

"압니다, 알고말고요."

"그런데 칩을 국과수에서 빼앗기셨더구먼요."

"어, 어떻게 아십니까?"

국과수 살인 사건은 경찰과 정보기관이 그야말로 죽을힘을 다해 덮어 놓고 있는 중이다. 국민들은 칩은커녕 살인 사건도 모르는 것이다. 그때 전화기에서 입맛 다시는 소리가 울렸다.

"그쯤은 일도 아니요. 그것보다 놈들이 몇 단계 빨리 움직이는 것이 문제요."

"만납시다, 그래서 좀 도와주시오. 지금 최고위층에서도 당신을 기다리고 있습니다."

"지금 놈들이 어디까지 침투했는지 알 수가 없어요. 특작팀 내부에 잠입해 있을지도 모릅니다."

최경태가 숨을 죽였고 사내의 말이 이어졌다.

"곧 나타나지요."

핸드폰을 귀에서 뗀 박영준이 복도의 창가에서 몸을 떼어 방으로 들어섰다. 8시 20분, 오피스텔 안에는 이제 고갑수와 장용만, 오수연까지 와 있었기 때문에 넷이 모였다. 그러나 넷 모두 소, 양, 닭, 말이 모여 있는 것처럼 제각기 딴전을 피우거나 외면하고 앉아 있다.

소하고 말 같은 고갑수와 장용만은 소파에 붙어 앉아 있었지만 어색해서 억지로 하품까지 했다. 그러다가 박영준이 들어서자 모두의 시선이 모여지기는 했다.

박영준이 소파에 앉은 넷을 차례로 둘러보았다. 방금 최경태한테 전화를 하고 온 참이어서 몸과 머리에 국가대사(國家大事)로 가득 차 있었지만 그 일을 함께 할 앞에 앉은 넷을 보니까 갑자기 한심해졌다. 헛웃음이 나오려고도 했다. 그러나 천리 길도 한 걸음 부터다. 박영준이 헛기침을 했다. 그러고는 자신을 응시하는 네 쌍의 시선을 받은 채 입을 열었다.

"잘 들어, 그리고 듣고 나서 이 일을 나하고 함께 할 것인가 아닌가를 대답해라."

"병들어서 죽는 나무 보았지?"

감독관 최희연이 차분한 표정으로 물었다.

"꿈쩍 않고 선 채로 병사(病死)하는 나무 말이야."

"예. 본 적 있습니다."

12유격대장 강호상이 대답했다. 오전 9시, 방배동 도롯가의 편의점 안에서 둘이 창밖을 내다보며 대화 중이다. 최희연이 말을 이었다.

"그런 방법으로 남조선을 멸망시킬 거야. 무슨 말인지 이해가 가나?"

"예, 감독관 동지."

"멸망시키기만 한다면 오늘 하루 안에도 끝장낼 수 있어. 내가 직접 청와대에 들어가 이성국의 머리통을 베고 각 유격대는 정부 요인, 군 지휘관, 경찰 간부들까지 한꺼번에 암살할 수 있으니까."

그렇다. 가능한 일이다. 강호상도 처음에는 그런 방법을 왜 쓰지 않느냐고 의문을 가졌었다. 데모대에 끼어서 데모를 격화시키면 뭘 하나? 신인간 몇 명이 남조선 지도자 몇 명만 암살하면 되지 않는가 하고 생각했었다. 그런데 지금은 이해가 간다. 감독관의 말이 맞다. 최희연의 말이 이어졌다.

"침투하고, 제거하고, 무마한다, 그래서 남조선의 인민은 물론 저 엄청난 재물까지 고스란히 우리가 집어 삼키는 거다."

"그렇습니다."

강호상이 가슴을 부풀리며 말했다. 이렇게 감독관 최희연은 각 대장을 불러 점조직 식으로 작전 명령을 하달하고 교육시킨다. 그리고 때로는 직접 작전에 뛰어들어 무자비하게 적을 도륙하는 것이다. 그때 최희연이 말했다.

"경찰조가 남조선 특작팀의 핵심이야. 강호상 동무, 네가 12조를 인솔하고 수괴를 없애라, 최경태란 놈이다."

"예, 알고 있습니다."

어깨를 부풀린 강호상이 대답했다. 작전 지시를 받은 것이다.

"우리가 무슨 힘으로요?"

북한의 신인간에 대해서 설명, 그리고 그들을 색출, 제거하는 데 경찰과 정부 기관과 협조해야겠다는 '일'에 대해서 이야기를 마쳤을 때 가장 먼저 오수연이 그렇게 물었다. 당연한 순서다. 그렇게 묻지 않는 것이 이상하다.

"내가 힘이 있기 때문이야."

마침내 박영준이 그렇게 대답했다. 오늘 처음으로 능력을 보여줄 때가 왔다. 인간은 보이는 것만 믿는다. 특히 제 목숨이 걸린 경우에는 더 그렇다. 인간의 본성이다.

박영준이 넷을 둘러보았다. 넷도 박영준의 시선을 맞받는다. 잠깐 방 안에 정적이 흘렀다. 그렇다. 정적의 시간, 그 순간 박영준이 마음을 굳히며 입을 열었다.

"난 빠르다."

시간을 '빨아먹는' 이야기는 하지 말자. 쉽게 이야기해야 알아듣는다. 그래야 감동도 빠르다. 예전의 박영준이었다면 이런 식으로 머리가 돌아가지 않았다. 박영준의 뇌 또한 변신한 것이다.

"너희들 소지품을 하나씩 손바닥 위에 올려놔봐, 하지만"

박영준이 쓴웃음을 지었다.

"꽉 쥐지는 마라, 그럼 손가락을 다칠 수도 있어."

그러자 넷이 주섬주섬 손바닥 위에 물건들을 올려놓았다. 오른쪽부터 오수연은 손바닥에 열쇠 뭉치를 놓았다. 유영화는 핸드폰, 고갑수는 500원짜리 동전이고 장용만은 멍청한 놈이 커다란 잭나이프를 놓았다.

손잡이가 15센티쯤 되어서 날이 펴지면 30센티는 될 것이다. 머리를 끄덕인 박영준이 뒤로 돌아서 창틀에 엉덩이를 붙이고 섰다. 그러자 그들과의 거리가 5미터쯤으로 떨어졌다. 손바닥을 편 채 넷이 박영준을 주시하고 있다.

"자, 눈 똑바로 뜨고 있어."

박영준이 정색하고 말했다.

"내가 너희들 손에 있는 물건들을 가져올 테니까."

넷은 모두 시큰둥한 표정이었고 특히 유영화는 쓴웃음까지 띠고 있다.

"자, 간다."

박영준이 말하자 유영화는 핸드폰을 쥐었다. 다른 사람들은 가만히 있다. 그 순간 박영준이 숨을 들이켰다. 그러고는 넷에게 다가가 손바닥 위에 놓인 물건들을 집고는 유영화한테서는 빼앗듯이 챙겼다.

그리고 유영화 손바닥에 마침 가슴 호주머니에 찔러둔 사인펜으로 '왜 말 안 들어? 쥐고 있지 말라니까' 하고 써 놓았다. 창가로 돌아온 박영준이 숨을 뱉는 순간 넷이 화들짝 놀랐다. 손에 쥐고 있던 물건들이 모두 박영준의 손으로 옮겨간 것이다.

"악!"

유영화가 제 손바닥을 보고는 비명을 뱉었다. 옆에 있던 오수연이 그것을 읽고는 숨을 들이켰다.

"이, 이게…"

놀란 장용만이 박영준이 쥐고 있는 제 잭나이프를 보면서 헛소리처럼 말했다.

"어, 어떻게…"

"내가 빠르다고 했잖아?"

"기가 막혀."

오수연이 박영준이 손에 쥐고 있는 열쇠를 보고는 얼떨떨해진 얼굴로 말했다. 다만 고갑수는 어깨를 부풀리면서 그것 보라는 표정을 짓고 있다. 탁자 위에 물건을 내려놓은 박영준이 넷을 둘러보았다.

"또 하나를 보여주마."

"뭘 말입니까?"

고갑수가 물었을 때 박영준이 정색했다.

"이제 하나씩 내 눈을 보면서 머릿속에 생각을 해라. 아무 생각이라도 좋아, 전혀 엉뚱한 생각을 해도 된다."

박영준이 넷을 둘러보며 말을 이었다.

"내가 그 생각을 알아맞혀주지. 물론 머릿속 비밀이니까 내가 따로 불러서 너희들이 무슨 생각을 했는지 말해주마."

"그래요."

유영화가 바로 대답했는데 얼굴이 굳어져 있다.

"해보세요."

오수연도 도전하듯 말했다.

"아무 생각이라도 하면 됩니까?"

장용만이 물었는데 아직 놀람이 가시지 않은 얼굴이다.

"그래, 상관없어."

머리를 끄덕인 박영준이 먼저 고갑수를 보았다.

"자, 너부터."

최경태는 대통령을 TV에서나 보았지 실물로, 더구나 2미터 앞에서, 더더구나 마주앉게 되리라고는 꿈도 꾸지 못했다. 이것도 다 그 초능력 사내 덕분이다. 그 사내 덕분에 진급도 한 데다 대통령 독대도 하게 된 것이다.

오전 10시 10분, 사내의 전화를 받고 바로 직속 라인인 경찰청장 이기수에게 보고를 했더니 특작팀 부지휘관 차병돈에게 연결되었고 1분도 안 되어서 특작팀 총지휘관인 국정원장 장한용이 호출을 했다. 그것도 청와대에서 호출이다. 대통령과 함께 보고를 듣겠다는 것이다.

이기수한테 보고한 지 10분 만에 이루어진 결정이고 30분 후에 지금 대통령 독대가 이루어지고 있다. 대단한 기동력이다. 그만큼 국가 초비상 사태인 증거다. 최경태의 보고를 다시 들은 대통령이 어깨를 부풀렸다가 내리면서 둘러앉은 관료, 특작팀 지휘부를 보았다. 청와대 안 벙커에는 잠깐 정적이 덮었다.

대통령, 국정원장, 특전사령관, 경찰청장, 국방장관까지 둘러앉아서 최경태의 이야기를 다 들었다. 이윽고 대통령이 최경태에게 말했다.

"그 사람이 다시 연락한다고 했단 말이지요?"

"예, 각하."

어깨를 편 최경태가 시선을 들어 겨우 대통령의 목 언저리까지 보았다.

"곧 나타난다고 했습니다, 각하."

"그 사람이 초인인가?"

대통령이 주위를 둘러보며 물었지만 대답하는 사람은 없다. 자기들끼리 있을 때는 '한국의 신인간' '초능력자' 등 별소리를 다 했지만 대통령 앞에서 말을 뱉었다가 책임을 지게 되는 수가 있다. 대통령이 길게 한숨을 쉬었다.

"이렇게 무기력할 수가. 이건 재래식 무기, 하다못해 핵무기도 필요 없는 새로운 형태의 전쟁이구먼."

모두 침묵을 지켰고 대통령이 다시 탄식했다.

"머리에 칩을 꽂은 무기가 나타나다니, 이렇게 될 줄 누가 예상이나 했단 말인가?"

최경태가 어깨를 부풀리면서 숨을 들이켰지만 제대로 뱉지도 못 했다. 대통령의 탄식이 안타깝게 보였기 때문이다.

손목시계를 본 강호상이 1조장 김동수에게 말했다.

"그럼 최경태가 외출에서 돌아오면 시작하기로 하지. 준비 되었지?"

"예, 대장님."

김동수가 차분한 얼굴로 길 건너편 서초경찰서를 보았다. 오전 10시 30분, 맑은 날씨다. 요즘은 데모 분위기가 느슨해져서 시민들은 데모가 끝나는 모양이라고 한다. 강호상은 경위 계급장을 붙인 경찰 제복 차림이다. 강호상이 말을 이었다.

"난 들어가서 준비하고 있을 테니까, 자, 그럼."

몸을 돌린 강호상이 길을 건너 경찰서로 다가갔다. 경찰서 정문 앞은 오가는 경찰, 일반인들로 분주하다. 강호상이 다가가자 경비를 서던 전경이 경례를 올려붙였다. 강호상이 머리만 끄덕여 보이고는 안으로 들어섰다. 그 주위를 2조장, 배영근과 조원 10명이 흩어져서 들어가고 있다.

유영화를 문밖으로 데리고 나온 박영준이 낮은 목소리로 물었다.

"너하고 안 잔 이유가 뭔지 알고 싶다고 생각했지?"

그 순간 유영화의 얼굴이 순식간에 새빨개졌다. 눈을 흘기면서 시선을 내린 유영화에게 박영준이 말을 이었다.

"또 내 애인이 있는지 궁금하다고 했지?"

그때 시선을 든 유영화가 똑바로 박영준을 보았다. 아직도 얼굴이 붉어져 있다.

"그것은 초능력도 아녜요. 다 분위기로 눈치챌 만한 건데 뭐."

"날 믿니?"

"믿어요."

"지금 이러고 있을 시간이 없어. 나하고 같이 일할 거냐?"

"해요, 근데….."

숨을 들이켠 유영화가 시선을 준 채 물었다.

"맞혔으면 대답해 봐요."

"널 좋아해."

박영준이 유영화의 어깨에 손을 얹었다. 그러고는 똑바로 시선을 주었다.

"좋아하는 사람한테는 함부로 대하기 싫은 거야, 그럼 됐어?"

"됐어요."

얼굴이 더 빨개진 유영화가 주위를 둘러보았다. 오피스텔 복도는 텅 비었다.

"그럼 저 한 번만 안아줘요."

시선을 내린 유영화의 말끝이 떨렸다.

"영화에서처럼."

박영준이 유영화의 허리를 두 팔로 당겨 안았다. 몸이 딱 붙었고 박영준이 얼굴을 유영화의 뒤쪽 머리칼에 묻었다가 떼었다.

"됐지?"

그때 유영화가 머리를 끄덕였다.

"이 전번은 안 됩니다."

최경태가 핸드폰에 찍힌 발신자 번호를 눈으로 가리키며 말했다. '초인간'의 전번이다. 북한이 '신인간'이어서 어느덧 한국 측에서는 초능력 사내를 '초인간'으로 부르기 시작한 것이다. 청와대의 지하 벙커 안, 최경태는 청와대로 데려온 권시완과 함께 국정원 특작팀을 만나고 있는 중이다.

"기다리는 수밖에요."

"환장하겠네."

국정원 작전국장 김치열이 특작팀장 윤준기를 보았다. 윤준기는 외면했다. 국과수 경비를 맡았던 국정원 특작팀은 2개 팀 50명을 보냈지만 허수아비 노릇만 했다. 6명이 잔혹하게 머리가 절단되어 살해되고 연구원 넷까지 도륙을 당했으며 칩을 빼앗겼으니 이런 수치가 없다.

상대가 마왕이라도 그렇다. 윤준기 입장에서는 그냥 폭탄을 지고 뛰어들어 자폭을 하라면 기꺼이 즐겁게 할 것이었다. 그런데 상대가 누군지 알아야 하지. 그때 최경태가 말했다.

"제 생각엔 그 '초인간'의 능력이 '신인간'보다 낮습니다. 그자만 끌어들이면 승산이 있을 것 같습니다."

"근데 그자가 어떻게 만들어졌을까? 혹시 저쪽에서…."

김치열이 말을 흐렸지만 모두 뒷말을 안다. 북한 측의 미끼일 가능성이다. 그 미끼를 덥석 물었다가 이젠 완전히 망할 가능성도 있다. 그때 최경태가 머리를 저었다.

"제 생각은 아닙니다. 제 수사 경험상…."

그때 최경태의 핸드폰이 울렸다. 이제는 벨소리가 울리도록 해놓았다. 발신자 번호를 본 최경태가 핸드폰을 귀에 붙였다. 모르는 번호다. 그래서 더 서두른다.

"납니다."

목소리가 울린 순간 최경태가 숨을 들이켰다. 초인간이다. 앞에 앉은 김치열과 윤준기에게 눈짓을 해보인 최경태가 어깨를 부풀렸다.

"아, 기다리고 있었습니다."

"급하니까 지금 만나지요."

초인간이 말하자 최경태는 반색했다.

"예, 만나지요. 어디가 좋겠습니까?"

"난 지금 강남인데, 거긴 어디죠?"

"여긴 청와대인데요."

그때 듣고 있던 김치열이 말했다.

"강남에 우리 안가가 있어요, 거기서 보자고 해요."

오전 11시 5분, 강남대로에서 30미터 거리의 골목 안에 세워진 8층 건물 안, 3층 사무실로 들어선 박영준이 안에 앉아 있는 사내들을 보았다. 모두 8명, 사내들의 시선이 일제히 모였다.

"어서 오십시오."

박영준을 먼저 맞은 사내가 최경태다. 여덟 명 중 가장 서열이 낮기도 했지만 박영준과 직접 연락을 한 당사자이기 때문이다. 그러나 최경태도 박영준이 초면이다. 나머지 7명도 모두 자리에서 일어나 있었는데 하나같이 황당한 얼굴이다.

그도 그럴 것이 박영준은 20대 초반쯤의 청년, 도무지 이 엄청난 국가 위기를 상의할 위인으로 보이지 않았을 것이었다. 최경태가 사내들을 소개했다. 이번에는 서열이 높은 순서다.

"이분은 이번 국가비상사태의 총지휘관이신 국정원장님이시고…"

"박영준입니다."

박영준이 장한용이 내민 손을 잡으며 인사했다.

"반갑습니다."

장한용이 그렇게만 말했다. 웃지도 않고 께름칙한 표정이다.

"이분은 부지휘관이신 특전사령관 차병돈 중장님."

"만나서 반갑습니다."

차병돈이 손을 꽉 쥐고 흔들었다. 그 다음에 경찰청장 이기수, 국정원 작전국장 김치열, 청와대에서 끼어든 안보수석실 비서관 둘, 국정원 팀장 윤준기까지 인사를 마쳤다. 최경태가 박영준을 소파의 맨 위쪽 중심에 안내해서 앉혔다. 모두를 둘러보는 자리다. 그때 장한용이 서두르듯 말했다.

"박영준 씨라고 했는데 우리는 박영준 씨가 이번 사건에 열쇠를 쥐고 있다는 생각이 들어요, 이놈들을 밝혀낼 주인공이시기도 하고. 그래, 어떻게 해서 놈들을 알게 되었지요?"

"지난번 언론에 보도되었지요? 포장마차에서 그 두 놈을 혼수상태로 빠뜨린 사람이 접니다."

"아아!"

둘러앉은 두어 명이 탄성을 뱉었다. 장한용도 입을 벌렸다가 닫았다. 그때 차병돈이 물었다.

"박영준 씨는 그 능력을 어떻게 얻은 겁니까? 혹시 그놈들처럼 칩을 꽂은 건 아니지요?"

"그런 건 없습니다."

박영준은 모두의 시선을 받고 쓴웃음을 지었다. 머리를 맞고 나서 이렇게 되었다고 하기가 멋쩍다.

"머리를 다치고 난 후에 뇌에 이상이 왔습니다."

그렇게 말한 박영준이 정색했다.

"내가 뵙자고 한 건 칩을 심은 놈들의 식별법을 알려 드리려는 겁니다."

모두 긴장했고 박영준의 말이 이어졌다.

"내가 놈들의 칩을 먼저 분석했지요, 놈들한테 빼앗기기 전에 말입니다."

경찰서 보관함에서 빼내 분석했다고 말하면 이야기가 또 길어진다. 박영준이 최경태에게 말했다.

"컴퓨터를 가져오시지요, 내가 보여 드릴 테니까."

최경태가 뛰듯이 일어섰다.

모니터에 인체의 머리통 모형이 떠 있었고 박영준이 마우스를 움직여 머리통을 확대시켰다. 그러고는 뒷머리의 중심을 가리켰다. 대뇌의 전두엽과 두정엽 사이 부분이다.

"이곳에 심어진 칩은 아시다시피 얇은 판인데 재질이 특수합니다, 알루미늄과 철을 혼합시켜 개발한 합금으로 전혀 금속 탐지기에도 반응하지 않습니다."

모두 숨을 죽인 채 박영준의 뒤에 둘러서서 모니터를 응시하고 있다. 그때 박영준이 말을 이었다.

"우리가 뺀 칩은 3개, 그중 2개는 같은 수준이었고 감찰대장이라고 불린 김장규의 칩은 2개보다 능력이 개발된 것이었습니다."

박영준의 목소리가 이어졌다.

"칩이 대뇌를 자극해서 생각하는 능력에서부터 운동 기능까지 대폭 상승시켜주는 것인데 2개는 인체 능력의 50퍼센트, 감찰대장의 칩은 100퍼센트가 되었습니다."

누가 침 삼키는 소리를 냈다.

"내 추측입니다만 능력이 300퍼센트 향상된 칩이 현재 존재하고 있는 것 같습니다, 칩에 그만한 용량이 들어갈 수 있으니까요."

"300퍼센트라면…."

차병돈이 성급하게 물었다.

"얼마나 될까요?"

"예, 점프해서 5미터 높이의 담장을 뛰어 넘고 후각과 청각이 인간의 10배 정도, 달리기는 100미터를 5초 대, 그리고 격투와 살상 능력은…."

박영준의 시선이 차병돈에게 박혔다.

"육박전에서는 일당백이 될 겁니다."

"50퍼센트인 두 명의 능력은 어느 정도였지요?"

장한용이 묻자 박영준이 쓴웃음을 지었다.

"그들 둘도 일대일로는 천하무적이었을 것입니다. 호신술을 했다면 능력이 인간의 수준 이상이 되었을 테니까요."

"그러면…."

김치열이 마침내 입을 열었다.

"박영준 씨, 아니 박 선생의 초능력을 알려주시면 좋겠는데요. 말하자면 이들과 비교해서 어느 정도가 됩니까?"

"글쎄요."

모두의 시선을 받은 박영준이 쓴웃음을 지었다.

"난 이 칩처럼 의도적으로 목적을 갖고 만들어진 것이 아니라서요."

"돌연변이입니까?"

그렇게 물은 사내가 차병돈이다. 직설적이다. 머리를 저은 박영준이 정색했다.

"난 조작된 인간이 아니라 우연히 만들어진 미래 인간이 아닐까 그런 생각이 듭니다."

"초인간이 아니고요?"

김치열이 물었을 때 장한용이 나섰다.

"자, 시간이 없어요. 박 선생을 괴롭히지 맙시다, 본론으로 들어갑시다, 박 선생."

장한용도 정색하고 박영준을 보았다.

"박 선생의 의견을 들려주시지요, 그리고 박 선생의 능력도 보여주셨으면 합니다."

"왜 안 오는 거야?"

식당에 앉은 2조장 배영근이 투덜거렸다. 오전 11시 25분, 아직 최경태는 청와대에서 돌아오지 않았다. 식당에는 이른 점심을 먹으려고 경찰이 들어서고 있다. 벌써 절반 이상의 테이블이 찼다. 대장 강호상이 보이지 않았기 때문에 주위를 두리번거리던 배영근에게 부하 하나가 다가왔다.

"대장이 나오시랍니다."

배영근이 자리에서 일어나자 둘러앉아 있던 부하 넷이 따라 일어섰다. 모두 사복 차림이었지만 경찰서 안에는 민간인도 많아서 이상하게 보는 사람은 없다. 식당 앞 나무 밑에 서 있던 강호상이 다가오는 배영근에게 말했다.

"2층 강력1팀 사무실이 본부야, 최경태는 거기로 돌아올 거다."

"예, 대장님."

"최경태가 올 때가 되었어. 강력1팀 사무실 출구 2곳으로 밀고 들어가서 안에 있는 놈들은 다 죽인다. 2층 계단 입구에서 대기하고 있다가 나를 따라 양쪽 출구로 일제히 진입한다."

"알겠습니다."

배영근이 서둘러 사라지자 강호상이 손목시계를 보았다. 11시 30분이다.

"일일이 열거할 수 없지만 머릿속 지식이 계속 확장 중이란 말씀부터 드려야겠군요."

박영준이 정색하고 장한용을 보았다.

"나는 칩의 제조 과정을 파악했고 식별 기구를 만들어 왔습니다. 우선 이것부터 보시지요."

박영준이 들고 온 손가방을 탁자 위에 놓더니 안에 든 내용물을 쏟아냈다. 금속성 마찰음이 들리면서 100원짜리 동전 크기의 은색 물체가 수백 개 쌓였다. 두께는 1밀리 정도여서 더 얇다. 모두의 시선이 금속에 모였고 박영준이 말을 이었다.

"우선 칩 탐지 장치를 만들어 왔습니다. 이 판별기를 각자의 휴대폰에 부착시키면 칩을 부착한 인간이 30미터 거리로 다가왔을 때 휴대폰이 울리거나 진동할 겁니다."

장한용이 금속 하나를 집어 들었을 때 박영준이 말을 이었다.

"그리고 동시에 칩이 박힌 상대의 뇌가 이 금속의 자성에 자극을 받게 됩니다."

"어떻게 말입니까?"

갈라진 목소리로 장한용이 묻자 박영준은 빙그레 웃었다.

"칩이 안구를 자극해서 눈의 흰자위가 순식간에 실핏줄이 터지도록 만들 것입니다, 그러면 붉은 눈을 가진 괴물이 되겠지요."

"오!"

감탄사가 터졌을 때 윤준기가 물었다.

"선글라스를 끼고 있으면 눈이 감춰질 텐데요?"

"그땐 선글라스를 벗어야 할 겁니다."

"왜요?"

"그 상태에서 선글라스를 끼고 있으면 금방 실명하게 될 테니까요."

"어떻게 이렇게 만들었습니까?"

"삼성전자 연구실을 빌려 열흘 동안 만들었습니다."

"열흘 동안?"

이번에는 최경태가 눈을 크게 떴다.

"그건 칩을 발견하기도 전 아닙니까? 칩은 사흘 전에 발견됐는데…."

"당신들한테는 그렇죠."

"그것이 무슨 말씀입니까?"

"난 당신들의 10분을 10일로도 쓸 수 있는 능력이 있어요."

박영준이 모두의 시선을 받고는 쓴웃음을 지었다. 마침내 '시간 빨아먹기' 기술을 보여줘야 할 때가 되었는가? 이것이야말로 박영준을 초인간으로 만든 원천이기도 했다. 이들을 믿게 하려면 보여줘야 될 것 같다. '백문불여일견'이다. 박영준이 머리를 끄덕였다.

"그럼 보여 드리지요."

6장 초인간

그 순간 박영준이 숨을 들이켰다. 그러고는 발을 떼어 그들에게 다가갔다. 먼저 최경태에게 다가간 박영준이 재킷을 젖히고 가슴에 찬 권총 홀더에서 리볼버를 꺼냈다. 이어서 그 옆의 특전사령관 차병돈에게 다가가 혁대를 풀고 쭉 잡아 뺐다.

국정원장 장한용한테 가서는 안경을 벗겨 차병돈에게 끼우고, 장한용 손에는 차병돈의 혁대를 쥐어 주었다. 경찰청장 이기수는 잔뜩 이맛살을 찌푸리고 있었는데 양복 상의 바깥 주머니에 최경태의 권총을 넣었다. 김치열의 재킷을 벗겨 옆에 서 있는 윤준기의 팔에 걸쳐 놓았고 청와대 비서관 둘은 재킷 주머니에 탁자 위에 놓인 서류를 말아서 몽땅 찔러 넣었다. 그동안에 사무실 안 8명은 움직이지 않는다. 제각기 입을 벌렸거나 손을 내밀고 머리를 튼 상태로 옷을 벗길 때 팔만 흔들거렸을 뿐 모두 정지된 상태다. 이윽고 벽에 붙어 선 박영준이 길게 숨을 뱉었다. 그 순간이다.

"어엇!"

"아앗!"

이곳저곳에서 놀란 외침이 터졌다.

"아니, 내 허리띠를 어떻게…."

차병돈이 안경을 벗으면서 장한용에게 물었다.

"어? 내 안경!"

장한용이 눈을 크게 떴다.

잠시 후에 한바탕 소동이 가라앉았을 때 박영준이 말했다.

"일단은 이것으로 제 능력을 확인하신 것으로 하십시다."

박영준이 사내들의 표정을 둘러보면서 쓴웃음을 지었다. 눈을 마주쳤을 때 마음을 읽을 수 있다는 능력은 나중에 이야기 해줘도 될 것이다. 그것뿐인가? 새로운 능력이 자꾸만 생성된다. 내 자신도 아직 한계를 알 수 없다.

"그놈은 남조선의 비밀 병기인가?"

최희연이 혼잣소리처럼 말했지만 오영한은 들었다. 머리를 든 오영한이 흐린 눈으로 최희연을 보았다.

"그럴 리가 없습니다, 감독관 동지."

"그럼 뭐란 말이오?"

"돌연변이 비슷한 종자인 것 같습니다."

"돌연변이?"

"예, 남조선의 유전자 변형 수준은 아직 초보 단계입니다. 우리 수준에 미치지 못합니다."

오영한의 시선을 받은 최희연이 외면했다. 이곳은 시청 근처의 타운

호텔 방안이다. 오후 12시 20분, 최희연은 오영한과 함께 이곳에서 각 유격대의 상황을 점검 중이다. 오영한이 말을 이었다.

"17번, 21번이 당한 것은 기습을 받았다고 치더라도 감찰대장 김장규는 정면 대결에서 꺾였습니다. 놈은 최소한 '천리마 급'의 능력을 보유했다고 봐야 됩니다."

"그놈이 특작팀과 제휴했다면 우리 과업이 어려워져."

다시 최희연이 혼잣소리처럼 말했다.

"그놈 때문에 데모 작전이 힘들어졌어."

"우리가 선수를 치면 됩니다."

오영한이 흐린 눈으로 최희연을 보았다.

"그놈은 곧 우리 앞에 나타날 것입니다. 아마 우리 유격대 일부가 그놈한테 당하겠지요, 하지만 그놈도 그때 흔적을 남기게 됩니다."

최희연의 시선을 받은 오영한이 빙그레 웃었다. 얼굴 가죽을 억지로 올리는 것 같은 웃음이다. 최희연은 다시 외면했다. 오영한은 이번 작전의 총지휘관인 보위사령부 사령관 조원홍 대장이 파견한 '조정관'이다. 조정관이란 칩을 심고 빼는 역할로 최희연과 함께 이번 남파 작전의 주역이다. 최희연이 다시 손목시계를 보았다. 12시 반이 되어가고 있다.

차에서 내린 권시완이 이 사이로 말했다.

"팀장, 진동이 세 번이나 울렸습니다."

앞쪽을 향한 채 말했는데 잡담을 나누는 것처럼 표정 변화는 없다.

"나는 네 번 울렸다."

최경태가 발을 떼면서 말했다. 둘은 방금 경찰서 앞마당에 주차한

차에서 나온 것이다.

"저기 있군. 저 눈, 저 뻘건 눈을 봐라."

역시 태연한 표정으로 최경태가 말을 이었다.

"안 되겠다, 이층 계단 입구에서 기다리고 있어. 식당 뒤로 돌아가서 대원들을 부르자."

몸을 돌린 최경태가 식당 쪽으로 다가갔고 권시완이 뒤를 따르면서 말했다.

"저놈들이 기다리고 있었던 것 같습니다."

"나를 노린 거야, 저놈들도 서둘고 있어."

"칩을 붙이지 않았다면 그대로 당할 뻔했습니다."

둘이 이야기를 하는 사이에도 계속해서 핸드폰이 진동하고 있다. 식당 뒤쪽으로 돌아간 최경태가 가슴에서 리볼버를 꺼내 쥐었고 권시완이 핸드폰을 꺼내 버튼을 눌렀다. 비상 버튼이다. 식당 뒤쪽은 별관으로 통하는 길목으로 왕래가 드문 곳이다. 권시완이 다급하게 말했다.

"비상! 놈들이 침투했다! 모두 식당 뒤 별관 입구를 막을 것!"

권시완도 권총을 빼내 들고 있다. 이쪽은 베레타92F라 육중하다. 최경태가 뒤로 물러서서 식당으로 꺾어지는 길목을 겨냥하면서 말했다.

"눈이 뻘건 놈은 그대로 쏴버려."

그러자 노련한 권시완이 휴대폰에 대고 말했다.

"나하고 팀장하고 쏜 놈들이 괴물이야! 엄청난 힘을 가졌으니까 대항하면 너희들도 쏴!"

"최경태가 식당 뒤로 갔습니다."

핸드폰에 대고 그렇게 말한 사내는 2조장 배영근이다. 배영근이 먼저 최경태와 권시완을 본 것이다.

"저놈이 사무실에 안 가고 별관으로 가는 모양입니다."

서둘러 발을 뗀 배영근이 앞장을 섰고 뒤를 대원 셋이 따른다.

"그쪽은 인적이 없는 곳인데 잘 됐다."

수화구에서 강호상의 목소리가 울렸다.

"목을 베어라, 놈이 눈치채지 못하게 다가가서 단칼에 베, 나도 곧 가 겠다."

강호상은 본관 1층 로비에서 기다리고 있었던 것이다.

벽에 붙어 서 있던 권시완이 숨을 멈췄다. 괴물이다. 눈의 흰자위가 시뻘건 괴물, 그것을 본인은 모르는 것 같다. 식당을 돌아온 괴물이 곧 장 이쪽으로 다가온다. 그 뒤를 괴물 둘이 따른다. 제각기 손을 가슴에 넣거나 바지 주머니에 넣고 있는 것은 무기를 쥐고 있다는 증거다. 괴 물들의 시선이 일제히 권시완에게로 옮겨졌다. 그때 괴물 셋이 뒤쪽에 또 나타났다. 여섯, 별관 쪽 모퉁이에는 막 이쪽에서 나가는 전경 둘뿐 으로 나머지는 괴물이다. 괴물들과의 거리가 5미터로 가까워졌다.

권시완은 건물 벽에 붙어 서서 막 담배를 빼무는 시늉을 하는 순간, 바지 주머니의 핸드폰은 아까부터 경련이 일어난 듯이 진동을 계속하 고 있다. 괴물들의 시선, 여섯 쌍, 맨 앞쪽 괴물과는 4미터, 그 순간이다.

"탕, 탕, 탕, 탕, 탕."

반대쪽 건물 모퉁이에서 와락 모습을 드러낸 최경태가 리볼버를 쏘 아 갈겼다. 최경태가 세 번째 방아쇠를 당겼을 때 권시완이 겨드랑이에 서 베레타를 뽑아 갈겼다.

"탕탕탕탕탕."

요란한 총성이 한낮의 경찰서를 울렸다. 괴물들이 쓰러진다. 여섯 명을 다 쓰러뜨렸을 때 권총을 뽑아 쥔 최경태와 권시완이 식당 앞으로 뛰어나갔다. 그때 권시완의 연락을 받은 특작팀이 달려왔다.

"총 맞은 놈들 잡아! 괴물이다!"

최경태가 고래고래 소리쳤다. 그 순간 최경태는 군중들 속에 끼어 있는 괴물, 신인간을 보았다. 셋, 넷, 다섯….

"탕! 탕! 탕!"

몰려든 경찰들 속에 끼어 있는 괴물들을 겨누고 쏘는 것이지만 앞마당은 난리가 났다. 모두 흩어지고 도망간다. 아수라장이다. 괴물들도 몸을 돌려 도망치는 바람에 눈이 보이지 않는다. 바지 속의 핸드폰만 계속 진동하고 있다.

"보고, 경찰 특작팀이 서초경찰서에 침투했던 신인간 여덟을 잡았음. 그중 여섯은 사살, 둘은 중상을 입은 채 체포됐음."

"보고, 경찰 특작팀, 신인간 감별기로 무장함. 현재 감별기 32개 부착, 감별 성능 뛰어남."

"보고, 신인간 8명의 뇌에서 칩을 수거함. 중상자 2명은 칩을 제거하자 즉시 사망함."

"보고, 칩은 기동대 경호하에 특작팀 본부로 이송 중."

서초경찰서 경찰 특작팀으로부터 본부로 전송된 보고 내용이다.

"이게 뭡니까?"

장용만이 어깨를 부풀리며 물었는데 잔뜩 긴장한 얼굴이다. 탁자 위에는 바늘 끝에 직경 3밀리 정도의 얇은 금속판이 붙여진 물체 4개가 놓여 있다. 앞쪽에 둘러선 유영화, 오수연, 고갑수의 시선도 그곳에 모여 있다.

"너희들을 초인간으로 만드는 장치야. 내가 5일간 연구 끝에 먼저 4개를 만들어 온 거야."

박영준이 하나를 집어 들고 말을 이었다.

"이걸 너희들 머리 전두엽의 제5 공간에 박아 넣으면 너희들은 초능력을 얻게 된다. 놈들보다 우위의 능력을 갖게 될 거다."

그러나 장용만은 말할 것도 없고 나머지 셋도 바라보기만 할 뿐 감동하는 기색은 전혀 보이지 않는다.

"안 박을 거냐?"

박영준이 바늘 끝부분을 들고 장용만부터 고갑수, 유영화와 오수연을 차례로 둘러보았다.

"너희들이 '국가비상사태'가 뭔지 알겠어? '민방위 훈련' 정도로나 생각하고 있겠지. 지금 남북한 관계가 얼마나 심각한지 알 리가 있냐? 태어났을 때부터 그런 상황이니까 아예 중독이 된 것이지, 무슨 중독인 줄 아냐?"

박영준의 얼굴에 웃음이 떠올랐다.

"위기 중독이다. 위험한 곳에 오래있으면 현실을 잊게 되는 거야. 그러다 '꽥' 하고 죽는 거지."

"…"

"북한에서 칩을 박은 신인간이라고 불리는 놈들이 남파되어서 한국을 전복시키려고 하는 상황이다."

"…"

"내가 너희들한테 애국심을 교육시킬 생각은 없어, 너희들은 도대체 국가가 무슨 소용이냐는 생각을 할지도 모르니까."

박영준이 소파에 등을 붙였다. 넷은 제각기 앉거나 서서 박영준을 본다.

"국가가 나한테 뭘 해줬냐고 물을 수도 있지. 취직을 시켜줬나? 잠자리를 만들어 줬나? 하고 말이야."

"…."

"먹고살기 바쁜 몸인데 국가는 돈 많고 힘센 놈들, 빽 있고 부모 잘 만난 놈들이나 알아서 하라고 할 수도 있지."

"…."

"나도 그랬으니까."

박영준의 얼굴에 다시 쓴웃음이 번졌다.

"제대로 국가 교육을 받지도 않았겠지, 군대 간 놈들도 없고, 그러니 그것이 당연하지."

그때 고갑수가 헛기침을 했다.

"사장님은 군대 갔다 오셨습니까?"

"그래, 갔다 왔다."

박영준이 바로 대답했다. 머릿속에서 군(軍)에 대한 정보가 쏟아져 나왔지만 그렇게만 대답했을 때 유영화가 말했다.

"저, 넣어주세요."

"저도요."

오수연이 이어서 대답했고 고갑수는 한 걸음 나섰다.

"전 사장님이 죽으라면 죽습니다, 박지요."

"제가 안 박는다는 것이 아닙니다."

맨 나중이 된 장용만이 성난 얼굴로 말했다.

"저도 마찬가집니다, 사장님이 죽으라면 죽습니다. 근디 이 바늘이 좀⋯."

그때 박영준이 말했다.

"우선 박아봐, 이 자식아."

"그놈들이 식별법을 개발했단 말이야?"

최희연이 소리치듯 묻자 잠깐 주춤했던 강호상이 대답했다.

"그런 것 같습니다, 동지."

"피해가 여덟이야?"

"열하나인데 셋은 겨우 피신했습니다."

"이런."

"면목이 없습니다. 하지만 밤이 되기를 기다렸다가 다시 공격하겠습니다."

"철수해."

"네?"

"철수시키고 동무만 나한테 오도록."

"예, 감독관 동지."

핸드폰의 전원을 끈 최희연이 앞에 앉아 있는 오영한을 보았다. 오영한은 이미 한쪽 대화를 들었지만 내용을 파악하고 있는 터라 얼굴이 굳어져 있다.

"그놈, 초인간 소행입니다."

오영한이 시선을 내린 채 말했다.

"상부에 보고를 해야 될 것 같습니다."

"그래야겠어."

최희연도 외면한 채 말했다.

"우리 요원들만 겨냥하고 쏘았다니 식별하고 있는 거야."

"칩을 그렇게 빨리 분석하다니 놀랍습니다. 더 분석하기 전에 칩을 빼왔는데 말입니다."

자리에서 일어선 오영한이 처음으로 최희연을 똑바로 보았다.

"감독관 동지, 이제 상황이 만만치 않게 되는 것 같습니다."

"너희들 둘은 잠깐 날 따라와."

박영준이 고갑수와 장용만에게 말했다. 머리를 돌린 박영준이 오수연을 보았다.

"넌 이 근처 건물 하나 매물로 나온 것이 있는가 알아봐라. 3층 정도, 건평이야 상관없어."

"3층 건물이면 가격이 엄청날 텐데요."

오수연의 두 눈이 반짝였다. 모두 칩을 심은 지 30분 정도밖에 안 되어서 아직 효능을 느끼지 못한 상태 그리고 박영준도 효능을 알려주지 않았다. 오후 1시 반, 오피스텔 안이다. 오수연의 시선을 받은 박영준이 쓴웃음을 지었다.

"정부의 자금 지원을 받고 있어. 우리들의 전쟁 본부로는 이 오피스텔이 너무 좁은 것 같아서 옮기려는 거야."

"정부 자금요?"

놀란 오수연이 눈을 크게 떴다.

"얼마나요?"

"여기 체크해봐, 비밀 번호하고 구좌 번호가 적혀 있다."

박영준이 주머니에서 쪽지를 꺼내 건네주고 나서 말했다.

"네가 알아서 꺼내 써, 넌 자금을 맡아."

"얼마 있는가 보고요."

오수연이 쪽지를 받더니 익숙한 손놀림으로 핸드폰 버튼을 누른다. 그때 몸을 돌린 박영준이 둘을 데리고 방을 나갔다.

"어? 내 몸이 왜 이래?"

장용만이 계단을 내려가다가 발을 멈추고는 소리쳤다. 두 눈을 둥그렇게 뜨고 있다.

"몸이 가벼워."

"나도 그런데."

고갑수가 머리를 돌려 박영준을 보았다.

"사장님, 발바닥에 스프링이 붙은 것 같습니다."

"너희들 몸에 5배쯤의 탄력이 붙었을 거다."

박영준이 계단을 내려가며 말했다.

"힘도 5배쯤 증가되었을 것이고, 나머지는 천천히 말해주지."

"아이구!"

감동한 장용만이 한꺼번에 10개쯤의 계단을 뛰어 내려갔다가 놀라 발을 바닥에 대었는데 3미터쯤 솟아올랐다. 기겁을 한 장용만이 두 손으로 천장을 밀었는데 이번에는 아래로 떨어졌다. 그러나 재빠르게 발로 바닥을 찼고 이제는 몸이 옆으로 날면서 균형을 잡고 바닥에 닿았다.

마치 무중력 상태에서 유영하는 것 같다. 그러나 본인은 얼굴에서 진땀이 배어 나왔다. 몸이 저절로 반응해서 무사히 선 것이다.

"우아왓!"

다시 비명 같은 신음을 뱉은 장용만이 입을 딱 벌리고 박영준을 보았다. 그러나 박영준은 시선도 주지 않고 발을 떼었고 고갑수만 멈춰서서 홀린 듯한 표정을 짓고 있다.

"으악!"

오수연이 비명을 질렀다. 앞쪽에 앉은 유영화가 눈을 가늘게 뜨고 째려보았다. 웬 소리를 지르냐는 표정이다. 둘은 사이가 안 좋다. 둘이 이야기를 나눈 적도 없다. 그것은 본능적으로 경쟁심을 느끼기 때문이다. 상대방만 없으면 박영준을 차지하게 된다는 무의식적 반응이다. 그때 입을 딱 벌린 오수연이 유영화를 보았다.

"1천억이야."

"뭐가?"

유영화가 쌀쌀맞게 묻자 오수연이 떨리는 목소리로 대답했다.

"돈이."

"무슨 돈?"

"계좌의 돈이."

그때서야 실감한 유영화가 숨을 들이켰다.

"뭐? 1천억이라고?"

"응."

"계좌에 들어 있어?"

"응."

오수연이 펄쩍 뛰는 것처럼 일어섰다.

"건물 보러 가야지."

그러더니 혼잣말을 했다.

"내 돈 내고 집 사면 누가 수수료 먹지?"

"수수료 먹으려고?"

유영화가 코웃음을 쳤다.

"얘가 돈에 미쳤군."

"뭐? 미쳐?"

오수연이 눈을 치켜떴다.

"너 지금 뭐라고 했어?"

"미친년이라고 했다, 왜?"

자리에서 일어선 유영화가 똑바로 오수연을 쏘아보았다.

"이 기집애가 얻다 대고 텃세야?"

오수연이 지금까지 집주인처럼 행세했던 것이다. 집을 제가 소개한 터라 이것저것 간섭하고 아는 체를 하긴 했다.

"뭐어?"

그 순간 오수연이 손을 휘둘러 유영화의 뺨을 쳤다. 제가 보기에도 놀란 만한 손놀림이다. 아니, 실제로 그렇다. 손을 휘두른 순간 뇌에 꽂은 칩이 움직여 근육의 가장 효율적이며, 강하고, 빠른 타격을 팔에 지시했기 때문이다. 실로 번개 같은 타격이다.

"아앗!"

그러나 다음 순간 오수연의 입에서 놀란 외침이 뱉어졌다. 유영화가 상반신을 뒤로 훌떡 젖혀 오수연의 손바닥을 피하더니 곧장 주먹으로 배를 쳤기 때문이다.

"엇!"

유영화의 입에서도 놀란 외침이 일어났다. 자신도 모르게 그야말로 본능적으로 오수연의 손을 몸이 피하더니 주먹이 나갔기 때문이다.

"아앗!"

주먹을 피해 옆으로 뛰어 오른 오수연이 두 주먹을 움켜쥐고 소리쳤다. 어느덧 두 발이 땅바닥에 여덟팔(八) 자로 벌려 섰고 왼쪽 주먹은 허리에 오른쪽은 앞으로 뻗어 있다. 그것을 본 유영화의 자세는 또 무엇인가? 한쪽 발이 다른 쪽 발에 꼬여 올려진 '외다리 학 권법'이다. 둘은 놀라 서로를 쳐다보았다.

유영화와 오수연이 혈전을 펼치는 사이에 박영준은 고갑수와 장용만을 데리고 강남대로의 런던제과 빌딩 앞으로 다가갔다. 영문을 모르는 촌놈 둘이 인파에 놀라 두리번거릴 때 박영준이 쓴웃음을 지었다.

이곳이 젊은 남녀에게 만남의 장소로 유명한 곳이다. 오후 2시 10분, 지금도 건물 앞 인도에는 수백 명의 남녀가 득시글거리고 있었는데 길바닥에 주저앉아서 노는 남녀들도 보였다. 외국인들에게도 유명해져서 중국인, 서양인들도 끼어 있다. 구석 쪽 건물 벽으로 다가간 박영준이 둘에게 말했다.

"여기 서 있으면 너희들 눈에 이상한 놈들이 보일 거다."

"저런 놈 말입니까?"

장용만이 눈으로 앞쪽을 가리켰다. 머리칼을 노랗고 빨갛게 물들인 다음 고슴도치처럼 빳빳하게 세워 올린 남자애다. 스무 살쯤 되었을까? 코와 입술에까지 피어싱을 했다.

"새꺄, 저런 놈은 이상한 놈이 아니다."

눈을 흘긴 박영준이 말을 이었다.

"너희들 머릿속 칩에 괴물, 즉 신인간 식별 장치가 들어 있어. 특작팀에도 내가 3백 개 정도 만들어 주었지만 너희들 식별 장치는 좀 더 우수하다."

"뭔데요?"

금방 혼이 난 장용만 대신 고갑수가 물었다. 박영준이 눈으로 앞쪽 군중을 가리켰다.

"이곳이 신인간이 가장 많이 나타나는 곳이야. 이곳에서 젊은 애들을 선동하지. 교묘한 방법으로 정부를 비판하고 돈 있고 빽 있는 놈들을 욕하면서 분노를 조장한다."

"그렇게 말하는 놈들을 찾습니까?"

"아니, 너희들 눈에 보일 거다."

"어떻게요?"

"조금만 기다려봐."

박영준이 벽에 등을 붙이면서 말을 이었다.

"내가 특작팀한테는 핸드폰에 붙이는 칩을 만들어 주었어. 그것은 괴물이 나타나면 핸드폰이 울리고 동시에 칩의 자성에 자극을 받은 괴물의 눈이 붉게 물들도록 한 거다."

둘은 숨을 죽이고 들었고 박영준이 입술만 달싹여도 말이 들렸다. 어느덧 초능력이 배어 있었기 때문이다.

"하지만 너희들 넷한테는 직접 칩을 심어서 그 기능을 업그레이드시켰지."

고갑수가 어떻게 업그레이드시켰느냐고 물으려는 듯이 입을 열었다가 그대로 굳어졌다. 시선이 앞쪽으로 향해 있다. 장용만도 그쪽을 보았다가 숨을 들이켰다. 10미터쯤 앞에 두 사내가 나타났다. 잘생긴 얼굴, 20대 초반쯤, 옷도 멋지게 차려입었다. 그런데 머리통이 번들거리고 있다. 괴기한 모습이다.

얼굴 안에 전구가 들어 있어서 빛이 밖으로 나오는 것 같다. 마치 가로등에 얼굴을 그려놓은 모양이다. 그때 박영준이 말했다.

"저놈들이 눈치챌라, 쳐다보지 마라."

둘이 황급히 머리를 돌렸을 때 박영준이 설명했다.

"너희들한테는 놈들의 머리통 칩이 발광해서 머리 안을 비춰도록 해놓았다. 그러니까 밤에는 더 잘 보이게 될 거다."

"우, 우리들은 저놈이 볼 수 없을까요?"

장용만이 묻자 박영준이 머리를 끄덕였다.

"아직은 내가 앞섰지만 저놈들의 기술도 무시 못 한다. 저보다 더 능력을 갖춘 놈들은 보이지 않을 수도 있어."

"그럼 저놈들은 등급이 낮은 겁니까?"

"병사 수준이야, 지난번 내가 잡은 17, 21번 등급이다."

박영준이 말을 이었다.

"그보다 등급이 높은 놈들도 저렇게 '발광체'로 보일 거다, 감찰대장급이지."

"저놈들을 잡습니까?"

고갑수가 물었다.

"여기서 기다렸다가 잡아 죽입니까?"

혈전은 승부가 나지 않고 끝났지만 덕분에 탁자가 부서졌고 의자 하나와 유리창 하나가 깨졌다. 무승부다. 그러나 둘은 제각기 스스로의 엄청난 무공(武功)을 확인한 셈이어서 아직 흥분이 가시지 않았다. 아직도 얼마든지 싸울 수 있었지만 옆집에서 시끄럽다고 벽을 두드리는 바람에 '전쟁'을 그친 것이다.

"다시 한 번 붙기로 해."

깨어진 유리창을 함께 치우면서 유영화가 가쁜 숨을 고르면서 말했다.

"그때는 끝까지 해보자."

"미친년."

이번에는 오수연이 유영화에게 욕을 했다.

"너하고 싸우다가 오빠가 집 알아보라는 거 늦었어, 이년아."

"빨랑 가봐야겠네, 수수료 먹으려면."

"이년이?"

"너 진짜 죽을래?"

"네 실력이나 내 실력이나 비슷해, 이년아."

허리를 편 오수연이 빗자루를 내던졌다.

"나 나갈 테니까 네가 청소해."

"야, 이 미친년아."

유영화가 다급히 불렀지만 오수연이 서둘러 방을 나갔다.

"예, 복제할 수 있습니다."

삼성전자의 연구실 안, 하버드 박사 출신인 삼성전자 연구실장 하영복이 눈을 크게 뜨고 국정원장 장한용을 보았다. 장한용의 옆에는 연구진 여섯 명이 모여 서 있었는데 모두 박사들이다. 유전자, 전자, 생물학 등 신인간 칩의 분석, 복제에 대한 최고 권위자 들이다.

장한용이 이들을 소집, '신인간 칩' 분석, 복제를 부탁한 것이다. 하영복이 상기된 얼굴로 장한용과 그 옆에 앉은 차병돈, 이기수까지 보았다. 흥분을 가라앉히려고 그러는 것 같다. 허리를 편 하영복이 입을 열었다.

"그러나 설비를 갖추려면 최소한 석 달은 걸려야 될 것 같습니다."

"식별칩은 어떻습니까?"

장한용이 옆에 놓인 둥근 칩을 눈으로 가리키며 물었다.

"재료와 생산 과정을 보셨지요?"

박영준이 메모해서 넘겨준 것이다.

"예."

머리를 끄덕인 하영복의 시선이 옆에 선 박사들을 보았다. 모두 흥분된 표정이고 두어 명은 입을 들썩이고 있다. 그때 그중 나이든 박사가 대신 입을 열었다.

"이것을 만든 분한테서 제조법을 받으셨다고 했지요?"

"예, 그렇습니다."

장한용이 대답하자 교수가 한 걸음 다가섰다.

"한국인입니까?"

"그럼요."

"어느 학교 교수, 아니 연구원입니까? 어디서 학위를 받으셨는지 아시죠?"

"그건 왜 묻습니까?"

"왜 묻다니요?"

박사가 기가 막힌다는 표정을 짓더니 곧 헛웃음을 웃었다.

"국정원장님, 이 식별칩을 만든 분은 수준이 북한산 칩의 제조자보다도 높습니다. 이분은 노벨 물리학상은 물론이고 의학상, 화학상까지 온갖 상을 다 휩쓸어도 모자랄 분입니다."

"그, 그렇습니까?"

"어느 대학에서 학위를 받으셨다고 합니까? 물론 물리학, 의학, 전자 공학까지는 박사 학위가 있겠지요? 그래야 이 정도 수준의 칩을 만들어 낼 테니까요."

장한용이 숨만 들이켰고 박사가 다그치듯 물었다.

"누굽니까? 우리 또래지요?"

박사는 50대 후반이었다.

8번대 15번 김동찬이 열변을 잠시 그치고 혼자 런던제과 옆쪽 프린스빌딩으로 다가갔다. 그곳에 화장실이 있다. 런던제과에 모인 인파 중 단골들은 근처 화장실 위치를 주르르 꿴다. 김동찬은 프린스빌딩을 이용해 온 것이다.

서둘러 빌딩으로 들어선 김동찬이 안면이 있는 빌딩 경비원에게 웃어 보이고는 남자 화장실로 들어섰다. 화장실은 비었다. 깨끗한 화장실에는 소변기가 3대, 안쪽에 대변실이 3개다. 심호흡을 한 김동찬이 왼쪽 소변기 앞에 서서 바지 지퍼를 내렸을 때 사내 둘이 들어섰다.

둘은 이쪽에 시선도 주지 않고 곧장 안쪽 대변실로 다가갔다. 앞장선 사내가 김동찬의 뒤를 지났고 두 번째 사내가 지나는 순간 김동찬은 머리에 격심한 타격을 받고 휘청거렸다. 이어서 두 번째 타격을 받은 김동찬이 허물어지듯 주저앉았다.

"이 새끼, 오줌을 지금도 싸네."

장용만이 김동찬을 뒤에서 겨드랑이를 끼고 일으키면서 투덜거렸다.

"자, 이쪽으로."

대변실 하나의 문을 연 고갑수가 서둘렀다. 장용만이 김동찬을 가볍

게 들어 대변기 위에 앉혀놓고 밖으로 나갔다. 안에서 문을 잠근 고갑
수가 손을 뻗어 감동찬의 머리통을 앞으로 눕히고는 장비를 뒷머리에
쑤셔 박았다. 그러고는 곧 칩을 꺼냈다. 장비는 화장품 가게에서 파는
코털 뽑는 핀셋이다.

오피스텔로 돌아가던 박영준이 핸드폰의 진동을 느끼고는 꺼내 보
았다. 발신자는 유영화다. 길가에 멈춰 선 박영준이 핸드폰을 귀에 붙
였다.

"여보세요."

"오빠, 어디예요?"

유영화가 대뜸 물었다.

"응, 논현로야."

박영준의 눈앞에 유영화의 상기된 얼굴이 펼쳐졌다. 유영화는 지금
오피스텔에 혼자 앉아 있다. 유리창 한 장이 깨져 있는 것이 보인다. 부
서진 탁자와 의자가 옆쪽에 치워져 있다. 그때 유영화의 머릿속 생각이
들렸다.

"짜증나. 오빠가 오수연 건드린 거야, 뭐야?"

유영화의 머릿속에 박은 칩으로 눈의 시신경과 생각까지 연결되어
서 다 보이고 들리는 것이다. 그것은 장용만, 고갑수도 마찬가지다, 오
수연은 물론이고.

"퍽! 퍽! 퍽!"

둔한 발사음. 이곳은 시청 앞, 길을 가던 사내 둘이 갑자기 쓰러졌고
또 다른 사내들이 덮치듯이 몰려들었다. 그러더니 곧 SUV 차량 한 대가

멈추면서 쓰러진 사내들이 재빠르게 실렸다.

SUV 차량이 속력을 내어 사라지자 모였던 사내들이 흩어졌다. 발사음이 들리고 나서 30초 만에 현장이 이전으로 돌아왔다. 땅바닥에 핏방울이 서너 개 떨어져 있었지만 행인들의 발에 밟혀 곧 지워졌다.

경찰청장 이기수는 특작대의 고문 역할이다. 경찰 특작팀의 보고를 직접 받을 뿐만 아니라 전국 경찰을 동원, 특작대를 지원하는 역할이어서 후방사령관 격이다. 오후 4시 반, 청와대에서 나온 이기수가 경찰 청사로 들어섰다.

보통 때는 승용차 한 대에 보좌관과 비서를 태우고 오갔지만 지금은 전시(戰時)다. 앞뒤의 SUV 차량에는 기관총으로 무장한 경찰특공대 10명, 뒤에 방탄 트럭이 따랐는데 특작대와 전국 경찰로 연결된 무전기가 실려 있다.

"방금 런던제과 옆 프린스빌딩 화장실에서 신인간 시체 2구가 발견되었습니다."

차에서 내린 이기수에게 무전차에 탑승했던 당직 경감이 보고했다. 이기수의 얼굴에 쓴웃음이 떠올랐다.

"조금 전 시청 앞에서 둘이 사살되었어, 이제 본격적인 사냥이 시작되었군."

"프린스빌딩의 시체는 초인간이 신고했습니다."

머리를 끄덕인 이기수가 발을 떼었다. 그 순간이다.

"억!"

신음을 뱉은 이기수가 가슴을 움켜쥐고 땅바닥에 쓰러졌다.

"앗, 청장님!"

당직 경감이 이기수를 안아 일으킨 순간 그대로 함께 엎어졌다. 머리통에서 피가 솟구치고 있다.

"앗! 비상이다!"

바로 뒤쪽의 보좌관이 소리치며 권총을 빼 들었고 특공대가 달려들었다.

"청장이 저격당했다!"

특공대장이 소리치면서 청장을 중심으로 둘러쌌지만 이미 늦었다.

"비상! 비상!"

경찰청 안마당은 수라장이 되었다. 특공대가 쓰러진 청장을 둘러싸고 사방으로 총을 겨누고 있었는데 안마당은 텅 비었다.

오후 6시, TV보도가 나갔다. 대통령 이성국이 신인간과의 전쟁을 국민에게 알리기로 결정한 것이다. 경찰청장 이기수까지 경찰청 청사 안마당에서 저격을 받아 살해된 상황이다. 이성국이 대통령 특별담화로 할 작정이었지만 각료들의 건의를 받아 국무총리 엄상섭이 대독했다. 대통령이 직접 나서면 국민들이 더 놀랄 것 같다는 우려 때문이다.

"친애하는 국민여러분!"

엄상섭이 비장한 표정으로 말했다.

"북한은 요인 암살과 한국정부 전복을 위해 신인간이란 특수 인간들을 한국에 투입했습니다."

엄상섭이 충혈된 눈으로 시청자를 보았다. 이곳은 서울역 대합실 안, TV 앞에 모인 시민들은 경악했다. 총리 특별성명 발표라고 해서 의료보험료 인상 정도로 생각했기 때문이다. 순식간에 TV 앞에 구름 같은 인파가 몰렸고 총리의 발표가 이어졌다.

"이 신인간 부대는 머리에 칩을 박았는데 일반 병사의 3배 내지 5배의 지구력과 힘, 생존력을 향상시켜 놓았습니다. 그들은 데모대에도 이 신인간 부대를 침투시켰는데 지난번 강남 포장마차 의식불명 상태의 2명도 북한의 신인간 부대원이었습니다."

이제 인파는 더 모였다. 택시를 타고 방송을 듣던 운전사가 흥분해서 앞차를 받는 사고가 수십 건 발생했다.

"그러나 국민여러분."

어깨를 편 엄상섭이 앞을 노려보았다.

"대한민국 정부를 믿으십시오, 대한민국 정부는 북한의 신인간 부대에 대항하여 특전작전 부대를 편성하여 이미 수십 명을 사살, 체포하여 칩을 획득하였습니다."

엄상섭의 목소리에 열기가 띠어졌다.

"그리고 그 칩에 대항하는 신무기를 개발, 신인간을 식별할 수 있게 되었습니다. 여러분은 국가와 군경을 믿으시고 생업에 종사하셔도 될 것입니다."

TV를 보던 박영준이 고갑수와 장용만에게로 머리를 돌렸다. 오피스텔 안에는 셋뿐이다. 오수연은 재벌 딸 행세를 하면서 330억짜리 3층 빌딩을 매입했는데 부동산 사무실의 소장도 꿈도 꾸지 못했던 거래였다. 하지만 수수료는 없다. 그래도 사기충천한 모습으로 퇴근을 했고 유영화는 먹을 것을 사러 나갔다.

"경찰청장이 피습당한 사실을 말하지 않는군, 당분간 비밀로 할 모양이다."

박영준이 말을 이었다.

"앞으로 암살이 더 늘어날 거야. 놈들은 이미 정체가 드러났으니 고위층 암살로 정국을 혼란 상태로 몰고 갈 거다."

이기수가 저격당했다는 사실은 최경태로부터 연락받은 것이다. 놈들은 5백 미터나 떨어진 건물에서 저격을 했다. 식별칩을 가진 경호대도 손을 쓸 수가 없는 상황이었다.

"놈들의 수뇌부를 잡아야 되지 않겠습니까?"

고갑수가 묻자 박영준이 머리를 끄덕였다.

"그래야지. 하지만 놈들은 점조직으로 운용되고 있어. 각 유격대가 20명으로 편성되었다는 것밖에 알 수가 없다."

"그저 돌아다니면서 잡아 죽이는 수밖에 없습니까?"

장용만이 투덜거렸다.

"그러다가 어느 세월에 이 전쟁을 끝냅니까?"

"곧 끝나게 될 거다."

박영준이 말을 이었다.

"너희들이 처치한 8번대 15번과 16번 칩을 분석했더니 8번대장 양미진 이상은 나오지 않아, 동료들도 보이지 않고."

둘의 시선이 탁자 위에 놓인 2개의 칩으로 옮겨졌다. 프린스빌딩에서 빼낸 칩이다. 먼저 15번 김동찬을 해치우고, 곧 찾으러 온 16번을 죽인 것이다. 둘은 무기도 쓰지 않았다. 주먹을 쥐었더니 1,600여 년 전, 백제시대의 무장 온솔이 창안한 돌주먹(石拳)이 되어 있어서 내려치면 되었다. 박영준이 손목시계를 보았다. 오후 7시 반이다.

"밤 12시에 8번대장 양미진을 잡으러 간다. 그러면 3시간쯤 휴식 시간을 가져도 되겠지."

박영준이 둘을 번갈아 보았다.

"이제 너희들 머릿속은 너희들이 느끼지 못하는 부분도 많지만 예전의 촌놈들이 아니야."

탁자 밑에서 5만 원권 뭉치 하나를 꺼낸 박영준이 고갑수에게 건네주었다.

"이걸로 술 마시고 와라, 10시 반까지는 돌아오도록."

"예, 사장님."

고갑수가 돈을 쥐었을 때 박영준이 말을 이었다.

"내일 오전에 2천만 원씩 줄 테니까 각각 집에 송금시켜 드리도록 해. 어떻게 말해야 하는지는 너희들 뇌가 많이 향상되었을 테니까 말 않겠다."

"예, 사장님."

감동한 둘이 거의 동시에 대답하더니 서둘러 방을 나갔다. 둘은 오늘 런던제과 근처에서 작전을 하면서 수많은 미녀를 본 것이다. 아직도 팔팔한 나이인 터라 생리적 욕구가 솟지 않을 수가 없다.

둘의 머릿속을 읽은 박영준이 그래서 3시간의 여유와 돈을 준 것이다. 둘은 돈뭉치를 갖고 룸으로 달려갈 것이 뻔했다. 아직 느끼지 못했지만 강남 룸에 갔을 때 칩을 꽂은 효과가 드러날 것이었다.

"다 어디 갔어요?"

과일이 담긴 비닐봉지를 들고 온 유영화가 방안을 둘러보며 물었다.

"응, 둘을 심부름 보냈어."

"언제 돌아와요?"

과일을 들고 주방으로 가면서 유영화가 다시 물었다.

"10시 반에 올 거다."

"그럼 세 시간 남았네."

주방에서 유영화가 머리만 돌려 박영준을 보았다.

"오빠, 나 좋아하죠?"

"아, 그럼."

유영화의 얼굴에 웃음이 떠올랐다.

"전에는 그러지 못했는데 칩을 박고 나서 자신이 생겼어요."

"무슨 말이냐?"

"앞뒤를 맞춰보고 이유와 원인도 추론할 수 있게 되었죠."

"그야 뇌를 향상시키니까, 운동 신경도 마찬가지고."

그때 유영화가 몸을 돌리더니 다가왔다.

"오빠, 날 가져요."

"뭘?"

"다 알면서. 오빠는 내 머릿속 생각까지 읽고 있잖아요."

"널 아끼고 싶다는 생각도 읽었어?"

그때 유영화가 스커트 후크를 풀더니 지퍼를 내렸다. 스커트가 뱀 껍질처럼 스르르 벗겨지더니 팬티 차림의 하반신이 드러났다. 희고 윤기가 흐르는 허벅지와 도톰한 안쪽까지 다 드러났다. 유영화가 이제는 셔츠를 위로 젖혀 벗었다. 브래지어와 팬티 차림이 된 유영화가 상기된 얼굴로 박영준을 보았다.

"오빠, 나 대학 1학년 때 아무것도 모른 채 두 번 섹스한 경험밖에 없어요."

박영준은 머릿속이 비어진 느낌을 받고는 당황했다. 큰일 났다. 내 뇌가 원상으로 돌아왔는가? 그때 유영화의 과거가 떠올랐다. 원상으로 돌아가지는 않았구나.

박영준이 유영화의 허리를 감아 안았다. 그 순간 유영화가 입을 다물더니 박영준의 가슴에 얼굴을 묻는다. 유영화의 얼굴을 두 손으로 감싸 쥔 박영준이 입술을 붙였다. 가쁜 숨이 토해지면서 아이가 먹는 분유 냄새가 맡아졌다.

그때 유영화가 손을 뻗어 박영준의 바지 혁대를 풀고 지퍼를 내렸다. 어느덧 박영준의 손이 유영화의 팬티를 찢어버릴 것처럼 내리고 있다.

침대 위에서 한 쌍의 알몸이 엉켰다가 풀리면서 신음과 가쁜 숨소리를 토해내고 있다. 방안은 뜨거운 열기로 가득 찼다. 비린 정액의 냄새도 맡아졌다. 유영화의 신음이 다급해졌다가 내려갔고 다시 숨이 끊어질 것처럼 올라갔다가 가라앉는다. 젖은 피부가 부딪치는 소리가 섞여 들린다. 신음과 함께 그 소리도 격렬해졌다가 가라앉기를 반복하고 있다. 거친 숨소리가 끊임없이 이어진다.

'스타클럽', 이름도 위압감을 주는 프린스턴호텔 지하 룸이다. 프린스턴은 논현로에 위치한 특급 호텔 중 하나로 신축된 지 1년도 안 되어서 지하 룸도 한마디로 '삐까뻔쩍'하다. 오후 8시 반, 고갑수와 장용만이 스타클럽 현관으로 들어서자 웨이터가 가로막듯이 서서 물었다.

"예약하셨습니까?"

"안 했는데. 요즘 장사도 안 될 텐데, 손님 받지."

고갑수가 어깨를 펴고 대답했다.

"예외 없는 법은 없지 않나? 안 그래?"

주머니에서 5만 원권 2장을 꺼낸 고갑수가 웨이터에게 내밀었다.

"안 되겠는데요."

육중한 체격의 웨이터가 눈앞에 떠 있는 5만 원권 지폐를 외면한 채 웃음 띤 얼굴로 말했다.

"잘못 찾아오셨습니다. 이곳은 뜨내기들이 드나드는 클럽이 아닙니다."

"그럼 성병 걸린 놈들이나 오는 약쟁이 클럽이냐?"

뒤에 서 있던 장용만이 한 걸음 나서면서 이죽거렸다.

"아까 언놈들 들어가는 거 보니까 약 먹은 것 같더만."

그때 웨이터를 젖히고 사내 둘이 고갑수와 장용만 앞에 가로막듯 섰다. 눈빛이 강했고 둘 다 어깨가 딱 벌어졌다. '주먹'이다. 이곳이 서울에서 가장 강한 '두원회'의 지역이다. 두원회 조직원이다.

"무슨 일입니까?"

그중 선임으로 보이는 넓은 얼굴이 똑바로 고갑수를 보았다. 눈동자가 흔들리지 않는다. 그때 고갑수가 빙그레 웃었다. 예전 같으면 동태처럼 바짝 얼어붙었을 고갑수다. 그런데 자신도 모르게 이렇게 변해버렸다. 칩 때문이다.

"무슨 일이긴? 술 마시려고 왔지, 좀 들어갑시다."

고갑수가 똑바로 사내의 눈을 응시했다.

"딱 3시간만 놀고 갈게."

그러고는 주머니에서 5만 원권 뭉치를 꺼내 사내 양복 주머니에 쑤셔 넣었다.

"다시 한 번 말하지만 융통성을 발휘해주시지. 그 돈이면 되겠지?"

사내가 주머니에서 5만 원권 뭉치를 빼내 들면서 웃었다.

"이 돈으로 영등포나 수원 쪽으로 가면 호강을 하시겠는데요. 뜨내기 돈은 안 받아."

돈뭉치를 흔들던 사내가 고갑수의 주머니에 다시 쑤셔 넣었다.

"가져가시지."

"못 간다, 시발놈아."

마침내 고갑수가 웃음 띤 얼굴로 말했다.

"니 지금 행동으로 스타클럽의 오늘 장사가 망했다는 거 알고 있냐?"

"아니, 이 새끼가."

눈을 치켜뜬 사내가 한쪽 손을 들자 그것을 신호로 뒤에서 우르르 사내들이 다가왔다. 여섯, 모두 정장 차림, 잘 짜인 대열, 앞쪽이 치면 뒤쪽이 옆으로 돌 수 있도록 진(陣)이 형성되었다. 사내가 어깨를 벌리면서 고갑수와 장용만을 번갈아 보았다.

"어디서 온 놈들인지는 모르지만 마지막 경고다. 셋 셀 동안 나가지 않으면 병신을 만들어서 실려 나가게 하고 경찰에 신고한다. 자, 하나."

"너는 셋 세는 순간에 병신이 된다."

고갑수가 말을 받았을 때 둘이 세어졌다.

"고갑수하고 장용만이 일을 저지르는구나."

가쁜 숨을 뱉고 있는 유영화를 안고 박영준이 말했다.

"제 능력을 확인해 보는 것도 필요하지."

"오빠 무슨 말이에요?"

유영화가 묻자 박영준이 침대에서 몸을 일으켰다. 박영준의 머릿속에서 막 셋을 외치는 사내의 모습이 떠오르고 있다.

"셋!"

사내가 외친 순간에 뒤쪽과 옆쪽의 사내들이 와락 덮쳤다. 순식간에 끝내려고 한꺼번에 덮친 것이다. 그 순간이다. 신음과 비명이 한꺼번에 터졌다.

"아이구! 억! 으악! 아악!"

물론 비명도 못 지르고 뻗은 사내들도 있다. 바로 숫자를 세었던 영업부장인데 가장 먼저 턱이 부서져서 소리도 못 내고 로비 바닥에 패대기쳐지듯이 엎어져 기절했다. 뒤쪽에서 구경하던 비전투원인 종업원 둘도 제외되지 않았다. 홀연히, 그야말로 번개처럼 다가온 사내한테 무엇으로 맞았는지도 모른 채 어깨뼈가 부러지고 갈비뼈가 부러져서 기절했다.

"어이구, 이게 뭐야?"

잠시 후에 로비 복판에 선 장용만이 주위를 둘러보며 소리쳤다.

"내 몸이 저절로 움직였어!"

주먹을 눈앞에 올려 보인 장용만의 목소리가 감동으로 떨렸다.

"내가 이소룡, 아니 장소룡이 되었어!"

"야, 가자."

역시 주위를 둘러보던 고갑수가 발을 떼며 말했다.

"여기서 놀기는 글렀다."

핸드폰을 귀에 붙인 최희연이 말했다.

"앞으로 사람 많은데 출입을 금지시켜라. 특별한 경우를 제외하고 외출 금지다."

"예, 알겠습니다."

8번대장 양미진의 목소리는 가라앉아 있다. 양미진이 물었다.

"그럼 저희들이 놈들한테 다 노출된 상태인가요?"

"그렇다고 봐야 돼. 놈들은 대낮에 시청 앞 인파 속에서 우리를 골라 쏘았어, 런던제과에서도 마찬가지다, 그렇지 않나?"

"네, 15, 16번은 인파 속에 끼어들어서 더 안전하다고 믿었을 것입니다."

"놈들은 식별 장치를 개발했어."

"그럼 일반인보다 더 위험한 상태 아닙니까? 차라리 칩을 빼는 것이…."

"속단하지 마, 동무."

최희연이 날카롭게 질책하자 양미진이 서둘러 사과했다.

"죄송합니다."

"놈들도 다급해졌어. 국무총리가 성명을 발표하고 특작부대를 편성했지만 공격 목표를 찾지 못해서 갈팡질팡하는 중이야, 아직도 주도권은 우리가 쥐고 있다고."

"예, 감독관 동지."

"조정관이 돌아올 때까지만 기다리고 있으면 돼."

"알겠습니다."

핸드폰을 귀에서 뗀 최희연이 옆에 선 부관 조병기한테 쓴웃음을 짓고 말했다.

"초인간 그놈이 나타날 때가 되었어, 그놈만 잡으면 승부가 나."

고갑수와 장용만이 돌아왔을 때는 오후 10시 20분이다. 약속 시간보다 10분 빨리 온 셈이다. 스타클럽을 난장판으로 만든 둘은 논현 시장 근처 골목의 카페에 들어가 소원을 풀고 돌아왔다. 익산에서는 눈을 씻고 보아도 만나지 못했을 아가씨 둘을 만나 회포를 푼 것이다.

아가씨들이 달라는 대로 돈을 주었어도 돈이 3백만 원이나 남았다. 그래서 둘이 150만 원씩 나눠 갖고 의기충천한 상태로 귀대(?)했다.

"자, 그럼 가자."

기다리고 있던 박영준이 자리에서 일어서며 둘에게 말했다.

"오늘 밤을 기준으로 전세가 달라질 거다."

그 시간에 스타클럽 대기실에는 '두원회'의 부회장 강석호가 와 있었는데 분위기가 험악했다. 스타클럽은 안에 있던 손님들을 프린스턴 호텔 22층 라운지에 있는 카페로 옮겨 모시고 '금일 휴업' 팻말을 붙인 상태다.

대기실에 앉은 강석호가 CCTV에 찍힌 장면을 두 번째 보았다. 뒤쪽에 둘러선 행동대 간부들도 숨을 죽이고 다시 CCTV를 본다. 클럽 로비에는 CCTV가 3개나 부착되어 있어서 지금 보는 장면은 안쪽에서 찍힌 것이다.

"음."

강석호의 입에서 신음이 터졌다. 두 놈의 몸놀림이 인간처럼 보이지 않는 것이다. 이번에도 온몸에서 소름이 돋아났다. 화면을 빨리 돌린 것도 아니다. 그런데 둘의 몸은 허공에 떴다가 주먹과 발길로 덮쳐온 이쪽을 쳤는데 무지막지하면서도 단 한 차례도 헛바람을 일으키지 않았다.

무술 영화를 좋아하는 강석호도 이런 신기(神技)는 처음 보았다. 순식간에 끝난 장면이다. 8명이 질펀하게 바닥에 드러누웠을 때 강석호가 머리를 들었다. 8명은 모두 중상이다. 모두 의식불명이다. 기가 막힐 일이다.

지금 동진의원 응급실에 모두 눕혀져 있는데 곧 경찰들이 조사를 나올 것이다. 강석호가 애먼 스타클럽 지배인 유용수를 노려보았다.

"이 두 놈은 처음이란 말이지?"

지금 세 번째 묻고 있다.

"우리는 이 칩을 만든 사람들을 만나고 싶습니다."

맥나마라가 손에 쥔 둥근 칩을 흔들어 보이면서 말했다. 밤 11시 반, 어젯밤에 대규모 조사단을 인솔하고 미국에서 날아온 맥나마라가 지금 국정원장 장한용과 마주앉아 있다. 서울에 도착하자마자 신인간의 머리에 박혔던 칩과 박영준이 만들어준 식별칩까지 받아 간 것이다. 맥나마라는 CIA 부국장으로 이번에 파견된 미국 측 '조사협력단'의 단장이다. 맥나마라가 지금 박영준을 만나고 싶다는 것이다. 장한용이 머리를 돌려 옆에 앉은 김치열을 보았다.

"연락이 되나?"

"예, 연락은 됩니다만."

김치열이 힐끗 맥나마라를 보았다.

"그 사람이 누가 오라고 해서 올 것 같지가 않습니다."

"그건 그래."

한국어로 주고받은 후에 장한용이 영어로 맥나마라에게 말했다.

"밤도 깊었으니까 내일 연락을 하지요, 맥나마라 씨. 그리고 그자는 우리가 오라고 해서 오는 사람이 아닙니다."

"그게 무슨 말입니까?"

"우리 고용원이 아니란 말씀이오, 우리가 오히려 도움을 받는 입장이라….'

"그게 말이 됩니까?"

"말이 됩니다."

입맛을 다신 장한용이 정색했다.

"그런데 왜 보자는 겁니까?"

"우리 연구진의 요청입니다. 북한의 신인간 작전을 효과적으로 분쇄하려면 미·한 동맹국 연구진들의 긴밀한 협조 체제가 필요합니다. 그래서 우리가 여기 온 것이 아닙니까?"

"그렇죠."

"나는 미국 조사협력단의 단장으로 한국 연구팀을 만나 식별칩의 제작 방법과 더 진보된 칩을 만들어 이 전쟁을 승리로 이끌려는 것입니다."

"잠깐만요, 맥나마라 씨."

장한용이 손을 들어 맥나마라의 말을 막았다. 그러고는 맥나마라와 그 옆에 앉은 보좌관 박사 두 명까지를 차례로 보았다.

"지금 자꾸 '들'이라는 '복수'를 쓰시는데 왜 그렇습니까?"

"우리는 당신들이 자꾸 '그 사람'이라는 단수를 사용해서 이상하다고 생각하고 있었습니다."

맥나마라가 옆쪽에 앉은 박사들과 눈을 맞추더니 말을 이었다.

"이 식별칩은 전자공학, 유전자공학, 생물학, 기계공학, 그리고 금속학까지 포함된 대규모 연구진의 집합된 결과물이라는 것이 우리 측 연구진들의 의견입니다."

맥나마라가 지그시 장한용을 보았다.

"자, 그 연구팀을 만나게 해주시오, 지금 망설일 때가 아닙니다."

벽시계가 11시 45분을 가리키고 있다.

"저 연립주택 3층 왼쪽 집이다."

박영준이 손으로 앞쪽을 가리켰다. 밤 11시 50분, 지금 셋은 연립주택이 비스듬히 보이는 건물의 7층 왼쪽 창가에 서 있다. 빌딩과 연립주택 사이에 건물이 2개나 더 있어서 연립주택은 겨우 2층 윗부분만 보인다. 거리는 150미터 정도, 박영준이 옆에 선 둘을 번갈아 보면서 물었다.

"내가 왜 여기서 말하는지 알지?"

"예, 압니다."

고갑수가 바로 대답했다.

"연립주택 주변에 함정이 있기 때문이겠지요?"

"그래."

"제 머리가 전보다 훨씬 영리해진 것 같습니다."

"안 쓰던 뇌가 활용되기 때문이다."

"저도 그렇습니다."

장용만이 말하자 박용준은 머리를 끄덕였다.

"너는 너무 안 썼어, 돼지 뇌하고 비슷했다."

"예? 제가…."

"저기 연립주택 바로 건너편 상가에 6명이 있다."

박영준이 바로 말을 이었다.

"1차 함정이지, 2차는 그 옆쪽 건물 옥상이다. 그곳에 저격 총이 2대 설치되어 있다."

긴장한 둘이 숨을 죽였지만 박영준의 목소리에 웃음이 띠어졌다.

"세 번째는 여기선 보이지 않지만 왼쪽 로터리에 경찰차 2대가 세워져 있어, 그놈들도 신인간이다."

"경찰차가 말입니까?"

고갑수가 물었다.

"그놈들 임무는 뭡니까?"

"사건이 터지면 주변에서 신고를 할 것 아닌가? 그때 바로 달려와서 우리를 제거하려는 것이지."

"철저하군요."

"이 기회에 우리를 잡으려는 거야, 역습을 하겠다는 것이지."

"또 있을지도 모르지 않습니까?"

불쑥 장용만이 묻자 박영준의 얼굴에 웃음이 떠올랐다.

"네 아이큐는 보통 사람의 두 배다, 용만아."

저격병 4번과 6번은 각각 5번, 7번과 팀을 이루고 있었는데 위치는 왼쪽과 오른쪽을 맡았다. 그래서 전방의 사각(死角)은 없다. 5층 건물 옥상에서는 길 건너편 상가와 주택단지, 사무실 건물이 다 보였는데 5번과 7번은 연립주택으로 다가오는 사람들의 감시까지 맡았다. 오전 12시 5분, 5번 유춘상이 야간투시경으로 앞쪽을 보다가 불쑥 물었다.

"놈들이 식별 장치를 발견했다는 소문 들었지?"

4번 이경일은 대답하지 않았고 유춘상이 혼잣말처럼 제 말에 제가 대답했다.

"런던제과 앞에서 당한 15번, 16번은 그것 때문에 당한 거라더군."

"…"

"놈들이 식별 장치가 부착된 안경을 쓰면 우리가 푸른색 불덩어리로 보인다는 거야, 열 탐지기에 비치는 것처럼."

"…"

"그럼 좋은 표적이 되는 거지, 겨누고 쏘기만 하면 되니까."

"닥쳐, 이 자식아."

마침내 이경일이 조준경에서 눈을 떼고 말했다.

"왜? 겁이 나는 거냐? 겁이 나면 도망치라우, 내가 등을 쏴 줄 테니까."

"이 자식아, 소문을 이야기했을 뿐이다."

유춘상이 눈을 치켜떴다.

"벙어리처럼 입 딱 닫고 시키는 대로만 하란 말이냐?"

"이 반동분자, 남조선에 오더니 남조선 놈들 물이 들었구나, 명령에 거역하겠단 말이지?"

"네가 저 두 놈을 맡아라."

박영준이 고갑수에게 앞쪽 4번 5번을 눈으로 가리키며 말했다.

"넌 저쪽 두 놈이다."

장용만에게 왼쪽의 둘을 가리킨 박영준이 손목시계를 보았다. 오전 12시 8분이다. 셋은 지금 건물 옥상의 비상구 옆 난간에 붙어 있었는데 건물의 일부분 같다. 6층 건물의 벽에 찰싹 붙어 있어서 저격병 위치에서는 어둠 속에 떠 있는 머리통만 드러나 있을 뿐이다. 셋은 건물 외부의 벽을 타고 올라왔기 때문이다. 박영준이 말을 이었다.

"오전 12시 10분에 처치해라."

고갑수와 장용만이 머리를 끄덕였을 때 박영준의 몸이 어둠 속으로 사라졌다. 놀란 둘이 밑으로 떨어졌나 하고 아래를 보았지만 보이지 않는다.

몸의 균형만 잘 잡으면 거꾸로 서서도 빌딩을 오를 수 있다. 박영준과 고갑수 등 셋은 인체의 균형감을 10배로 향상시켜 6층 건물을 평지 걷듯이 올라왔던 것이다. 박영준은 이제 옆쪽 건물로 날듯이 건너간다. 건물의 벽에 발을 딛었지만 수평으로 서서 뛰고 발을 붙인다.

사람은 가끔 바람처럼 흘러가고 싶다는 꿈을 꾼다. 물 위를 걷는다는 상상도 한다. 그러나 지금 박영준에게 그 꿈과 상상이 현실이 된다. 그 기운을 고갑수와 장용만의 칩에 심어 주었기 때문에 둘은 어느 정도까지 달성할 수가 있게 된 것이다. 이것도 오직 뇌의 작용 때문이다. 뇌에 저장된 수십억 개의 세포와 신경, 장치가 인체에 모두 연결된다면 신(神)이 되는 것이다. 박영준의 뇌는 그 만분의 일도 달성하지 못했다. 고갑수 등에게 이식해준 능력은 백만분의 일도 안 된다.

어느덧 어둠 속을 건너뛴 박영준의 몸이 상가 2층 벽에 붙었다. 상가는 3층 건물로 모두 문을 잠그고 불을 껐다. 그러나 1층 정육점 안에 6명이 잠복하고 있는 것이다. 이쪽은 연립주택 입구를 막을 수 있는 최적의 장소다. 벽에 붙은 박영준이 거미처럼 머리를 아래로 향하고는 1층 정육점으로 내려가기 시작했다.

8번대장 양미진은 29세, '해방사관학교' 출신으로 계급은 대위다. 북한은 남한에서 15년 전부터 '해방사관학교'를 운용했는데 벌써 13기 졸업생을 배출했다. 해방사관학교는 2년제로, 졸업하면 소위로 임명된다. '해방군 소위'다.

"나는 미끼 역할이야."

양미진이 웃음 띤 얼굴로 부관 오택수를 보았다. 웃음 띤 두 눈 속으로 빨려드는 느낌을 받은 오택수가 숨을 들이켰다. 그만큼 양미진은 아름답다. 8등신 몸매여서 양미진이 '해방군' 출신만 아니라면 영화배우가 되었거나 모델로 출세할 수도 있었을 것이다. 양미진이 벽시계를 보면서 말을 이었다. 오전 12시 10분이다.

"오늘 밤에 그놈이 여기 올 거야."

정육점 안의 불은 꺼 놓았지만 어둠에 익숙해진 1조는 불편한 점이 없다. 조장 홍대규는 안쪽 계산대 옆 소파에 기대앉아 있었는데 나머지 다섯은 제각기 문 옆과 창가에서 편한 자세로 기다리고 있다.

오전 12시 12분, 1조의 임무는 3층에서 신호가 오는 즉시 연립의 현관을 봉쇄, 2명은 뒤쪽으로 달려가 후방을 차단하는 임무다. 여섯은 모두 소음기가 끼워진 권총을 소지하고 있는 것이다. 이제야말로 실전에 투입되었다는 긴장감이 정육점을 덮고 있다.

"조장, 오기는 오는 거요?"

배성호가 투덜거리듯 물은 것은 긴장을 풀려는 의도다. 배성호는 26세, 평범한 외모와 체격이었는데 성격이 괴팍해서 6명 중 선봉 역할이다. 머리에 칩을 꽂으면 모두 활동적인 성격이 되지만 간혹 배성호처럼 몇 배나 에너지가 상승하는 대원이 있다. 칩이 균일한 효과를 내지 않는 것 같다.

"기다려."

홍대규가 내려진 블라인드 사이로 길 건너편의 연립을 흘겨보며 말을 이었다.

"놈들이 15, 16번의 칩도 빼냈을 거다. 이젠 우리를 놈들이 식별할 수 있다고 봐야 돼."

"그렇다면 15, 16번을 잡고 우리 대장 위치를 알아냈다는 말이오?"

배성호가 물었다. 정육점 안의 대원들은 모두 귀를 세우고 있다.

"그런 가정하에서 우리가 이렇게 기다리고 있는 거다."

홍대규가 낮은 목소리로 말을 이었다.

"갑자기 일이 꼬였어. 놈들이 우리 정체를 알아낼 것을 전혀 예상하지 못했다는 거야."

다시 손목시계를 본 홍대규가 눈으로 앞쪽 연립을 가리켰다.

"대장도 지금 대기 중이야. 정신들 차리라고."

벽에 붙은 박영준의 얼굴에 쓴웃음이 번졌다. 사업 구상을 하려고 서울에 올라왔다가 전쟁의 소용돌이에 빠져들었다. 그러다가 어느덧 주역이 된 것이다. 그러나 어쨌든 나라를 구해야 사업이건 직장생활이건 할 것 아닌가? 내가 초능력을 갖게 된 것도 운명이고 이렇게 벽에 붙어 있는 이 현실도 운명이다. 일단 이번 일을 끝내고 보자.

숨을 들이켠 박영준이 정육점 문을 열고 들어섰지만 안에 있던 여섯 명은 눈치채지 못했다. 그 이치는 간단하다. 박영준의 시간과 현실의 시간이 달라졌기 때문이다. 이번에는 숨을 크게 들이켰기 때문에 현실 세계의 1초가 박영준에게는 10분이 되었다. 무려 600배다. 쉽게 말하면 현실에서 '똑딱' 하는 1초 동안 박영준은 10분의 시간으로 행동하는 것이다. 그러니 문이 열리고 닫히는 것을 여섯이 뻔히 눈을 뜨고도 모를 수밖에.

박영준의 손에는 화장품 가게에서 가져온 코털 뽑는 핀셋이 쥐어져 있다. 먼저 문 앞에 기대서 있는 사내에게 다가간 박영준이 뒷머리의 머리카락을 손으로 젖히고는 칩이 심어진 부분에 핀셋을 박았다. 그러고는 칩을 뽑았다. 그러나 사내는 시큰둥한 표정을 지은 채 옆쪽만 본다. 박영준이 그 옆쪽 사내에게 다가갔다. 이 사내는 뒷머리에 머리카락이 없어서 머리털을 젖히지 않아도 되었다.

핀셋이 푹 들어갔다가 나오면서 칩이 잡혀 나왔다. 마지막으로 소파에 앉아 있는 조장 뒷머리에서 칩을 뽑은 박영준이 문을 열고 나왔다. 그러고는 손목시계를 보았더니 12시 14분이 되어 있다.

옥상에 선 고갑수와 장용만이 주위를 둘러보았다. 옥상에는 이미 사내 넷이 질펀하게 쓰러져 있었는데 모두 의식이 없다. 둘이 반대쪽 벽을 타고 올라오리라고는 전혀 예상도 하지 못했기 때문이다. 그때 고갑수가 말했다.

"자, 칩을 뽑자."

"그냥 머리통을 부숴버리는 게 낫지 않을까?"

장용만은 말을 하면서도 곧 주머니에서 핀셋을 꺼내들고 사내들에게 다가갔다.

연립 안으로 들어선 박영준이 계단에 설치된 함정을 보았다. '부비트랩'이다. 엄청난 위력을 가진 대인지뢰가 계단 입구의 종이박스 안에 감춰져 있다. 계단에 가로질러 쳐놓은 낚싯줄은 3가닥으로 무릎과 배, 가슴에 닿으면 폭발하게 되어 있다.

3층까지 계단에 부비트랩 4개 CCTV 카메라는 6개가 설치되어서 그야말로 개미 한 마리 올라올 수 없도록 만들었다. 박영준은 낚싯줄을 피해 벽을 걷고 CCTV 앞을 지났지만 영상에는 잡히지 않는다. 이번에는 시간을 더 길게 빨아들였기 때문에 몇천분의 일의 비율로 화면을 느리게 작동해야 나타날 것이다.

이윽고 박영준이 3층 2호실 앞에 섰다. 복도에 경호원 둘이 서 있었지만 박영준을 알아보지 못하고 있다.

"아이고, 머리야."

배성호가 뒷머리를 움켜쥐고 신음했다.

"으윽."

"아악 머리가."

동시에 이곳저곳에서 머리를 움켜쥔 사내들이 몸을 비틀었다.

"으음."

홍대규가 손바닥으로 뒷머리를 눌러보고 나서 놀란 외침을 뱉었다 손바닥에 피가 묻어 있다. 그리고 온몸이 늘어져 소파에서 일어날 기력도 없다.

"불, 불을 켜라!"

홍대규가 기를 쓰고 소리치자 누군가 전등 스위치를 올렸다. 그 순간 홍대규는 몸을 굳혔다. 눈앞의 다섯 명이 모두 늘어져 있다. 손으로 머리를 감싸고 있었는데 모두 손바닥에 피가 묻었다. 칩이 빠져나간 것이다. 칩을 누가 빼 갔단 말인가? 그리고 어느 순간에? 기력이 떨어진 상황에서도 홍대규는 악을 쓰고 일어섰다.

"크, 큰일 났다!"

기습을 당한 것이다.

"대, 대장께 알려야 한다!"

그런데 어떻게 알려야 하는지 생각이 나지 않았다. 그 다음 순간에는 자신이 왜 이곳에 서 있는지 궁금해졌다. 내가 왜 정육점에 들어와 있지? 그리고 앞에 있는 이상한 놈들은 누구인가?

문이 열렸을 때 양미진은 옆방에서 잠복하고 있던 요원 중 하나가 들어온 줄 알았다. 머리를 든 양미진이 숨을 들이켰다. 처음 보는 사내다. 그 순간 옆에 있던 오택수가 허리에 찬 권총을 빼 들었지만 늦었다.

"뿌득."

입을 딱 벌린 오택수가 뒤로 반듯이 넘어졌는데 어느새 머리가 뒤쪽으로 돌아가 있다. 목뼈가 부러져 버린 것이다. 사내의 움직임은 눈에 보이지도 않았기 때문에 양미진은 잠깐 멍한 상태가 되었다. 다음 순간 정신을 차렸을 때 뒷머리에 충격이 오면서 의식을 잃었다.

"거기서 경찰차가 보이냐?"

박영준이 묻자 고갑수가 대답했다.

"네, 환히 보입니다."

고갑수의 들뜬 목소리가 이어졌다.

"거리는 240미터, 차 안에 탄 놈들까지 다 보입니다."

"용만이 너는 어때?"

"저도 보입니다, 사장님."

고갑수다. 장용만은 저격병 대신 저격총의 야간투시 장치가 부착된 망원렌즈로 아래를 내려다보는 중이다.

"좋아. 갑수는 뒤차, 용만이는 앞차다."

박영준이 의자에 앉은 채로 지시했다. 눈을 가늘게 뜬 채 앞쪽 벽을 보고 말하는 것이다. 옆쪽에 앉은 양미진도 TV만 보고 있다. 그러나 장면이 바뀌어도 눈동자가 흔들리지 않는다. 옆쪽 방바닥에는 부관 오택수가 누워 있었는데 몸뚱이의 등만 방바닥에 붙인 기괴한 자세다. 얼굴은 방바닥 쪽으로 돌려졌고 뒷머리는 상처 자국이 있다. 칩을 뺀 것이다. 그때 박영준이 앞쪽 벽에 대고 말했다.

"용만이가 먼저 앞차 운전석에 앉은 놈의 머리통을 쏴라."

"예, 사장님."

"갑수는 조수석에 있는 놈의 머리를 쏴."

"예, 사장님."

"자, 쏴라."

다음 순간 박영준의 눈앞에 머리통이 부서지는 앞차 운전석의 사내가 보였다. 이어서 고갑수가 쏜 총탄이 정확하게 뒤차 조수석에 앉은 조장의 머리통을 박살냈다. 박영준의 뇌와 연결된 고갑수, 장용만의 칩이 둘의 눈에 보이는 것을 그대로 전송했다.

오전 12시 24분, 최희연의 핸드폰이 진동했다. 발신자 번호를 본 최희연이 서둘러 핸드폰을 귀에 붙였다. 양미진의 전화다.

"그래, 나야"

최희진이 응답했을 때 곧 전화기에서 목소리가 울렸다.

"응, 미인이구나."

사내 목소리다. 숨을 들이켠 최희연의 얼굴이 대번에 하얗게 굳어졌다.

"너, 그놈이구나."

"넌 날 그놈이라고밖에 말 못하지만 난 이 순간에 널 파악했다. 네 이름은 최희연, 37세, 평양 유전자연구소 부소장, 혈액형 A형, 아버지는 최윤식, 어머니는 김금화, 평양 김일성 대학 생물학부와 모스크바 과학대 졸…."

"이런 개자식."

저도 모르게 핸드폰을 귀에서 땐 최희연이 전원을 껐다. 그러고는 옆쪽으로 던졌다.

박영준이 핸드폰을 주머니에 집어넣고는 쓴웃음을 지었다.

"이 여자가 핵이군."

옆자리에 앉은 양미진은 창밖만 보았고 박영준이 말을 이었다.

"이 여자 머릿속을 다 읽었다."

그 순간 양미진이 박영준을 보았다. 그러나 입을 열지는 않는다. 앞자리에 앉은 고갑수와 장용만은 잠자코 앞쪽만 본다. 고갑수가 운전하는 벤츠는 밤거리를 질주하고 있다.

"평양에서 지원군이 오기를 기다리고 있구나. 허세를 부리지만 속은 잔뜩 초조한 상태야."

박영준이 양미진에게 물었다.

"해방사관학교 동기들 명단을 오늘 오전까지 작성해 놓도록."

"예, 주인님."

양미진이 고분고분 대답했다.

"제가 13기 전부는 몰라도 제 동기 대부분은 압니다."

"난 22개 유격대장 명단과 위치는 다 파악해 놓았다."

박영준이 웃음 띤 얼굴로 양미진을 보았다.

"최희연과 통화하면서 뇌 속의 기억을 내가 모두 이식받았지."

"어떻게 말입니까?"

"네 뇌 속의 칩이 이젠 나한테 복종하도록 만든 원리하고 비슷해."

그때 운전석 옆자리에 앉은 장용만이 힐끗 박영준을 돌아보았다. 놀란 표정이다. 양미진의 머릿속 칩을 뺀 박영준이 수정한 후에 다시 박아 놓았다는 말이었다.

"주인님, 어떻게 그럴 수가 있습니까?"

양미진도 놀란 표정을 짓고 그렇게 물었다.

"전화 통화만 하셨지 않습니까?"

"목소리를 통해 뇌에 든 기억뿐만 아니라 기능이 모두 나한테 전이된 거다."

"그, 그럼 최희연은 백지 상태가 된 겁니까?"

"아니, 기본적인 것은 남겨 놓았지."

박영준의 얼굴에 웃음이 떠올랐다.

"내가 최희연을 조종하게 된 거다."

"조종하다니요?"

"원격조정을 하는 것이나 같지."

눈을 가늘게 뜬 박영준이 말을 이었다.

"최희연은 그것이 자신의 생각과 의지인 줄 알고 있지만 말이야."

소파에 던져놓은 핸드폰을 다시 집어든 최희연이 옆에 선 정기만에게 말했다.

"8번대가 전멸했다는 말은 하지 마."

"예, 감독관 동지."

정기만이 긴장한 얼굴로 최희연을 보았다.

"하지만 평양에는 보고해야 되지 않겠습니까?"

"그것이"

최희연이 웃음 띤 얼굴로 정기만을 보았다. 오전 1시 반, 최희연은 소공동의 10층 빌딩으로 옮겨와 있다. 이곳이 신인간의 본부인 것이다. 최희연은 이곳에서 '남조선 작전'을 시작했다.

"안 되겠다, 감찰관 동무."

"무슨 말씀입니까?"

"평양에 보고하면 작전을 대대적으로 수정할 것 아닌가?"

"그래야 되지 않습니까?"

"그럼 힘들어져"

"뭐가 말씀입니까?"

"신인간을 멸종시키기가 말이야."

"신인간이라니요?"

정기만이 미간을 좁혔다.

"감독관 동지, 무슨 말씀입니까?"

그때 최희연이 탁자 밑에서 권총을 빼내더니 겨누었다.

"이제 끝내겠어."

그 순간 소음기가 장착된 권총의 발사음이 방안에 울렸다.

"퍽! 퍽!"

3미터 거리였으니 눈을 감고 쏘아도 맞는다. 머리가 박살이 난 정기만이 쓰러졌을 때 총소리에 놀란 경호원 둘이 방안으로 뛰어왔다. 그때 최희연이 권총을 휘두르며 소리쳤다.

"감찰관이 배신했다, 시체를 치워라!"

"이런."

메일을 본 장한용의 입이 딱 벌어졌다. 둘러선 차병돈, 김치열, 윤준기까지 아연한 표정이 되었다. 메일에는 신인간의 각 유격대장 이름과 근거지, 특징, 소속 인원 구성까지 다 적혀 있는 것이다.

"이, 이것이 사실이란 말이야?"

장한용의 갈라진 목소리가 상황실을 울렸다. 오전 4시 반, 이곳은 특작군의 사령부인 청와대 지하 벙커 안이다. 상황실에서 비상근무 중이던 특작군의 고위층이 지금 최경태가 받은 메일을 열람하고 있다. 이 메일은 박영준이 보내준 것이다. 그때 최경태가 머리를 들고 장한용을 보았다.

"믿어서 손해될 것이 없지 않습니까?"

"무슨 말인가?"

경찰팀 하급자의 불손한 말에 기분이 상한 장한용이 묻자 특전사령관 차병돈이 나섰다.

"당신 말이 맞다. 우리가 손해 볼 것이 없지, 더구나 초인간이 보내준 정보야."

어깨를 부풀린 차병돈이 서둘렀다.

"21개 지역이군. 거처와 인적 사항까지 알아냈으니 원인이야 나중에 따지고 잡아 죽이면 이번 전쟁은 끝난다."

장한용이 입을 벌렸다가 닫았다. 지금 자존심 생각할 여유가 없는 것이다.

감찰관은 감찰대를 지휘하는 직책이며 감독관을 보조, 감시하는 역할까지 맡는다. 그 감찰관을 감독관이 사살했기 때문에 유격대는 혼란에 빠졌다. 감찰대가 지휘관을 잃고 우왕좌왕하는 상황이 벌어진 것이다.

"예, 4번대장 고정준입니다."

오전 5시 10분, 최희연이 비상 연락망을 통해서 온 전화를 받는다. 4번대는 청와대 주변에 배치시킨 정예 유격대다.

"감독관님, 청와대에 심어놓은 요원 둘과 연락이 끊겼습니다."

고정준의 목소리에 불안감이 느껴졌다.

"두 시간쯤 되었는데 어떻게 할까요?"

"기다려."

최희연이 바로 대답했다.

"오전 9시까지 기다려."

"예, 감독관 동지."

"현 위치에서 움직이지 마."

다짐하듯 말한 최희연이 전원을 끊는다.

핸드폰을 귀에서 뗀 박영준이 둘러앉은 고갑수, 장용만, 유영화와 오수연까지를 둘러보았다. 얼굴에 웃음이 떠올라 있다.

"눈에는 눈이고 피에는 피다."

"무슨 말씀입니까?"

고갑수가 묻자 박영준이 벽시계를 보았다. 오전 8시 20분이다.

"9시에 신인간 부대는 몰사한다."

모두 숨을 죽였고 박영준의 말이 이어졌다.

"내가 최희연을 시켜 모든 부대를 부대장 인솔하에 안가(安家)에서 대기하라고 지시해놓았다."

그렇다. 방금 박영준은 4번대장 고정준에게 지시한 것이다. 박영준이 전화로 최희연에게 지시했고 최희연은 그대로 고정준에게 말한 것이다. 그것을 그들도 모두 들었다.

"이크, 이것 봐라."

최경태는 연락관으로 상황실에 남아 있다. 다시 컴퓨터 메일을 연 최경태가 소리쳤다. 상황실에 남아 있던 고위층들이 이제는 체면 차리지 않고 서둘러 다가와 모니터를 보았다.

"해방사관학교가 뭐야?"

놀란 누군가가 소리쳐 물었지만 대답하는 사람은 없다.

"아이구, 이것 봐라."

누가 다시 소리쳤고 이제는 모두 숨을 죽였다. 모니터에 '해방사관학교' 출신자들의 인적 사항과 거주지, 졸업년도와 계급, 그동안의 행적까지가 적혀 있는 것이다. 모두 수백 명이다.

"복사를!"

어느새 뒤에 와 서 있던 차병돈이 소리쳤다. 두 눈을 부릅뜬 차병돈의 목소리가 이어졌다.

"이제야말로 청소할 때가 되었다! 대청소다!"

"탕탕탕탕탕!"

기관총 소리가 울리더니 곧 복도에서 요란한 발자국 소리, 외침이 울리면서 문이 왈칵 열렸다.

"작전관 동지! 습격입니다!"

경호원이다.

"타타타타타타."

이제는 수십 정의 총성이 한꺼번에 울렸다. 그래서 경호원의 목소리가 총소리에 묻혔다. 최희연은 쥐고 있던 핸드폰이 진동하자 귀에 붙였다. 그때 박영준의 목소리가 울렸다.

"항복해."

핸드폰을 귀에서 뗀 최희연이 경호원에게 소리쳤다.

"항복해!"

"뭐라고 하셨습니까?"

놀란 경호원이 되묻자 총성 사이로 최희연이 다시 소리쳤다.

"항복하라고 전해! 서둘러!"

경호원이 몸을 돌려 달려 나갔다.

"신인간과 초인간의 대결인가?"

맥나마라가 상황실 구석에 서서 듀크 박사에게 말했다. 오전 9시 15분, 청와대 상황본부로 들어온 그들은 총출동된 상황에 놀라 지금은 구경꾼 신세가 되었다. 그것이 초인간이 전해준 정보 때문이었던 것이다.

"초인간의 승리가 될 것 같군."

맥나마라가 말했을 때 첫 승전보가 울렸다.

"잠실에서 1개 부대를 섬멸했습니다!"

통신 장교가 소리쳤다.

"군(軍) 특전대가 유격대장을 포함해서 22명을 사살, 전원 칩을 회수했습니다!"

듣고 있던 특작대 지휘부 몇 명이 박수를 쳤다. 그때 다시 보고가 이어졌다.

"서교동에서 제17유격대 섬멸!"

"인사동에서 제11유격대 전멸시킴!"

안쪽 지휘관석에 앉아 있던 장한용이 전화기를 들고 있다. 아마 대통령에게 보고를 하려는 것 같다. 그때 맥나마라가 말했다.

"이제 우리가 초인간을 만날 차례요."

"나, 맥나마라올시다."

수화구에서 사내가 영어로 말했다. 오전 9시 반, 박영준이 새 아지트가 된 건물 3층에서 핸드폰을 귀에 붙이고 있다.

"당신, 초인간 맞지요? 아참, 당신 영어할 줄 압니까?"

박영준의 얼굴에 웃음이 떠올랐다.

"맥나마라 씨, 당신 딸 생일이 이틀 남았군. 캐시가 좋아하는 토끼 인형을 잊지 말고 갖고 가도록 해요."

그 순간 맥나마라가 숨 들이켜는 소리를 내었다. 맥나마라는 독일에서 6년간 근무했기 때문에 독일어도 유창하다. 그런데 초인간이 갑자기 독일어로 대답했기 때문이다. 독일어가 자신보다 월등하다. 그리고 이게 무슨 일인가? 캐시를, 더군다나 캐시의 생일에다 캐시가 좋아하는 토끼 인형까지 알고 있다니. 맥나마라의 피부에 소름이 돋아났다.

"당, 당신…."

"손에 쥐고 있는 라이터는 중국 칭다오에서 산 지포 짝퉁이군, 맥나마라."

"졌소, 초인간."

"랭그리 전산 본부에 근무하는 도로시하고 5년째 밀회를 하는 사이이고, 나쁜 인간 같으니."

"그만 합시다, 초인간."

"날 만날 필요는 없어, 맥나마라. 보고서에 쓸 내용은 이만하면 되겠지?"

"우리 박사들을 한번 만나 봤으면 좋겠는데, 초인간 씨."

"누구를? 듀크? 그 친구는 박사가 아냐, CIA 연구팀의 분석관이지."

"이번 작전은 당신 덕분에 대승리를 거두었소, 초인간. 그래서 말인데…"

"난 연구 대상이 아냐, 맥나마라. 실험실의 생쥐가 아니라고."

지금 박영준은 독일어로 말하고 있다. 박영준이 말을 이었다.

"맥나마라, 챔버린 국장한테 말해, 언젠가 기회가 오면 만나게 될 것이라고. 이번에 가져갈 북한산 칩과 내가 만든 식별칩만으로도 유전자공학은 10년은 앞당겨졌을 테니까 말이오. 더 욕심을 부리면 안 되지."

박영준이 핸드폰을 귀에서 떼고는 전원을 껐다.

엄상섭 총리와 특작군 총지휘관 장한용, 부지휘관 차병돈이 대통령 이성국 앞쪽에 나란히 앉았다. 오후 5시 10분, 청와대 벙커 회의실, 모두의 표정은 밝다. 지금 승전 보고를 하는 중이다.

"적의 총사령관 격인 감독관 최희연이 항복했습니다."

장한용이 들뜬 목소리로 말을 이었다.

"21개 유격대 중 14개 유격대장이 사살되었고 7개 대장은 투항했습니다. 그리고…"

장한용의 시선을 받은 차병돈이 이어서 보고했다.

"해방사관학교라는 반란군 장교를 양성하는 기관이 버젓이 한국 내에서 15년 동안이나 운영되어 왔었던 것입니다. 이 사관학교 졸업자 725명 중 692명을 체포 또는 사살했습니다."

어깨를 편 차병돈이 말을 이었다.

"나머지는 수색 중이지만 거의 전멸된 것이나 같습니다."

이성국이 머리를 끄덕이며 보고서를 보았다. 강남대로를 뒤덮었던 데모대가 어느새 사라진 것은 물론이다. 그쯤은 보고할 사항도 못 되었다. 그때 엄상섭이 이성국에게 물었다.

"미국 정부는 신인간의 칩 23개와 우리 초인간이 만든 식별칩 3개를 요청했습니다. 동맹국으로서 적의 무기에 대한 분석을 하겠다는 의도입니다. 그리고 식별칩에 대해서도 협조해주기를 바라고 있는데 어떻게 할까요?"

"줍시다."

이성국이 웃음 띤 얼굴로 말을 이었다.

"우리가 무기를 협조해주다니 이런 때도 다 있군요."

"모두 초인간 덕분이지요."

그때 이성국이 정색하고 셋을 둘러보았다.

"내가 초인간을 만날 수 없을까요?"

"그것이…."

장한용이 어깨를 부풀렸다가 내렸다.

"이제는 연락이 안 됩니다, 대통령님."

"난 서울이 고향이야."

양미진이 오수연과 유영화를 번갈아 보면서 말했다.

"전문대 졸업하고 유치원 교사로 근무하다가 해방군사관학교에 들어간 거야."

"난 그런 학교가 있는 줄도 몰랐네."

오수연이 말하자 유영화는 코웃음을 쳤다.

"그게 무슨 학교야? 군인 훈련소지."

"계급이 대위였다며?"

오수연이 유영화를 무시하고 양미진에게 물었다.

"월급도 받았어?"

"그럼."

"누가 줘? 북한에서?"

"관리자가."

"무슨 관리자?"

"우리를 관리하는 사람들."

"간첩 두목이겠지."

유영화가 다시 끼어들었다.

"간첩이 많아, 이곳저곳에."

"넌 좀 가만있어."

오수연이 눈을 흘겼다.

"잘난 척 말고."

"넌 모르는 게 너무 많아."

"뭐야?"

그때 방안으로 박영준이 들어섰다. 오후 5시 반, 사무실 빌딩의 회의실 안이다. 방안 분위기가 뒤숭숭했지만 박영준이 모른 척하고 자리에 앉으면서 말했다.

"나머지 일은 정부에 맡기면 되고 이제 우리는 이 일에서 손 뗀다."

유영화와 오수연은 긴장한 채 듣기만 했지만 양미진이 물었다.

"감독관은 어떻게 되었습니까?"

"항복했어."

"그건 압니다."

"미국으로 갈 것 같다."

"그렇군요."

머리를 끄덕인 양미진의 얼굴이 굳어져 있다.

"항복한 요원들은 모두 실험 대상이 되겠군요?"

"그렇겠지."

박영준이 정색하고 말을 이었다.

"칩과 함께 실험을 해야만 할 테니까."

"그럼 우리는 어때요?"

오수연이 머리를 손바닥으로 짚으면서 물었다. 머리에 꽂은 식별칩을 묻는 것이다.

"너희들 넷의 경우는 달라. 신인간들의 칩은 대량 생산된 것이지만 너희들 넷은 내 수제품이다."

박영준이 제 말이 우스운지 외면하고 웃었다.

"물론 칩의 기원은 북한 당국이야, 난 그것을 조금 더 개발했을 뿐이지."

"그러면."

양미진이 끼어들었다. 조금 얼굴을 붉힌 양미진이 박영준에게 물었다.

"제 머리의 칩은 수제품 입니까?"

"그래."

박영준이 머리를 끄덕였다.

"내가 개조했으니까 수제품이 맞다."

"떼어내면 어떻게 됩니까?"

"넌 해방사관학교를 졸업한 후에 칩이 심어졌어. 칩이 심어지기 전으로 돌아가겠지."

"…."

"2년 동안 사관학교에서 단련된 네 국가관과 사고(思考)가 그대로 나타날 거다."

"…."

"하지만 네가 접촉했던 상관, 친구, 후배들이 지금 대부분 잡히거나 특작군에 의해서 사살되었는데 어떻게 할 거냐?"

양미진이 시선을 내렸다. 작전관 최희연이 투항하고 최희연이 이끌었던 유격군(軍)이 전멸 한 것은 나흘 전이다. 그 후로도 최희연의 기억을 모두 토해놓은 박영준의 정보에 의해서 사회 각 부분에 침투되어 있던 반역자와 부역자 소탕이 계속되었다. 그리고 지금은 마무리 단계다. 물론 양미진의 뇌에 저장되어 있던 해방사관학교 동기 명단도 이미 모두 자료로 제출되었다. 그러나 사회는 평온하고 오히려 주가가 폭등했다. 외국 투자가 쏟아졌고 수출이 폭증했다. 겨우 닷새가 지났는데도 이렇다. 그때 양미진이 말했다.

"언제까지 칩을 박고 있어야 예전의 기억이 사라집니까?"

"죽을 때까지."

박영준의 말에 유영화와 오수연이 서로의 얼굴을 보았다. 그러더니 유영화가 나섰다.

"사라지게 할 수 있어요?"

양미진은 눈만 깜박였고 유영화가 말을 이었다.

"우리야 능력이 배가된 식별칩이어서 부담이 없지만 양미진 씨는 마치 억압받는 로봇 같은 느낌이 드네요.”

양미진 대신 말해준 것이다. 그때 박영준이 양미진에게 물었다.

“과거 기억을 다 지워주랴?”

“네, 주인님.”

“네가 부모를 잃고 고아가 된 순간까지만 기억이 남게 해줄까? 아니면 그것도 지워줄까?”

그 순간 양미진이 눈을 크게 떴고 유영화와 오수연은 숨을 죽였다. 양미진의 과거가 드러난 것이다. 그때 양미진이 대답했다.

“그 아픈 상처도 남겨 주세요. 그래야 인간처럼 느껴질 테니까요.”

그 시간에 고갑수와 장용만은 프린스턴호텔의 로비 라운지 안 밀실에 앉아 있었는데 둘 다 말끔한 차림이다. 압구정동 명품 백화점인 ‘루팡’에서 산 양복을 입고 머리는 탤런트 박우성의 단골인 리헤어에서 다듬은 데다 몸에서는 향수 냄새가 진동했다. 향수는 장용만이 사서 뿌린 것이다. 고갑수가 손목시계를 보았다. 못마땅한 얼굴이다.

“이거, 늦는데.”

지금 고갑수는 지하 1층 스타클럽의 사장을 기다리고 있는 것이다.

“온갖 궁리를 하느라고 그렇겠지.”

웃음 띤 얼굴로 장용만이 말했다. 소파에 등을 붙인 장용만은 느긋한 표정이다. 둘이 스타클럽에 나타나 종업원들에게 지난번 나타났던 ‘둘’이라고 신원을 밝히고 나서 사장 면담을 요청한 것이다. 호텔 라운지에서 기다리고 있겠다고 통보했는데 지정한 시간이 10분이 지나도록 아직 나타나지 않는다. 그때 문에서 노크 소리가 났다.

들어선 사내는 넷, 하나가 앞장을 섰고 셋이 뒤를 따른다. 앞에 선 사

94

내가 두목이다. 고갑수와 장용만은 자리에서 일어나지 않았다. 그때 다가온 사내가 앞쪽 자리에 앉으면서 빙그레 웃었다. 사내 셋은 뒤쪽에 섰는데 질서가 있다. 하나는 바로 뒤 왼쪽에 붙어 섰고 또 하나는 오른쪽에, 하나는 문 옆이다. 앉은 사내는 30대 중반쯤으로 잘생겼다. 모두 몸에 잘 맞는 맞춤 양복 차림, 장용만이 분무기 물처럼 뿌린 싸구려 향수와는 질이 다른 향내가 맡아졌다. 그때 사내가 말했다.

"나 참, 별일 다 보는군. 너희들 족보에도 없는 놈들 같은데."

사내의 시선이 둘을 하나씩 훑었다. 날카로운 시선이다.

"몸은 무지 빠르더구나, 하지만 너희들 같은 애들은 쌨어, 넘쳐."

사내의 얼굴에 웃음이 떠올랐다.

"간이 배 밖으로 나온 놈들 같으니, 야 이 새끼들아, 이것 좀 봐라."

그러고는 사내가 손을 슬쩍 든 순간이다. 바로 뒤에 서 있던 사내가 허리춤에서 권총을 꺼내 고갑수의 가슴에 겨눴다. 오른쪽에 섰던 사내도 한 걸음 나서더니 권총을 뽑아 장용만의 얼굴을 겨눴다. 권총에 소음기까지 장착되어 있어서 더 위협적이다. 그때 사내가 의자에 등을 붙이면서 말했다.

"너희들, 이 자리에서 쏴 죽이고 화물실로 옮기면 돼."

"…"

"시체는 소각장에서 태우면 흔적도 남지 않아, 이 병신들아."

사내가 지그시 고갑수와 장용만을 보았다.

"그런데 너희들 사진을 찍어서 경찰 자료에 입력시켜 보았더니 전국 18대 조폭 1,728명의 명단에도 포함되지 않았더군. 그럼 아마추어나 똘마니인데, 우선 듣기나 하자. 금방 대답하지 않으면 그냥 쏴 죽이고 소각장에 버릴 거다."

사내가 의자에 붙은 등을 떼었다.

"자, 너희들 신분이 뭐냐?"

"됐다."

양미진의 머리에 새 칩을 넣은 박영준이 익숙한 손놀림으로 머리 부분을 꿰매고 나서 말했다. 걸린 시간은 1분도 안 되었다. 새 건물의 응접실 안이다. 유영화와 오수연은 옆에서 그것을 보고 있었는데 둘 다 홀린 것처럼 숨도 쉬지 않았다. 그러다가 박영준의 '됐다'는 소리에 둘이 똑같이 어깨를 늘어뜨리면서 숨을 길게 뱉었다.

"어머, 벌써 끝났어요?"

머리의 칩을 빼내고 그것을 개조해서 박는 시간이 1분밖에 걸리지 않았지만 박영준에게는 125분이 소요되었다. 그것을 셋이 알 리가 없다. 그동안 신문을 보고 있던 양미진이 손바닥으로 머리를 눌러 보더니 박영준을 보았다.

"제가 유치원 교사였어요."

"알고 있어."

"지금 5시 45분이죠?"

손목시계를 본 양미진의 얼굴에 웃음이 떠올랐다.

"제가 조금 전 장미 유치원에서 퇴근하고 막 버스 정류장에 도착했었어요."

"그랬어."

"버스를 타기 직전까지 기억이 납니다."

양미진이 얼굴을 펴고 웃었다.

"그때가 22살 때니까 7년의 기억이 깨끗하게 사라졌군요."

"네가 나한테 잡히기까지의 기억이지."

"그렇군요."

"잡힌 후의 기억은 남겨 놓은 거야."

박영준이 말을 이었다.

"그래야 네 상황을 빨리 이해하게 될 테니까 말이야."

"고맙습니다."

"이젠 네 능력은 여기 있는 유영화, 오수연과 같다."

그러자 유영화가 양미진에게 손을 내밀었다.

"언니, 반가워."

"응, 그래. 내가 나이가 위지."

양미진이 웃음 띤 얼굴로 유영화의 손을 잡더니 오수연에게도 악수를 청했다.

"내가 언니 할게, 잘 부탁해."

"어쩔 수 없네."

쓴웃음을 지은 오수연이 양미진의 손을 잡았다. 그때 외면한 유영화가 혼잣소리를 했다.

"까칠하기는."

그때 고갑수가 말했다.

"너 김기용이지?"

"뭐?"

눈을 치켜뜬 사내가 입까지 조금 벌렸다.

"너 이 새끼, 나 알아?"

"얀마, 니가 조금 전에 강석호하고 통화한 것도 아는데."

"뭐?"

사내의 얼굴이 누렇게 굳어졌다. 강석호는 두원회 부회장이다. 그때 어깨를 부풀린 사내가 고갑수를 노려보았다.

"너 누구야?"

"니 삼촌이다."

고갑수가 정색하고 말을 이었다.

"소각장 같은 소리 말고 강석호한테 연락해서 내일 오후 5시까지 현금 20억을 준비하라고 해."

"뭐?"

"그리고 다시 여기서 만나자, 오후 5시에 말이야."

"이, 미친놈이."

"만일 준비하지 않으면 너희들이 죽인 배경수의 시체를 파내 경찰과 언론에 폭로한다고 전해라."

그 순간 사내의 얼굴이 이번에는 하얗게 변했다. 그것을 본 고갑수가 빙그레 웃었다.

"김기용이 네가 강석호 지시를 받고 칼로 찔렀잖아?"

사내는 숨만 들이켰고 고갑수의 목소리가 방을 울렸다.

"시발놈들이 총만 겨누고 있으면 장땡인가? 소각장은 무슨? 얀마, 거짓말도 작작해라. 배경수 시체도 처리 못 해서 하루 동안 차 트렁크에 싣고 다니던 놈들이."

고갑수가 자리에서 일어서자 이번에는 장용만이 꽥 소리쳤다.

"총 안 치워! 이 새끼들, 바로 경찰이 들어오게 만들어줄까?"

그러자 총을 겨누던 사내들이 주춤거리면서 총구를 내렸다. 모두 얼이 빠진 표정이다.

박영준이 개인 사무실로 사용하고 있는 3층의 응접실에 앉아 있다. 30평 가까운 넓은 방에 소파와 책상 하나, TV와 집기가 정연하게 배치되었다. 소파에 깊숙이 몸을 묻은 박영준이 고갑수와 장용만에게 말했다.

"김기용은 강석호에게 달려갔을 거다. 내일 오후에는 단단히 준비를 하고 나오겠지."

"알겠습니다."

고갑수와 장용만이 동시에 대답했다. 둘은 지금 고갑수가 운전하는 렌트카로 논현로를 달리는 중이다. 그때 고갑수가 물었다.

"사장님, 도대체 어떻게 그놈들 이름하고 그런 내막을 알게 되신 겁니까?"

장용만도 숨을 죽인 채 박영준의 대답을 기다렸다. 머리에 칩이 심어진 둘은 박영준과 머릿속 대화를 하고 있는 것이다. 머릿속의 생각을 주고받는다. 그때 박영준의 웃음 띤 목소리가 머릿속을 울렸다.

"너희들이 상대방의 눈을 본 순간 그 상대방의 과거가 내 머릿속으로 전해지는 거다. 나는 그것을 다시 너희들한테 넘겨준 것뿐이야."

"어이구"

감동했다기보다 두려움에 덮인 얼굴로 장용만이 신음했다.

"그, 그러면 저희들은…."

"지금 네 앞에 지나는 여자도 너하고 시선이 마주친다면 그 여자의 내력을 알 수 있다."

박영준이 말하자 장용만이 기를 쓰고 여자를 보았다. 차가 신호에 걸려 정차하고 있었던 것이다. 그러나 앞쪽 횡단보도를 건너던 미모의 여자는 장용만에게 시선을 주지 않았다. 한숨을 쉰 장용만에게 박영준의 웃음 띤 목소리가 떠올랐다.

"인마, 놓칠 때도 있어야 얻었을 때 더 기쁜 법이다. 노상 좋은 일만 생기면 좋은 일의 가치를 느끼지 못하는 법이야, 명심해라."

다른 때 같으면 뭔 말인지 한참을 생각했을 장용만이지만 지금은 뇌가 업그레이드된 상태다. 금방 알아듣고 뇌로 대답했다.

"예, 사장님, 이해를 하겠습니다."

그 말을 옆에서 뇌로 듣던 고갑수가 피식 웃더니 차를 발진시켰다.

"그놈이 알고 있었다고?"

얼굴이 사색(死色)이 된 강석호가 되묻더니 어금니를 물었다. 스타클럽의 사무실 안, 강석호는 앞에 선 김기용을 노려보고 있다. 김기용 또한 얼굴이 굳어진 채 강석호의 시선을 받지 않는다.

"어떻게 알았지?"

갈라진 목소리로 혼잣말처럼 묻자 김기용이 대답했다.

"하루 동안 차 트렁크에 싣고 다닌 것도 알고 있었습니다."

"…"

"시체를 파내겠다고 하는데요."

"…"

"내부에서 정보가 새나간 것 같습니다."

"…"

"그래서 생각해봤더니 이 사건에 개입된 놈이 모두 6명입니다. 배경수를 잡는 것을 알고 있는 놈까지 합하면 13명이 됩니다, 부회장님."

"소문이 다 퍼져 있겠군."

이 사이로 말한 강석호가 자리에서 일어서며 말했다.

"회장님 만나고 올 테니까 그동안 넌 그 13명을 모두 불러놔."

"예, 부회장님."

김기용의 목소리가 떨렸다. 큰일 났다.

7장 도깨비회

"아이구, 반갑습니다."

최경태가 반색을 하고 박영준을 맞았다. 오전 10시, 서초경찰서 식당 안이다. 최경태는 다시 강력1팀장으로 돌아왔지만 어제 경감으로 특진 되었다. 그래서 곧 인사이동이 될 것이어서 들뜬 상태다. 식당에 마주 보고 앉았을 때 최경태가 쓴웃음을 짓고 박영준을 보았다.

"그야말로 도깨비처럼 나타나시는군요. 우리 팀에서 박 선생님을 도 깨비라고 부릅니다."

"그럴 만하지요."

박영준이 따라 웃었다.

"도깨비 이상이지요."

"그런데 갑자기 웬일이십니까?"

최경태가 물었다. 회의 중에 박영준이 경찰서 안 식당에서 기다리고 있다는 연락을 받고 뛰어 내려온 것이다. 박영준이 웃음 띤 얼굴로 최 경태를 보았다.

"최 경감님은 꽤 정직하게 살아오셨더군요."

"이런."

최경태가 입맛을 다셨다.

"그, '꽤'란 표현이 걸립니다, 그것만 빼면 듣기 좋았을 텐데."

"그런가요?"

"다 정직하게 산 건 아니라는 표현 아닙니까?"

"그렇죠, 다 깨끗한 사람은 없습니다."

"노력은 했는데 넘어간 적이 몇 번 있지요."

"그래서 지금도 30평 전세를 사시는군요, 그것도 변두리에서."

"이런, 과연 도깨비님이시군."

그러나 이번에는 최경태가 외면했다. 듣기 거북한 것 같다. 그때 박영준이 말했다.

"요즘 서울 밤거리가 어떻습니까?"

"밤거리라뇨?"

박영준과 시선이 마주치자 최경태는 곧 말뜻을 알아차리고는 입맛부터 다셨다.

"엉망이죠. 요즘 세상이 시끄러워서 어디 그쪽에 신경을 쓸 수가 있었어야죠."

"조직이 위장되어 있어서 사법기관의 단속도 피하고 있더군요."

"잘 아시는군요."

최경태의 눈빛이 강해졌다.

"나 같은 졸자는 그놈들한테 손 못 댑니다, 그놈들 배경이 엄청나거든요."

"이번에 경찰청장 직속 조폭 담당 팀장으로 옮겨 가시지요."

"아니, 그런 팀이 있습니까?"

"곧 신설될 겁니다, 아마 오늘 중으로요."

"경찰청 직속 팀장이 되려면 경정쯤 되어야 합니다. 난 어제 경감 달았어요."

"그래도 될 겁니다."

"아무리 박 선생이 도깨비시더라도…."

"그때 나하고 다시 이야기를 하시지요."

자리에서 일어선 박영준이 웃음 띤 얼굴로 손을 내밀었다.

"이젠 도깨비가 밤거리를 청소할 겁니다."

돌아오는 택시 뒷좌석에 앉은 박영준이 의자에 등을 붙이고는 눈을 감았다. 그러고는 뇌를 통해 말했다.

"그래, 우리 여섯 명은 앞으로 '도깨비회'다."

그때 양미진은 박영준의 심부름으로 국제건설로 가는 중이었다. 양미진도 택시 안에서 박영준의 목소리를 듣는다, 물론 뇌로. 다시 박영준의 말이 이어졌다.

"그리고 우리 '도깨비회' 목표를 정했다. 그것은 서울에서 불법을 저지르고 있는 조폭을 타도하는 것이야."

유영화는 '본부' 건물의 숙소 냉장고에 넣어둘 물건을 편의점에서 고르고 있다가 박영준의 말을 듣는다. 잠깐 유영화가 앞쪽 귤만 쳐다보고 입을 다물었기 때문에 분주하게 주문을 적던 주인이 메모지를 들고 기다린다. 박영준이 다시 말했다.

"너희들은 각자 맡은 일만 하면 돼."

이것은 공동 방송이나 같다. 늦은 아침을 근처 식당에서 사먹고 있던 고갑수, 장용만도, 본부 숙소에 필요한 가구를 고르던 오수연도 함께 들었다.

그리고 나서 개별 방송. 순대국을 먹던 고갑수와 장용만이 박영준의 목소리를 듣는다.

"갑수가 김기용이한테 전화를 해라, 그럼 김기용의 머릿속 생각이 주르륵 네 뇌에 입력이 될 거다."

"예, 사장님."

"얀마, 내가 이제부터 도깨비회 회장이니까 회장이라고 불러."

"예, 회장님."

"그놈 뇌를 읽고 나서 행동해."

"알겠습니다."

그러자 장용만이 물었다.

"저는 입력 안 됩니까?"

"필요한 때 말해, 내가 능력을 넣어 줄 테니까."

"아, 회장님이 능력을 넣어주셔야 저쪽 머릿속 생각이 입력되는 군요."

"그렇지, 스위치를 켜주는 거지."

"알겠습니다, 회장님."

이야기를 끝낸 박영준이 의자에 등을 붙였다. 택시 안은 조용하다. 물론 조금 전도 조용했었다. 박영준이 뇌 안에서 대화했으니까.

신임 경찰청장 최국진은 서울청장 출신이다. 경찰청장 이기수가 암살당한 후에 승진되었는데 서울청장에는 경찰학교장이었던 안상모가 임명되었다. 최국진이 안상모를 불러들였을 때는 오후 1시 반이다. 밥 먹다가 전화를 받은 안상모가 또 무슨 일이 있나? 하는 표정으로 앞에 앉았다.

청장실 안에는 최국진과 안상모, 그리고 또 한 사람이 앉아 있다. 청와대 안보수석 이종무다. 이종무를 본 안상모가 더 긴장해서 몸이 굳어져 있다. 그때 최국진이 먼저 입을 열었다.

"대통령 지시를 받고 이 수석이 내려오셨는데 이건 대통령 특명 지시 사항이라고 봐야겠네요."

"예."

안상모가 더 얼어붙었다. 그때 최국진이 이종무에게 말했다.

"이 수석께서 말씀하시지요."

"그러지요."

이종무는 행자부장관 출신이니 그들보다 한참 연상이고 선배다. 헛기침을 한 이종무가 말을 이었다.

"이번에 신인간 사건은 끝났지만 사회 혼란 요소는 남아 있어요. 바로 조폭인데"

이종무가 안상모를 똑바로 보았다.

"그들을 공개적으로 소탕한다면 또 사회가 불안해질 우려가 있습니다. 그래서 이번에도 비공식으로 작전을 펴는 것이 낫겠습니다."

안상모는 숨을 죽이고 듣는다. 다시 이종무가 말을 이었다.

"그래서 서울청 산하에서 비공개 작전팀을 만들어서 경찰청장 직속으로 해 놓으세요. 그리고 작전팀장은"

어깨를 부풀렸다가 내린 이종무가 엄숙한 표정으로 말했다.

"이번에 신인간 소탕 작전에 공을 세운 최경태 경감을 팀장으로 하고 그 휘하에 기동대를 배속시키도록 하세요."

"예, 수석님."

대통령 지시인데 군말이 있을 수 없다. 안상모가 앉은 채로 허리를 깊게 숙였다.

돌아가는 차 안에서 이종무가 핸드폰의 버튼을 누르고는 귀에 붙였다. 신호음이 세 번 울리고 나서 곧 응답 소리가 들렸다.

"예, 수석님."

"지시했습니다."

"잘 하셨어요."

"당연한 일입니다, 회장님."

이종무가 정중하게 대답했다.

"언제든 좋습니다, 제 도움이 필요하시면 언제라도 연락 주십시오."

"감사합니다."

통화가 끝났을 때 이종무가 만족한 표정으로 의자에 등을 붙였다. 박영준과의 통화다.

"나 어제 만났던 도깨비인데."

고갑수가 말했을 때 수화구에서 잠깐 주춤하는 것 같더니 곧 사내의 목소리가 울렸다.

"뭐야, 누구라고?"

알면서 묻는 것이다. 김기용이다. 두원회 소유의 스타클럽 사장 겸 논현동 지부장, 두원회의 중간간부로 부회장 강석호의 심복으로 알려진 인물, 그때 고갑수의 머릿속으로 주르르 기억들이 입력되었다.

"20억이 애들 이름이냐? 그놈들 뒷조사하고 나서 물어."

강석호가 양철판을 손톱으로 긁는 소리로 말했다.

"그놈들 족보가 없다면서?"

"예, 부회장님."

"배경수를 알게 된 건 내부자 소행이야."

"예, 그렇게 생각합니다."

"지금 12명을 심문하고 있으니 곧 내막이 밝혀지겠지."

"예, 그렇습니다."

고갑수의 눈앞에 강석호와 김기용이 앉아 있는 방안이 TV 화면을 보는 것처럼 떠오르고 있다. 그때 장면이 바뀌었다. 이곳도 방안, 사무실 분위기가 풍기는 고급스러운 방이다. 강석호가 소파에 앉아 앞쪽 사내를 응시하고 있다.

공손한 표정, 두 손을 허벅지 위에 단정하게 올려놓았다. 상반신은 쫙 펴고 눈은 상대방의 가슴께에다 두었다. 상대는 50대 초반쯤으로 보였는데 비대한 체격에 얼굴이 붉다. 검은 머리, 가는 눈, 굵은 입술은 꾹 닫혀 있다가 열렸다.

"놈들 배후를 찾지 못했다고?"

"예, 회장님."

강석호가 바로 대답했다.

"오후 5시에 놈들을 만나기로 했으니까 그때 잡아 족쳐야 될 것 같습니다."

"나는 모르는 일이다."

"예, 회장님."

"너도 모르는 일로 해."

"예, 김기용이 선에서 끝내겠습니다."

그때 다시 김기용이 물었다.

"너 이 번호를 어떻게 알았어?"

그 순간 고갑수가 핸드폰을 귀에서 떼고는 전원을 껐다. 김기용의 목소리가 귀에 파고든 순간 기억이 모두 입력되었다. 뇌가 정확한 컴퓨터 역할을 한다. 아니 컴퓨터보다 더 정확하고 편리하다. 키도 필요 없이 스스로 저장, 끄집어 내주는 것이다. 머리를 돌린 고갑수가 장용만을 보았다.

"놈들이 우리를 없애려고 한다."

장용만은 그냥 시선만 준다. 예상했기 때문이다.

국제건설은 역삼동 대로변에 위치한 25층 건물을 사옥으로 사용하고 있다. 전체가 푸른색 유리로 덮인 건물은 외관이 뛰어난 데다 전철역 옆이어서 건물 주위에 언제나 인파가 들끓었다. 양미진이 건물 안으로 들어서자 대리석이 깔린 로비에 자신의 얼굴까지 비쳤다. 마치 특급호텔의 로비 같다. 밖은 인파로 덮였지만 건물 안은 한산하다. 출입을 통제하기 때문이다. 그때 제복 차림의 경비가 다가왔다.

"무슨 일로 오셨습니까?"

경비와 시선을 마주친 양미진의 머릿속에 주르르 기억이 입력되었다. 경비가 조금 전에 인사를 한 자금부장 오학기의 얼굴도 떠올랐다.

"오학기 부장을 만나러 왔는데요."

"아, 그러세요. 그런데 무슨 일로…."

경비의 표정이 부드러웠다.

"제가 처젠데요, 조금 전에 들어가셨죠?"

"예, 그렇습니다."

경비의 얼굴에 웃음까지 떠올랐다.

"방금 들어가셨습니다."

"저 들어가도 되죠?"

"아, 그럼요."

"제가 따라오는지 아시니까 연락하실 필요 없어요."

"예, 알겠습니다."

경비가 엘리베이터 앞까지 안내를 하고는 돌아갔다. 엘리베이터에 탄 양미진이 22층 버튼을 눌렀다. 자금부장 오학기의 방은 14층이다.

경찰청장 최국진 왼쪽에 서울청장 안상모가 앉았고 오른쪽에 서초 경찰서장 박우근과 최경태가 앉았다. 오후 2시 반, 박우근과 최경태는 경찰차를 타고 그야말로 헐레벌떡 달려왔다. 경찰청장의 호출인 것이다.

박우근은 최경태를 대동하라는 청장실의 지시를 받자 신인간 사건인 줄 알고 파일까지 준비해왔다. 최경태는 내심 짐작 가는 곳이 있었지만 역시 긴장하고 있다. 그때 최국진이 거두절미하고 말했다.

"오늘 자로 최경태 경감을 경찰청장 직속 '조폭전담팀' 팀장으로 발령을 내겠어, 팀원은 경위급 5명의 반장을 휘하에 두고 각각 10명씩 반원을 지휘하게 해서 총 60명으로 구성했으니까 그렇게 알고 있도록."

최국진의 시선이 박우근과 최경태를 번갈아 보았다.

"조폭전담팀 본부는 서초서에 두고 강력1팀도 전담팀에 포함시켰어. 그러니까 서초서장이 적극 지원해주도록, 알았나?"

"예, 청장님."

박우근이 대답했지만 어깨가 늘어졌다. 최경태는 경찰청장 직속인 것이다. 경감이 총경을 부리는 꼴이 되었다.

고갑수가 박영준에게 보고했다.

"김기영이 바로 저희들 둘을 처치할 계획입니다, 회장님."

고갑수의 얼굴에 쓴웃음이 떠올랐다.

"그놈이 저한테 말한 대로 우리 둘을 화물 엘리베이터로 옮겨서 봉고차에 싣고 파주 야산에다 묻을 작정입니다."

박영준이 머리를 끄덕였다.

"지금 배경수의 시체를 파내고 있을 거다. 다른 곳으로 옮기려는 것이지."

그때 장용만이 입을 열었다.

"회장님, 우리도 그놈들을 죽여야 되지 않겠습니까?"

"그건 이번에 편성된 '조폭전담팀'에 맡겨."

박영준의 얼굴에 웃음이 떠올랐다.

"그놈들 방식으로 하면 길어진다."

"누구시죠?"

비서실 오성용이 양미진에게 물었다. 비서실 안이다. 오성용의 시선을 받은 양미진이 웃음 띤 얼굴로 대답했다.

"김 사장님이 조금 전에 연락하셨죠?"

"아, 예, 자료 갖고 오신다고 들었습니다."

옆으로 비켜선 오성용이 사장실을 가리켰다.

"기다리고 계십니다."

양미진이 오성용 옆을 지나 사장실로 다가가자 정명수가 낮게 물었다.

"누구야?"

"사장님이 누가 서류 갖고 올 테니까 들여보내라고 하셨어."

"무슨 서류?"

"입찰 관계 서류라는군."

이곳은 국제건설의 사장 비서실이다. 사장 김형구는 전문 경영인이다. 비서실 직원들의 시선을 받은 양미진이 사장실 문에 노크를 하더니 곧 안으로 들어섰다.

박영준이 소파에 등을 붙이고 앉아 양미진의 눈으로 김형구를 보았다. 시선이 마주친 순간 김형구의 과거가 흡수되었다.

"아, 양미진 씨."

김형구가 먼저 입을 열었다.

"내가 지금 도깨비회 회장님이 지시하신 대로 말을 하고 있습니다."

웃음 띤 얼굴로 다가간 양미진이 가방에서 핸드폰을 꺼내더니 앞자리에 앉았다. 그러고는 똑바로 김형구를 보면서 물었다.

"회장님, 거기 계세요?"

김형구한테 대고 박영준인 것처럼 묻는 것이다.

"그래, 나 여기 있어."

김형구가 외면한 얼굴로 대답했다.

"당분간 이놈 뇌를 지배하고 있는 거지."

"어떻게 그렇게 될 수 있죠?"

112

"인간의 뇌는 이보다 더 발전하게 된다."

"어떻게요?"

"그건 나도 몰라, 지금도 업그레이드되는 중이니까. 계속해서 내 뇌는 핵분열을 일으키고 있는 거야."

김형구가 웃음 띤 얼굴로 말을 이었다. 김형구와 양미진의 시선은 계속해서 묶여 있다.

"자, 저쪽 컴퓨터에서 회사 자료 가져가, 내가 넘겨줄 테니까."

김형구가 말을 이었다.

"회사 비밀 구좌는 내가 다 적어주고, 비밀번호도 내가 아니까 빼내갈 수 있어, 현금은 750억쯤 될 거야."

유영화는 이미 요령을 안다. 박영준이 심어준 능력을 사용하는 요령이다. 아마 다섯 중 습득 속도가 가장 빠를 것이다. 스타클럽 대기실에 앉아 있던 유영화가 손목시계를 보았다. 오후 3시 10분이다. 대기실 안에는 아가씨가 넷이 더 있었는데 모두 미끈한 몸매의 미인들이다. 스타클럽은 수시로 여종업원을 뽑았고 오늘도 예외가 아니다.

대기실에 모인 아가씨들은 '아가씨' 지망생들인 것이다. 그때 사내하나가 방으로 들어서더니 왼쪽에 앉아 있던 아가씨를 데리고 나갔다. 면접 심사를 하려는 것이다. 둘이 방을 나갔을 때 유영화도 따라 일어섰다. 남아 있던 아가씨들이 시선을 주었지만 곧 외면했다.

지배인 민석재가 영업부장 조진철에게 말했다.

"우린 가만있으면 돼, 개입하면 안 돼."

민석재가 목소리를 낮췄다.

"5시에 작전 개시다. 이미 호텔에는 행동대가 쫙 깔렸어."

"놈들은 둘입니까?"

"그건 모르지."

"둘일 리는 없다던데요, 소문이 쫙 퍼졌어요."

조진철이 말을 이었다.

"둘이 그런 식으로 나올 리는 없다는 겁니다."

"내 생각도 그래."

"그리고, 영철이가 아직도 돌아오지 않았는데요, 연락도 안 되고."

조진철이 눈썹을 모으고는 민석재를 보았다.

"무슨 일이 있나요?"

"그걸 내가 어떻게 알아, 인마."

와락 짜증을 낸 민석재가 혼잣말로 투덜거렸다.

"무비클럽 영업부장 장동호도 불려가서 소식이 없다."

모두 사장 김기용의 심복들이다. 그때 방문이 열리더니 아가씨 하나가 들어섰다.

유영화는 앞쪽에 앉은 사내의 시선을 받고는 빙그레 웃었다. 민석재다. 그때 민석재가 유영화에게 말했다.

"알았습니다, 5시 정각입니까?"

머리만 끄덕인 유영화가 이제는 조진철을 보았다. 그러자 조진철이 기운차게 말했다.

"알겠습니다, 사장님."

핸드폰이 울렸지만 김기용은 받지 않았다. 모르는 번호가 발신자 화면에 뜨고 있었던 것이다. 오후 4시 40분, 김기용이 호텔 17층의 객실에서 부하들과 함께 둘러앉아 있다.

"그놈들이야."

의자에 등을 붙인 김기용이 쓴웃음을 짓고 말했다.

"이야기할 필요 없다, 5시에 만나면 돼. 놈들의 장난에 대꾸할 필요 없다."

둘러앉은 사내들은 다섯, 모두 굳어진 얼굴이다. 그때 다섯 중 선임인 행동대 간부 주경진이 입을 열었다.

"형님, 영등포 강막태가 오후에 저한테 전화를 했습니다."

김기용은 듣기만 했고 주경진이 말을 이었다.

"요즘 바쁘냐면서 별일 없느냐고 물었는데 무슨 눈치를 챈 것 같습니다."

"눈치는 무슨."

이맛살을 찌푸린 김기용이 손목시계를 보고 나서 말을 이었다.

"그 새끼들은 양아치들을 풀어서 귀신같이 정보를 모으긴 했지만 하루살이들이야. 뭘 안다고 해도 터뜨리지 못해."

"예, 하지만 좀 찜찜했습니다, 워낙 입이 싼 놈이어서요."

"이번 일 끝나면 그놈도 손을 봐줘야지."

이 사이로 말한 김기용이 심호흡을 하더니 자리에서 일어섰다.

"자, 가자."

핸드폰을 내려놓은 고갑수가 쓴웃음을 지었다.

"이 자식이 전화를 안 받는다."

"전화를 안 받아도 머릿속을 읽을 수 없을까?"

장용만이 정색하고 묻자 고갑수가 눈을 흘겼다.

"야, 이 새꺄, 아예 앉아서 다 해 처먹을 방법이 있을 때까지 기다려라, 그럼."

"그러든지."

그때 고갑수가 자리에서 일어섰다.

"자, 가자."

이곳은 스타클럽 건너편 골목 안으로 깊숙이 박힌 편의점 앞이다.

박영준이 사무실에 앉아 두 손으로 머리를 감싸 쥐었다. 지금 뇌를 감싸 쥐고 있는 것이다. 인간의 뇌는 대개 1.5킬로그램에서 1.6킬로그램 정도의 무게다. 그러나 뇌 무게가 많이 나간다고 해서 머리가 좋은 것은 아니다. 인간의 뇌는 엄청난 잠재력을 지니고 있다고 옛날부터 말해져 왔다. 문명의 발달 과정이 곧 뇌의 진보라고 봐도 될 것이다.

컴퓨터가 발명되어 인간의 지능보다 앞서간다고 하지만 그 컴퓨터를 발명한 것이 인간이다. 박영준이 눈을 치켜떴다. 문득 제3의 시대가 도래한 것 같다는 생각이 들었기 때문이다. 그것은 '인간의 뇌'에서 인공지능인 '컴퓨터'로, 그러고 나서 지금 새로운 지능이 창조되었다.

'창조지능'인가? 지금도 박영준의 뇌는 맹렬히 핵분열을 하고 있는 것이다. 지식이 지식과 융합하면서 새로운 기능이 탄생되고 또 그것이 다른 기능과 섞이고, 쓸모없는 기능은 도태된다.

"어디까지인가?"

박영준이 혼잣소리로 말했다. 익산 배차장파 똘마니로 있었던 때가 까마득한 옛날 일로 느껴졌지만 겨우 반년 전이다. 어머니, 유진이가 세상을 떠난 것이 반년 전인데 수십 년 지난 것 같다. 그렇다, 뇌의 단

련은 수십 년의 과정을 거친 것 같다.

'시간 빨아먹기'를 반복하는 동안 뇌는 끊임없이 개발되었기 때문이다. 박영준의 머릿속에 문득 '시간여행'이란 단어가 떠올랐다. 과거로 돌아가 어머니, 유진을 만나고 싶다는 생각 때문이다. 그러나 곧 쓴웃음을 지은 박영준이 그 생각을 지웠다. 역사를 바꿀 수는 없다는 생각이 들었기 때문이다.

"그러나 변할 거다."

박영준이 다시 혼잣말을 했다.

"전혀 생각지도 못 한 현실이 펼쳐질 거다."

그리고 그 새 현실을 피하지 않으리라.

오후 4시 54분, 두원회 회장 김두원이 핸드폰의 진동음을 듣고는 발신자부터 보았다. 건설사장 김형구다. 김두원이 핸드폰을 귀에 붙였다. 김형구는 김두원에게 직통 전화를 할 수 있는 몇 명 안 되는 간부 중 하나다.

"응, 웬일이야?"

"회장님, 문제가 생겼습니다."

김형구의 목소리가 떨리고 있다. 순간 심장 박동이 빨라진 김두원이 숨을 들이켰다가 천천히 뱉고 나서 물었다.

"뭐냐?"

"건설에서 보관 중이던 자금이 6개 통장에서 모두 빠져나갔습니다."

김두원은 숨을 죽였고 김형구의 목소리가 더 떨렸다.

"잔금이 몇만 원밖에… 빠져나간 금액이 750억 가깝게 됩니다."

"뭐야?"

"무슨 영문인지 모르겠습니다. 통장 구좌번호, 비밀번호가 모조리 드러난 것 같은데 이해가 안 됩니다. 비밀번호는 자금담당 오 전무하고 제가 반씩 나눠 갖고 있었는데…."

"오 전무는 어딨어?"

"제 옆에 있습니다."

"뭐래?"

김두원은 제 목소리가 다른 사람인 것처럼 들렸다. 그때 김형구가 울먹이며 말했다.

"오 전무도 영문을 모르겠다고 합니다, 회장님."

"준비 끝났습니다."

다가온 주경진이 김기용에게 낮게 말하고는 옆자리에 앉았다. 오후 5시 정각, 프린스턴호텔의 라운지 밀실 안에는 둘뿐이다. 김기용이 의자에 등을 붙이고는 담배를 꺼내 입에 물었다. 물론 라운지 안은 금연 구역이지만 개의치 않는다. 담배 연기를 길게 뿜은 김기용이 앞쪽 빈자리를 보았다. 이젠 묻고 자시고 할 것도 없다. 배경수 시체 묻은 것 따위로 협박당할 군번이 아닌 것이다. 놈들이 나타나는 즉시 쏴 죽이고 시신을 끌고 나가 처리한다.

그때 벌컥 문이 열리더니 부하 하나가 뛰어 들어왔다. 가슴이 철렁 내려앉는 느낌이 들었지만 눈만 부릅뜬 김기용에게 부하가 소리쳐 보고했다.

"형님, 스타클럽에 불이 났습니다."

"뭐?"

저도 모르게 벌떡 일어선 김기용은 부하의 목소리가 멀리서 들리는 것 같았다.

"안이 불길에 싸여서 들어가지도 못 하고 있습니다!"

"스타클럽이 화재라고?"

놀란 최경태가 되물었다.

"방화야?"

"예, 지배인하고 영업부장이 휘발유를 3통이나 안에다 쏟아 붓고 불을 질렀답니다."

"아니, 그놈들이."

기가 막힌 최경태가 앞에 선 권시완을 보았다. 권시완은 이제 경위로 진급해서 반장이다.

"미쳤나?"

"글쎄 말입니다. 불을 지르고 도망치지도 않아서 소방관들이 잡아 놓았습니다."

"이상하네."

스타클럽이 강남 제1의 조직 두원회의 영업점인 것이다. 지배인은 물론이고 영업부장도 두원회 회원이다. 그런데 그놈들이 스스로 제 영업장에 불을 지르다니.

"가 보자."

최경태가 자리에서 일어섰다. '조폭전담팀' 팀장의 첫 출동이다.

프린스턴호텔 라운지에서도 스타클럽의 화재는 모두 보였다. 라운지의 손님 대부분이 창가로 다가가 불구경을 한다.

"민석재하고 조진철이 불을 질렀다는 겁니다!"

주경진이 소리치듯 보고하자 김기용은 숨만 들이켰다. 이제는 그 두 놈이 나오건 말건 화재 현장에 내려가 봐야겠다. 머리를 든 김기용이 이 사이로 말했다.

"도대체 무슨 일이야? 그놈들이 미쳤나?"

그때 주머니에 넣은 핸드폰이 울렸다. 핸드폰을 꺼낸 김기용이 서둘러 귀에 붙였다. 강석호였기 때문이다.

"예, 부회장님."

"큰일 났다."

강석호가 다급한 목소리로 말했다.

"건설 금고가 털렸다. 언놈이 해킹한 모양인데 750억이 다 빠져나갔다."

"예에?"

"너 지금 그놈들 기다리고 있어?"

"예, 그런데…."

"그놈들 나온 거야?"

"아직, 하지만…."

"당장 건설로 가봐, 회장님이 지금 모두 소집시켰다."

"부회장님, 여기…."

"뭐야? 이 새끼야?"

"스타클럽이 지금 불이 났습니다."

"어?"

"민석재하고 조진철이가 휘발유를 들이붓고 불을 질렀다는데…."

김기용은 정신이 산만해서 머리를 흔들었다. 열린 창문을 통해 가스 냄새가 났다. 소방차의 사이렌 소리가 계속해서 울리고 있다.

"자금만 빼앗으면 물 없는 식물처럼 다 말라죽게 되어 있어."

박영준이 앞쪽에 앉은 양미진, 오수연, 유영화에게 말했다.

"무력(武力)은 그 다음이야. 나는 조폭을 그렇게 멸망시킬 거다."

"그래서 우리 힘도 필요한 것이군요."

유영화가 사근사근한 목소리로 먼저 대답했다.

"스타클럽처럼 영업장을 불태워 버리면 자금줄이 마르겠지요?"

머리를 끄덕인 박영준의 시선이 잠자코 앉아 있는 양미진에게 옮겨갔다.

"넌 어렵게 자라서 어려운 사람들을 많이 알 거다."

양미진의 시선을 받은 박영준이 빙그레 웃었다.

"그래, 네 생각대로 해."

"무슨 생각인데요?"

오수연이 박영준에게 물었다.

"저도 어렵게 살았어요. 월급도 못 받는 부동산 사무실에서 한 달 전까지 일하고 있었다고요."

"그래."

이번에는 오수연의 시선과 마주친 박영준이 머리를 끄덕였다.

"양미진한테서 30억을 받아가. 부모님한테 네 생각대로 드리고 나머지는 어려운 사람한테 요령껏 나눠주도록."

박영준이 유영화를 보았지만 머리를 돌리지 않았다.

"기가 막혀서."

마침내 김두원이 한 마디 하고 나서 의자에 등을 붙였다. 더 이상 말을 할 기력이 없어진 것이다. 국제건설의 회장실 안, 방안에는 10여 명의 고위직이 모두 모여 있었지만 침통한 분위기다. 벽 쪽에 선 건설의 재무담당 오일권 전무는 시체처럼 숨도 쉬지 않는다. 사라진 자금 750억은 흔적도 찾을 수가 없는 것이다. 일시에 빠져나가 연기처럼 사라졌다. 은행의 컴퓨터 전문가가 모두 달려들어 추적했지만 단 1만 원도 찾지 못했다. 이런 도깨비장난 같은 일이 처음이라고 모두 혀를 내두르고 있다.

그러나 국제건설 측에서 비밀로 해달라고 강력히 압박을 넣었기 때문에 모두 입을 다물고 있다. 언론이나 경찰에서 알게 된다면 세계적인 톱 뉴스감이었다. 그때 부회장 강석호가 작게 헛기침을 했다.

"회장님, 내일 막을 어음이 있으니 우선 유통 쪽에서 자금을 끌어다 해결하겠습니다."

모두 숨을 죽였고 강석호의 말이 이어졌다.

"자금을 대지 못하면 건설에 문제가 있다고 금방 소문이 날 것이라 아무래도…."

"얼마 막아야 돼?"

김두원이 갈라진 목소리로 묻자 강석호의 어깨가 더 늘어졌다.

"예, 내일 37억, 모레가 56억…."

"막아."

"예, 회장님."

강석호는 손에 쥔 쪽지를 만지작거렸다. 아직도 많은 것이다. 앞으로 열흘간 500억을 막아야 한다. 750억은 그 자금이었다. 그런데 유통과 호텔 자금을 모두 끌어온다고 해도 470억뿐이다. 큰일 났다. 그때 김두원이 머리를 들고 건설사장 김형구와 자금 전무 오일권을 보았다. 모두 숨을 죽이고 있다.

"납니다."

박영준의 목소리다. 숨을 들이켠 최경태가 핸드폰을 고쳐 쥐었다. 이곳은 프린스턴호텔 1층 커피숍, 스타클럽으로 출동했던 최경태가 커피숍에 들어와 있다.

"아, 기다리고 있었습니다."

최경태의 목소리는 부드럽다. 최경태에게 이 도깨비는 복덩어리나 마찬가지다.

"지금 스타클럽 화재 현장에 계시군요."

박영준이 말했지만 최경태가 이제는 놀라지 않는다. 힐끗 앞에 앉은 권시완에게 시선을 준 최경태가 대답했다.

"예, 홀랑 탔습니다. 두원회의 잘나가던 룸살롱이었는데 여기서 장사는 못 하겠네요."

"그런데 두원회가 마약 운반하던 운반책 하나를 살해했습니다."

그 순간 박영준의 말에 최경태가 숨을 멈췄고 박영준의 말이 이어졌다.

"고양시 외곽의 야산에 시체를 파묻었다가 지금은 다시 파내어서 비닐자루에 담아서 차 트렁크에 실어놓았습니다."

놀란 최경태가 핸드폰의 녹음 버튼을 눌렀다가 헛짚어서 통화가 잠깐 끊겼다 이어졌다. 그때 박영준이 웃음 띤 목소리로 말했다.

"녹음버튼을 잘못 누르셨군요."

"예, 그게…."

"그럼 다시 말하겠습니다. 피살자는 배경수, 지금 논현동 필립스제과 주차장의 4574번 트로이 승용차 트렁크에 실려 있습니다."

"아, 아이구, 감사합니다, 도깨비님."

말한 순간 실수한 것을 깨달은 최경태가 입을 쫙 벌렸지만 늦었다.

"감사합니다, 다시 연락 주십시오."

서둘러 통화를 끝낸 최경태가 벌떡 일어섰다.

오수연이 다가서자 고갑수가 눈을 가늘게 떴다. 그런데 웬일인지 오수연의 눈동자를 똑바로 보았지만 머릿속 생각이 입력되지 않는다.

"이게 먼일이여? 그게 안 되네."

투덜거린 고갑수가 호흡을 가다듬었을 때 오수연이 피식 웃었다.

"거봐, 내 머릿속 안 읽히지?"

"너도 그래?"

"그래."

"그런데 왜?"

고갑수가 오수연의 위아래를 훑어보았다. 그때 오수연이 말했다.

"우리끼리는 머릿속 투시가 안 되나봐, 그게 차라리 잘 됐지, 안 그래?"

"그 말 하려고 나한테 온 거냐?"

건물 1층의 복도에서 마주보고 선 둘 사이에 잠깐 어색한 정적이 덮였다. 그때 오수연이 대답했다.

"오늘 저녁에 일 없으면 나하고 같이 갈래?"

"어디?"

"그냥."

"그냥이라니?"

"그냥, 둘이."

"너 시방 나한티 데이트하자는 겨?"

124

"촌티 나오네."

눈을 흘긴 오수연이 몸을 비틀었다.

"내가 지금 당장은 아쉬워서…"

"지금 당장?"

숨을 들이켠 고갑수가 바짝 다가섰다.

"너 급허냐?"

"뭐가?"

"남자가."

"남자?"

"응."

그때 오수연의 눈썹이 올라갔다. 말뜻을 알아차린 것이다.

"이런 씨."

오수연이 어깨를 부풀렸을 때 고갑수가 더 바짝 다가섰다.

"여기 빈 방 많아."

오후 6시 반, 국제건설 건물의 부회장실로 돌아와 있던 강석호가 전화를 받는다.

"부회장님, 저, 윤기홍입니다."

강석호의 심복이다. 심사가 불편한 강석호가 듣기만 했고 윤기홍이 다급하게 말을 이었다.

"부회장님, 사고가 났습니다."

"…"

"지금 차가 견인되어 갔습니다."

강석호는 숨만 골랐고 윤기홍의 말이 이어졌다.

"경찰이 정보를 받은 것 같습니다. 필립스제과 주차장에서 4574번 차를 족집게처럼 집어내더니 트렁크에 있는…."

"그만!"

이 사이로 말한 강석호가 창밖을 보았다. 이곳은 20층이다. 옆에 큰 건물이 없어서 하늘만 보인다. 벽시계를 본 강석호가 몸을 일으켰다가 현기증이 나서 책상을 짚었다.

"부회장님…."

윤기홍이 다시 불렀을 때 강석호가 소리쳤다.

"알았어."

"차를 끌고 온 놈을 잡았습니다."

권시완이 기운찬 목소리로 보고했다.

"두원회 놈입니다. 국제건설 총무부 대리 명함을 갖고 있는데 저는 전혀 모르는 일이라고 오리발을 내밀고 있습니다."

"좋아, 영장 만들어서 김두원이부터 잡자."

"예, 팀장님."

핸드폰을 귀에서 뗀 최경태의 눈이 번들거리고 있다.

국제유통의 본사 사무실은 국제건설 빌딩의 6층에서 10층까지를 사용한다. 7층의 자금부 사무실에서 상무이사 고영택이 투덜거렸다.

"젠장 어쩌려는지 모르겠구먼, 이달 말까지는 자금이 돌아와야는데 말이야."

"글쎄 우린 모르는 일이야."

"오겠죠, 뭐."

126

자금 담당 부장 안성문이 대수롭지 않다는 표정으로 말했다. 안성문은 방금 거래 은행에서 돌아온 것이다.

"건설에는 자금이 8백억 가깝게 있습니다, 항상 여유 자금이 3백억 쯤 된다고 했거든요."

"아, 그런데 왜 2백억을 빌리자는 거야?"

"그런 경우가 많지 않습니까?"

"그래도 2백억이나 말이야."

"470억이죠."

웃음 띤 얼굴로 안성문이 말하자 고영택이 힐끗 보았다.

"무슨 470억?"

"2백억을 가져간다고 했다가 있는 대로 다 보내라고 상무님이 전화 하셨지 않습니까?"

"내가?"

"예, 제가 은행에 있을 때요."

"전화를 해?"

"예, 470억을 6개 계좌로 분산 예치하라고 하셨지 않습니까?"

안성문의 얼굴도 차츰 굳어졌다.

"상무님, 왜 그걸 물으십니까?"

"6개 계좌로?"

"예, 부회장님 지시라고 하셨지 않습니까?"

"부, 부회장님?"

"예."

"그 계좌번호 좀 봐."

"여, 여기."

안성문이 책상 위의 서류를 찾다가 전화기를 떨어뜨렸다.

20분후, 강석호가 핸드폰을 귀에 붙인 채 창밖을 보고 있다. 수화기에서 고영택의 목소리가 울리고 있었는데 지금 같은 말을 세 번째 반복하고 있다. 제가 무슨 말을 하고 있는지도 모르는 것 같다.

"쓸데없는 수작하지 마."

수화기에서 웃음 띤 목소리가 울렸다.

"차 트렁크에 시체가 있건 통닭이 있건 간에 우리 김 회장하고는 전혀 연관이 없어."

"저기, 고 변호사님."

"어쨌든 김 회장을 모시러 가겠습니다, 30분 안에 도착하겠습니다."

"영장 나오지 않았으니까 못 가네."

고경수의 목소리에는 아직도 웃음기가 섞여 있다.

"헛고생 하지 말고."

"자신만만하시군요, 고 변호사님."

고경수는 검찰총장 출신으로 여당인 한민당의 법률자문단장이기도 하다. 변호사 중 가장 막강한 영향력을 행사하는 인물인 것이다. 고경수의 한마디면 일개 경감인 최경태의 목은 하루아침에 잘릴 수 있다. 그러나 최경태의 얼굴에 쓴웃음이 번졌다. 그것은 지난 이야기다. 보름 전의 최경태와 현재의 최경태는 천양지차다. 최경태가 입을 열었다.

"고 변호사님, 조심하시지요. 내가 고 변호사님 손에 수갑을 채워갈지도 모릅니다."

그러고는 핸드폰을 귀에서 떼었다.

오후 7시 반, 국제건설 회장실, 김두원은 우황청심원 3개를 먹고 나서야 조금 마음을 가라앉히고 이제는 쌍화차를 마시고 있다. 그때 방안으로 강석호가 들어섰다. 눈을 치켜뜬 비장한 표정이다. 방안에는 김두원과 비서실장 양승호, 고문 한병태까지 셋이 둘러 앉아 있었는데 한병태는 10년 전에 은퇴한 두원회의 전신(前身) 명성회 회장이었다.

급박한 상황이어서 강석호가 김두원을 위로할 목적으로 부른 것이다. 김두원 앞으로 다가선 강석호가 심호흡부터 했다. 강석호는 750억이 증발된 후에 조금 전 배경수의 시체가 경찰에 발각되었다는 보고를 받았다. 경찰이 김두원에게 칼끝을 들이대는 마당이라 고경수 변호사를 부르고 보고할 수밖에 없었던 것이다. 그때 김두원이 시선을 들고 강석호를 보았다.

김두원은 55세, 20세에 조폭이 된 후에 전과 4범으로 교도소에서 5년 썩었지만 대입 검정고시를 통해 야간 대학을 졸업하고 경영학 석사 학위까지 딴 인물이다. 잔인한 성격이지만 교활해서 35세 이후에는 기업가로 변신, 성장했다. 수단과 방법을 가리지 않는 인물, 아직도 베일에 싸여 있는 신비의 사내, 대외 활동을 하지 않기 때문일 것이다. 세 쌍의 시선을 받은 강석호가 어금니를 물었다가 풀더니 입을 열었다.

"회장님, 내일 건설의 어음을 막으려고 유통의 자금을 건설에 입금시키려다가…."

목이 멘 강석호가 숨을 들이켰다가 주르르 눈물을 쏟았다. 48세, 김두원의 수족이 된 지 24년, 강석호 또한 사립대를 졸업하고 조폭답지 않게 기업가로 변신에 성공한 인물이다. 강석호가 흐느끼며 말을 이었다.

"470억을 사기 당했습니다. 웬 놈이 자금 담당 상무 고영택의 목소리를 흉내내어 자금부장 안성문에게 다른 계좌로 입금을 시키라고 해서….”

“김두원이 쓰러졌답니다.”

권시완이 핸드폰을 귀에서 떼면서 최경태에게 소리치듯 말했다. 서초경찰서 별관 2층의 사무실 안, 모두의 시선이 모였다. 권시완이 다시 소리쳤다.

“건설의 현금 750억이 해킹으로 빠져나갔답니다. 그래서 비밀리에 어음을 막으려고 유통의 자금 200억을 빌렸는데….”

숨이 막힌 권시완이 가쁜 숨을 고르고 나서 말을 이었다.

“글쎄, 은행에 누가 자금 담당 이사 지시라면서 유통의 현금 470억을 6개 구좌로 이체시키라고 해놓고는 순식간에 빼갔다는 겁니다.”

“누, 누가 그래?”

마침내 최경태가 다급하게 묻자 권시완이 반대로 느긋해졌다.

“은행입니다. 담당 은행에 대고 난리를 치니까 은행에서 억울하다고 다 불었습니다. 750억, 470억, 계 1,220억입니다.”

“아이구!”

옆쪽에서 놀란 외침들이 일어났다. 최경태도 입을 딱 벌렸다.

“1,220억? 사실이냐?”

“금방 대한은행 자금부장한테서 들었습니다, 은행에서도 난리가 났습니다. 곧 언론에도 발표될 겁니다.”

“국제건설이 부도나겠는데….”

“현금으로 1,220억이 증발했으니 유통도 견디기 힘들겠지요.”

그러자 옆쪽 형사가 거들었다.

"그럼 계열사가 연쇄부도가 납니다, 멀쩡했던 회사도 넘어갑니다."

"도대체 어떤 놈이…."

중얼거렸던 최경태가 숨을 들이켰고 그 순간 권시완과 시선이 마주쳤다. 최경태의 시선을 받은 권시완이 머리만 끄덕였다. 둘은 눈으로 교감하고 있다. 그때 형사들이 말을 주고받았다.

"쓰러질 만하구먼그래."

"천하의 두원회 회장 김두원이 이렇게 쓰러지는군."

한국대 유전자 연구소 안, 박영준이 안쪽의 밀폐된 연구실 책상에 앉아 있다. 벽에 걸린 시계는 밤 11시 반을 가리키고 있다. 저것은 바깥 시간이다. 이곳에 왔을 때는 10시 20분이었으니 1시간 10분이 지났다. 그러나 박영준은 지금 '시간 빨아먹은' 세상에 들어가 있다. 박영준이 오늘 밤을 꼬박 새우고 내일 6시쯤 연구실에서 나왔을 때는 15일쯤의 시간을 '빨아먹고' 나올 것이었다.

박영준은 지금 머릿속에서 계속해서 핵분열을 일으키는 지식을 정리하여 새로운 모습을 창안해내려고 한다. 박영준은 차츰 인간이 신(神)을 만들었다는 전설에 가까워지는 자신을 느끼고 있다.

"둘이 사이가 좋은 것 같아."

불쑥 양미진이 말하자 유영화가 머리를 들었다. 사무실 건물의 3층, 숙소로 사용하는 방안이다.

"누가요, 언니?"

"저기, 오수연이하고 고갑수."

"둘이 어때서요?"

"저기 끝 쪽 방에서 나오던데."

"둘이요?"

눈을 크게 떴던 유영화가 곧 쓴웃음을 지었다.

"오수연이가 좀 밝히는 것 같아요, 언니, 그죠?"

"좋아하면 그렇게 되는 거지, 뭐."

"오수연이가 먼저 유혹했을 거예요."

웃기만 한 양미진이 유영화에게 물었다.

"넌 회장님 좋아하지?"

"언니도 그렇죠?"

"응."

양미진이 선선히 머리를 끄덕였다.

"본능적인 것 같아, 암컷이 강한 수컷에게 끌리는 것은."

"남녀관계도 다 그렇죠, 그것이 자연스러운 거죠."

양미진의 시선을 받은 유영화가 풀썩 웃었다.

"언니한테는 질투가 안 나네."

"우린 회장님이 만든 창조물이나 같아."

양미진이 정색하고 말을 이었다.

"난 새 생명을 살고 있는 것이나 같아, 회장님 덕분에 말이야."

"나도 그래요."

"내 기억에서 삭제된 7년만큼 더 열심히 살 거야."

"그 7년이 뭔지 전혀 기억이 안 나죠?"

유영화가 웃음 띤 얼굴로 묻자 양미진도 가볍게 머리를 끄덕였다.

"내가 반역자로 조종당했다는 건 알아, 머리에 칩을 박고 말이야."

"기가 막히는군."

안보수석 이종무가 경찰청장 최국진에게 말했다. 얼굴에 웃음이 떠올라 있었는데 기가 막힌다는 웃음이다.

"세상에, 이렇게 조폭을 '멸망'시킬 수가 있구먼그래."

최국진이 어깨를 들썩이며 웃음 짓는 시늉을 했다. '멸망'이라는 단어가 웃겼기 때문이다. 오전 8시 반, 최국진이 아침 일찍 청와대로 달려와 두원회의 김두원이 쓰러져 지금도 의식을 찾지 못한다는 상황을 보고한 것이다.

더구나 김두원이 지배하던 국제건설, 국제유통이 오늘 자로 부도 처리될 예정인 것이다. 현금이 1,200억이 증발한 데다 사주(社主)가 혼수상태이니 모두 등을 돌렸다. 잘나가야 변호사도 옆에 붙어 있는 것이다. 가장 먼저 등을 돌린 것이 검찰총장 출신의 '법률자문단장'인 고경수 변호사다. 수임료만 챙긴 채 '나 몰라라' 하고는 오늘 오후에 미국으로 출장을 간다고 했다.

"그럼 두원회는 해체되겠군."

이종무가 앞에 놓인 보고서를 집어 들면서 말했다. 최경태가 작성한 보고서다.

"강석호가 남은 조직을 규합할 수 있을까?"

"힘들 겁니다, 재산이 남아 있으면 모를까 정리하려면 서로 싸움이 일어날 테니까요."

최국진이 말을 이었다.

"우리는 지켜보다가 살아남은 놈들의 숨통을 끊기만 하면 되겠습니다."

"허, 이 사람, 잔인하군."

이종무가 웃음 띤 얼굴로 말하더니 문득 물었다.

"이 자금을 빼돌린 것이 초인간이겠지?"

"예, 보고서에는 기록하지 않았지만 최 팀장은 그렇게 추측하고 있습니다."

"그것 참, 귀신같은 재주로군."

"실제로 귀신 이상 아닙니까? 그 칩을 만들어 온 것을 보십시오."

"미국 CIA놈들이 환장을 하고 가져갔어."

이종무가 입맛을 다셨다.

"우리가 원자탄 제조 방법하고 바꾸자고 할 걸 잘못했어."

"글쎄 말입니다. 하지만 초인간이 아직 우리 옆에 있으니까요, 우리는 보물을 갖고 있는 셈이지요."

"그런데, 그 1,320억인가? 그 돈은 다 어디다 둔 거야?"

"1,220억입니다, 수석님."

"아, 그거나 저거나. 그런데 그 거금을 초인간이 보관하고 있는 것 아니겠어?"

"예, 그렇다고 봐야겠지요."

"그 돈을 게워내라고 하면 안 주겠지?"

"아유, 그럴 수는 없지요."

"하긴 그래."

"모른 척하는 것이 낫다고 생각합니다."

"나한테 100억쯤 주면 눈감아줄 텐데."

그러다가 최국진이 웃지도 않자 이종무가 정색했다.

"최 청장, 내 말을 진짜로 받아들인 건 아니지?"

"농담인 줄 알고 있었습니다."

"당신이 웃지도 않아서 간이 철렁했어."

"이 수석님이 농담하시는 걸 처음 보았기 때문입니다."

"내가 속이 시원해서 그래."

"저도 그렇습니다."

둘의 덕담은 끝이 없다.

화장실에서 수염은 깎았지만 긴 머리는 모자를 눌러써서 감췄다. 그러나 옷은 후줄근했다. 바깥시간 오전 9시 반, 박영준은 연구실에서 20일을 지내고 나온 것이다. 초능력이 있다고 해도 머리 깎고 옷차림 매만지는 것은 전문가가 해야만 한다. 미용실에 들러 머리를 다듬고 방에서 씻고 나왔을 때는 오전 11시 반, 박영준이 양미진에게 말했다.

"두원회 강석호가 세력을 모으고 있어. 김두원의 심복들이 몇 개 조직으로 뭉치고 있고, 곧 전쟁이 일어날 거야."

"네, 회장님. 우리는 구경만 하면 되겠지요?"

"최 팀장도 당분간은 방관할 테니까 마지막에 남은 일당을 잡으면 되겠지."

"지금 어디 계세요?"

둘은 머릿속 이야기를 하고 있다.

"나 지금 방에 들어와 있어."

양미진은 복도 끝에서 창밖을 내다보는 중이다.

"언제 들어오셨어요?"

"조금 전에. 씻고 옷을 갈아입었어."

"어젯밤에 유영화하고 이야기했어요."

"알고 있어."

"읽으셨어요?"

"그래."

"유영화하고 잤더군요."

"그래, 나도 남자다."

"유영화한테 나도 당신 좋아한다고 했어요."

"회장이라고 부르지 않는군."

"당신이 좋아하실 것 같아서."

"하긴 회원 다섯 명의 회장이니까."

"제가 방으로 가도 돼요?"

"나중에."

"당신의 능력은 어디까지인가요?"

"먼저 사회에서 악을 없애는 일부터 도와주고 내 할 일을 할 거다."

박영준의 목소리가 또렷해졌고 양미진이 긴장했다.

"두원회 다음에는 영등포의 강막태 조직이야. 그놈은 지저분하고 악질이야, 매음에 마약까지 마구 내뿜고 있어. 악질부터 처단하고 나서 내 능력을 보여주지."

"하룻밤 사이에 무너졌군."

최경태가 어이없다는 표정을 짓고 말했다.

"그게 가장 치명적인 방법이었어, 자금줄을 막아 버리는 것."

"어마어마한 자금입니다."

권시완이 눈을 가늘게 뜨고 최경태를 보았다.

"1,220억이란 말입니다. 1천억이 넘어요, 팀장."

"돈 같지가 않게 들린다, 나한테는."

136

최경태가 머리를 흔들었다.

"1천만 원이나 되어야 돈처럼 들리지. 억, 억, 하면 딴 물건처럼 들려."

"나 참, 팀장 아파트가 억 대는 될 것 아닙니까?"

"2억인가?"

"그거 억이네."

"담보 잡혀서 난 만져보지도 못 한 돈이야."

"아이구, 골치야."

경찰서 옆 순댓국집 안이다. 모처럼 조폭전담팀은 각 반장에게 업무를 맡기고 팀장 최경태가 보좌역 권시완과 소주를 마시고 있다. 권시완이 말을 이었다.

"어떻게 돈을 빼냈을까요?"

"그야 초능력이니까."

"그것이 말입니다."

주위를 둘러본 권시완이 목소리를 낮췄다.

"팀장님이 한번 이야기 해보시죠."

"뭘?"

"초인간한테요."

"글쎄, 뭘?"

"우리한테도 그 능력을 좀 나눠달라고 말입니다."

입맛을 다신 권시완이 말을 이었다.

"신인간 식별칩은 이제 약발이 다 떨어졌지 않습니까?"

초인간이 나눠준 식별칩은 이제 모두 회수해서 국정원이 보관하고 있다. 그중 몇 개를 가져가 칩 연구팀을 구성해서 연구를 하는 모양인데 이쪽은 알 수가 없다.

"쓸데없는 소리 마."

한 모금 소주를 삼킨 최경태가 그렇게 입을 막았지만 그랬으면 좋겠다는 생각이 들었다. '최소한' 몇 명만은 '능력'을 부여받으면 좋지 않을까? 최경태는 잠깐 자신이 투명인간으로 변한 장면을 상상하다가 정신을 차렸다.

"도깨비 같은 놈들이야."

김기용이 어금니를 물고 말했다.

"그놈들이다."

스타클럽에 들어와 행패를 부렸다가 배경수 건으로 협박을 하고 나서 나타나지 않았던 '두 놈'을 말하는 것이다.

"그놈들이 돈을 빼갔어. 배경수 시체 위치를 알려준 것도 그놈들이야."

그때 주경진이 말했다.

"형님, 부회장이 애들을 모으고 있습니다."

"알아."

김기용의 눈동자에 초점이 잡혀졌다.

"이제 김두원의 시대는 갔어, 강석호도 함께 꺼져야 될 놈이다."

"하지만 애들이 모입니다, 간부급도 벌써 여섯 명이나…."

"병신들."

쓴웃음을 지은 김기용이 손목시계를 보았다. 밤 9시 40분이다.

"내가 이번에 느낀 점이 있지."

주경진의 시선을 받은 김기용이 말을 이었다.

"독사 대가리만 떼어내면 된다는 거야."

"그럼 강석호 씨를 친다는 겁니까?"

"아니."

머리를 저은 김기용이 목소리를 낮췄다.

"한 사흘만 잠수함을 타자."

주경진이 숨을 죽였다. 이곳은 성남 모란시장 근처의 허름한 룸살롱 안이다. 아가씨도 부르지 않고 둘은 싸구려 양주를 마시는 중이다. 김기용이 말을 이었다.

"좀 넓게 봐야 돼. 난 그런 면에서 부회장이랍시고 으스대는 강석호보다 낫다. 그놈은 김두원이가 바지 노릇을 시키려고 키웠지만 난 칼에 찔리고 머리가 터지면서 이곳까지 올라왔다."

그렇다. 김기용은 38세, 15년간 맨땅에 머리를 박으면서 두원회의 상급간부로 성장했다. 오직 실력으로 인정을 받은 것이다. 김기용이 똑바로 주경진을 보았다.

"지금 강남 제1의 두원회가 멸망 직전이야. 지금 1,220억이 증발되었고 김두원이 혼수상태야, 이렇게 된 건 무엇 때문이겠냐?"

"그, 그것은…."

"1,220억이 증발되었는데 언론은 잠깐 보도하고 나서 그것이 회계상 착오라느니 김두원이 은닉했는지 모른다느니 하면서 물타기를 하고 있어. 이것이 무슨 의미겠냐?"

주경진이 숨만 쉬었을 때 김기용이 이를 드러내며 소리 없이 웃었다.

"김두원이 저렇게 식물인간이 되기 전에 나한테 한 말이 있지, '넌 양머리 가죽에 독사 대가리가 숨어 있는 놈'이라고 했다."

"…"

"그리고 한 번도 중앙에 날 들여놓지 않고 주변을 돌게 했지, 행동대를 맡겨 목숨을 걸게 했고, 내가 죽으면 내부의 위험한 놈이 없어지는 셈이니까.”

“…”

“측근에 감시자를 붙여서 보고를 들었지.”

머리를 든 김기용이 주경진을 향해 빙그레 웃었다.

“네가 그 역할을 맡은 거 알고 있다, 경진아.”

“형님, 저는 형님한테 해가 되는 보고는 한 적이 없습니다.”

쓴웃음을 지은 주경진이 말하자 김기용이 머리를 끄덕였다.

“안다, 경진아.”

주경진을 향해 김기용이 다시 웃었다.

“강석호의 주변에도 내가 정보원을 심어 놓았거든, 그래서 내가 여기까지 온 거지.”

“형님, 어떻게 하실 겁니까?”

주경진이 묻자 김기용이 소파에 등을 붙였다.

“이건 큰 그림이 그려져 있어.”

“큰 그림이라니요?”

“두원회 하나로 끝날 것 같지가 않은 큰 그림이다.”

“…”

“국민저항운동으로 정권이 뒤집히고 새 정권이 들어설 것 같더니 그것이 순식간에 진압되었어.”

김기용의 두 눈이 번들거렸다.

“그때도 도깨비 소문이 돌았지 않냐? 포장마차에서 두 놈을 해치웠을 때부터…”

“그렇죠.”

"그 도깨비가 스타클럽에 나타났었지."

"그 도깨비는 아닌데요."

"어쨌든 그때부터 시작된 거다."

눈을 가늘게 뜬 김기용이 말을 이었다.

"도깨비 광풍이 국민저항운동을 거쳐서 우리 회사로 옮겨온 느낌이 든단 말이다."

"…"

"이런 때 머리를 들고 나섰다가는 목이 잘릴지도 몰라, 그러니 며칠 은 숨어 있어야겠다."

그러더니 김기용이 소리 없이 웃었다.

"잘난 체하고 머리 들고 다니는 놈이 당할지도 모르지."

강석호의 최측근은 윤기홍이다. 평소에는 잔심부름이나 하고 책상에 앉아서 졸기만 하던 윤기홍이 난세(亂世)가 되자 활기가 일어났다. 사람마다 제각기 쓰이는 용도가 있기는 하다. 윤기홍은 그야말로 조폭의 모델 같은 인간이다.

학교를 몇 번 다녀왔는가로 경력을 재고 얼마나 잘 뛰느냐로 사람 가치를 평가한다. 뛴다는 것은 싸움을 말한다. 그 윤기홍이 오늘 밤 서초동의 룸가라오케 '유리'에 와 있다. 부하 넷을 끌고 왔는데 분위기가 험악했다. '유리'의 룸 안으로 사장 문철호와 지배인 안정복 둘을 불러 놓고 위협을 하는 중이다.

"당신, 회장이 식물인간이 되었다고 제 주머니 차고 독립할 수 있을 것 같아?"

윤기홍이 테이블 위에 놓은 일본도를 눈으로 가리켰다.

"어디, 이 칼을 한번 피할 수 있으면 해봐."

윤기홍이 일본도를 쓴 지도 5년이 넘었다. 그때 청량리의 청하파가 날릴 땐데 김두원의 지시를 받고 쳐들어가 그쪽 행동대장 강막기의 오른손을 팔꿈치 밑에서부터 절단했던 것이다. 끔찍한 꼴을 당한 강막기가 떼어진 팔을 싸쥐고 병원으로 달려가 봉합수술을 했지만 팔이 굽혀지지 않는 병신이 되었다.

그 공(功)으로 윤기홍은 중간간부가 되었지만 1년 동안 교도소에 들어갔다가 와야 했다. 그 후로 일본도를 쓸 기회가 없었던 것이다. 그때 문철호가 말했다.

"이봐, 윤 실장, 내가 딴살림 차리자는 게 아냐. 회장님이 저렇게 되었으니까 당분간 회사가 정리될 때까지 매출금을 보관한다는 거야."

"회장이 저렇게 되면 부회장이 대리가 되는 거 아냐? 당신 지금 누구한테 붙으려는 거야?"

윤기홍의 목소리가 높아졌다.

"누구? 김기용이? 그 새끼, 한 번도 본사 근무를 안 한 변두리?"

"말도 안 되는 소리, 김기용보다 내가 서열이 높잖아."

"그럼 왜 사흘째 매출금을 본사로 입금시키지 않는 거야?"

"회장님한테 직접 보고하고 입금시켰기 때문에 그래."

"부회장이 있잖아, 이 새꺄."

마침내 윤기홍이 일본도를 쥐었다. 윤기홍은 검도 2단이다. 검도를 배워서 전쟁 때 써먹는 바람에 악명이 높아졌다. 옛날에는 가차 없이 베어서 사람을 죽일 뻔도 했다. 그때 '유리' 지배인 안정복이 손을 저으며 나섰다.

"야, 기홍아, 그만 하자."

안정복과 윤기홍은 고향 친구다. 해남에서 살 때는 몰랐다가 서울 와서 알게 된 사이였지만 졸때기 때에는 각별한 사이였다. 그런데 안정복은 뒤가 무르고 깡이 없어서 조직 생활 12년이 되었어도 가라오케 지배인에 머물러 있다. 윤기홍이 세 계단쯤 형님이다. 안정복이 넓은 얼굴을 펴고 웃었다.

"날 봐서라도 참아. 우리 사장님이 다른 생각이 있었겠냐? 그냥 돈 날릴까 봐서 그런 거지."

"아니, 글면 왜 어제 부회장님이 직접 전화를 혔는디도 돈을 안 보내?"

윤기홍이 다시 다그쳤을 때다. 방문이 열리더니 사내 하나가 들어섰다. 일본도를 쥐고 있던 윤기홍과 부하들은 물론이고 문철호와 안정복도 이맛살을 모으고 사내를 보았다. 처음 보는 사내다. 20대 중반쯤, 척 보면 양아치다. 모두 한눈에 양아치를 알아보는 것이다. 그때 윤기홍의 부하 중 하나가 거칠게 물었다.

"얀마, 너 누구여?"

"난 도깨비다."

사내가 바로 대답했을 때 모두 어안이 벙벙한 표정을 지었지만 다른 표정을 짓는 인간이 하나 있었다. 바로 사장 문철호다. 38세, 두원회 경력 12년, 전(前)에 수원의 오거리파 중간간부로 있다가 사고가 나서 서울로 올라와 김두원의 휘하로 들어가게 되었다. 그래서 두원회 경력은 윤기홍이나 비슷했지만 '회사' 경력은 선배다.

왕년에는 주먹을 썼지만 지금 같은 SNS 시대에서는 그것이 별로 안 통한다. 죽이지 않는 이상 바로 휴대폰으로 찍어서 SNS로 유통시키면 재판받을 것도 없이 그야말로 '인민재판'이 되기 때문이다. 인민재판에서 나쁜 놈으로 찍히면 잡혀가야 한다. 가만 놔뒀다가는 사법기관이 당하기 때문이다.

"어, 도깨비."

윤기홍이 장난처럼 말을 받더니 일본도를 조금 치켜 올렸다. 눈빛이 강해져 있다.

"어디 도깨비가 내 칼을 피할 수 있는가 보자."

일본도 칼끝이 조금 더 올라갔다. 그때다.

"잠깐만."

손을 든 문철호가 몸을 일으켰다. 그러자 김이 샌 윤기홍이 숨을 몰아쉬었다.

"아, 씨바, 왜 그려?"

"내가 좀 묻고."

윤기홍을 가로막은 문철호가 사내를 보았다.

"도깨비라고 했어?"

"그래."

사내가 문철호의 시선을 받더니 빙그레 웃었다.

"역시 문철호 네가 쓸 만하구나."

"날 아냐?"

나이가 열 살쯤 어려보이는 사내다. 정색한 문철호가 묻자 사내가 머리를 끄덕였다.

"그럼, 그래서 널 찾아온 거지."

"왜?"

"두원회를 정리하려고."

"정리해?"

"쓰레기 정리."

"아니, 이 개새끼가."

뒤쪽에 서 있던 윤기홍이 참지 못하고 문철호를 젖히고 나섰다. 그러고는 대뜸 일본도 칼끝을 사내의 목에 겨누었다. 칼끝과 목과의 거리는 1센티도 되지 않는다. 모두 숨을 죽였고 문철호도 몸을 굳혔다. 그때 칼끝을 겨눈 윤기홍이 소리쳤다.

"도깨비회 만세!"

놀란 문철호가 머리를 돌려 윤기홍을 보았다. 그러나 윤기홍이 이제는 칼을 번쩍 치켜들고 외쳤다.

"도깨비회 만세! 만만세!"

"어이, 윤 실장."

문철호가 불렀지만 윤기홍의 목소리는 더 높아졌다.

"도깨비회 만세! 만세!"

그때 사내가 문철호에게 말했다.

"윤기홍 저놈은 오늘 밤새도록 이 방에서 저렇게 소리칠 거야, 우리 밖으로 나가지."

그러더니 윤기홍의 부하 넷을 훑어보았다.

"너희들은 여기 남아 있어."

"예!"

넷이 일제히 대답하는 바람에 이제는 안정복이 깜짝 놀랐다. 사내의 시선이 안정복에게로 옮겨졌다.

"너도 따라 나와."

고갑수다. 안력(眼力)으로 상대의 머릿속을 조종하는 능력을 부여받은 것이다. 머릿속 칩의 능력이다. 시선이 부딪친 순간 상대는 머릿속이 비어진 상태에서 이쪽의 명령을 무조건 따르게 된다. 손에 쥔 칼로 제 멱을 따라면 당장 그렇게 한다. 동시에 상대 머릿속의 정보가 모두 옮겨져 오는데 어렸을 때 바지에다 오줌을 싼 것까지 다 입력된다. 그러고 나서 버리고 싶을 때 지우면 되는 것이다.

박영준이 사무실 소파에 앉아 고갑수의 머릿속을 읽는다. 고갑수의 뇌가 박영준의 뇌로 연결이 되어서 같은 생각을 하는 것이다. 입맛을 다신 박영준이 고갑수에게 말했다.

"딴 데 갈 것 없다. 1층에 빈방이 많으니까 그곳에서 오수연을 만나."

"예, 회장님."

놀라면서도 기쁜 고갑수가 기운차게 대답했다. 물론 속으로다. 지금 고갑수는 택시를 타고 이곳으로 오는 중이다. 오면서 오늘 밤 오수연을 만날 생각을 하고 있었던 것이다. 밖의 호텔로 불러낼까 궁리 중이었는데 박영준이 그렇게 말해준 것이다.

"도깨비 형님이 연락하신다고 했지요?"

안정복이 확인하듯 물었다.

"그럼 우리는 도깨비회에 가입된 겁니까?"

"그래."

머리를 끄덕인 문철호의 시선이 안쪽 방으로 옮겨졌다. 문이 닫힌 방안에서 아직도 '도깨비회 만세!' 소리가 울리고 있다. 윤기홍의 목은 쉬어서 이제는 다른 사람 같다. 그리고 부하 넷은 얼이 빠졌는지 소파에 나란히 앉아 있었는데 그저 숨만 쉬고 있는 것이다.

"저거 어떻게 된 거지요?"

안정복이 조심스럽게 묻더니 제 말에 제가 대답했다.

"도깨비한테 홀린 건 맞는 것 같은데…."

"오늘 밤새도록 저런다는데, 놔둬야지."

문철호가 길게 숨을 뱉었다.

"무슨 조홧속인지 모르겠다. 네 놈도 꼼짝 못 하고 앉아 있어, 두 시간째 나오지도 않아."

"어쨌든 우린 살았습니다."

안정복이 어깨를 펴면서 말했다. 이제 둘은 '도깨비회'에 가입한 것이다. 가게에 찾아온 '도깨비 형님'에게 회원이 되기로 맹세했다. 이름도 알려주지 않았지만 둘은 다녀간 사내를 자연스럽게 '도깨비 형님'으로 부른다. 도깨비회의 도깨비 형님이다.

장용만은 고갑수가 오수연하고 그렇고 그런 사이가 되었다는 것을 안다. 회원끼리 심안(心眼) 능력은 통하지 않도록 회장께서 만들어 주셨지만 눈치는 전보다 몇 배나 예민해졌다. 후각까지 '개코' 비슷하게 돼서 오수연과 함께 뒹굴고 온 고갑수의 몸에서 정액의 냄새까지 다 맡아졌기 때문이다.

오늘 밤도 마찬가지다. 밤 12시 반, 말짱한 얼굴로 들어온 고갑수가 시치미를 뚝 뗀 얼굴로 재킷을 벗을 때 장용만이 냄새를 맡았다. 정액의 냄새다. 여자의 다리 사이에서 풍기는 냄새도 맡아졌다.

"야 이 새꺄, 어지간히 해라, 응? 떡치는 소리가 여기까지 들렸다, 새꺄."

장용만이 어깨를 부풀리며 구시렁거렸다. 3층 건물은 빈방이 20여 개나 된다. 장용만은 고갑수와 오수연이 건물 안에서 만나는 것도 아는 것이다.

"떡을 치려면 나가서 치던지 응? 너 누구 약 올리려고 이러는 겨?"

"회장님이 여기서 하라고 하셨어."

"응? 회장님이?"

놀란 장용만이 엉거주춤 일어서기까지 했다.

"여기서 떡치라고?"

"그래, 새꺄."

장용만의 눈동자가 흔들렸다. 그때 장용만의 눈앞에 유영화의 얼굴이 떠올랐다. 이어서 알몸이 떠오른다.

유영화의 알몸은 형편없다. 잘못 그려진 그림이다. 실물을 보지 않고 상상만으로 그렸기 때문이다. 지금 장용만이 그렇다. 박영준은 눈앞에 펼쳐진 유영화의 알몸을 본다. 장용만이 그린 그림인 것이다. 박영준의 머릿속에는 장용만의 시선과 생각이 연결되어 있기 때문이다.

입맛을 다신 박영준이 장용만의 생각을 닫았다. TV 전원을 끈 것처럼 생각이 딱 끊겼고 유영화의 어설픈 알몸도 사라졌다.

다음 날 오전 9시가 되었을 때 최경태가 전화를 받았다. 도깨비 박영준이다.

"기다리고 있었습니다."

반갑게 응답한 최경태에게 박영준이 말했다.

"배경수가 왜 죽었는지 아직 밝혀내지 못했지요?"

"예, 그렇습니다."

바로 대답은 해놓고 최경태가 쓴웃음을 지었다.

"솔직히 그것 때문에 연락을 기다리고 있었습니다. 도무지 윤곽이 잡히지 않습니다."

배경수는 45세, 무역회사 부장으로 두원회와는 전혀 인과관계가 없다. 두원회의 가게에 다닌 적도 없는 것이다. 배경수가 사는 동네의 모든 CCTV를 추적해 보았어도 그렇다. 그때 박영준이 말했다.

"두원회에서 배경수의 연결 고리를 쥐고 있는 자는 김두원뿐입니다."

"그, 그렇군요."

최경태가 탄식했다. 김두원은 지금도 혼수상태인 것이다. 식물인간 상태다. 박영준의 말이 이어졌다.

"두원회의 다른 자들은 김두원의 심부름만 했을 뿐입니다."

"정병수는 어떤 일을 했습니까?"

"마약 운반입니다."

그 순간 최경태가 숨을 들이켰다. 예상하고는 있었지만 증거는 머리카락 한 올도 없었던 것이다. 자금 문제나 마약 관계 문제 중 하나라고 추측했다. 정병수는 전자제품 판매 관계로 해외출장이 많다.

최근 6개월간 입출국한 국가가 25개국이나 된다. 출장지에서 만난 인사들을 조사하려니 엄두도 나지 않았다. 이혼하고 혼자 사는 데다 은행 잔고는 1천만 원 정도, 35평형 아파트 1채가 재산인 사내다. 그때 박영준이 말했다.

"정병수는 김두원의 마약 운반책으로 행동했는데 이번에 마약 5킬로를 빼돌렸다가 살해되었어요."

숨을 죽인 최경태의 귀에 박영준의 말이 파고들었다.

"나는 김두원의 뇌에서 연루된 인간들, 마약이 거쳐 간 과정까지 빼냈습니다. 아직 뇌는 활동화고 있었으니까요."

"알려주시지요, 도깨비님."

저도 모르게 최경태의 입에서 '도깨비' 소리가 또 나왔다. 그때 박영준이 웃음 띤 목소리로 말했다.

"지금 윤곽을 정리 중이니까 곧 연락을 드리지요, 그리고."

박영준이 말을 이었다.

"두원회를 도깨비회로 흡수시키려고 합니다, 도깨비회는 실체가 없는 회니까 걱정하지 않으셔도 될 겁니다."

박영준이 다시 김두원의 병실로 들어섰을 때는 밤 12시 반, 김두원은 혼수상태였지만 특실을 사용하고 있어서 혼자 누워 있다. 몸에 대여섯 개의 호스를 꽂고 링거병과 알부민 등이 앞쪽에 주렁주렁 걸려 있는 산만한 분위기다. 다가간 박영준이 김두원의 이마에 손바닥을 짚었다.

지난번 김두원의 병실로 잠입해서 정병수의 기억을 일부 빼내었지만 불완전했다. 시간도 짧아서 빼낸 기록을 정리할 수 없었던 것이다. 김두원의 옆에 선 박영준의 손바닥에 점점 열기가 띠어졌다. 김두원은 지금 식물인간이나 같다. 심장만 약하게 가동하고 있을 뿐 뇌사 상태다. 그러나 박영준은 손바닥 밑의 김두원의 뇌가 맹렬히 운동하고 있는 것을 느낄 수 있었다. 뇌의 신체 운동 기능을 관리하는 기능만 죽은 것이다. 뇌의 생각하는 기능은 미칠 듯이 아우성을 치고 있다. 들리지도, 움직이지도 않기 때문에 모르고 있을 뿐이다.

박영준의 손바닥이 닿자 뇌의 생각하는 기능이 뛸 듯이 반기면서 집중해왔다. 이제 손바닥이 대화의 연결판이 되었다. 박영준이 손바닥으로 생각을 내려보냈다.

"넌 곧 가족들의 동의를 받아 몸에 부착된 연명 장치가 떼어지고 화장될 거야. 아마 오늘 오전 중으로 결정이 날 것 같다."

그때 손바닥으로 김두원의 목소리가 커다랗게 전달되었다. 울부짖는다.

"그럴 수 없습니다! 살려주십시오! 이대로 죽도록 만들지 마십시오! 다시 태어나 사회에 봉사하도록 만들어 주십시오!"

"정병수를 죽인 죗값을 받아야 돼."

"받겠습니다! 살려만 주십시오!"

"죽는 것보다 교도소에 가는 것이 낫다는 말이냐?"

"그렇습니다!"

"정병수를 왜 죽였는지 그 시초부터 이야기를 해라."

"살려주신다면 다 털어놓겠습니다."

"네가 지금 흥정할 입장이 아니야."

"예, 하느님."

고분고분 대답한 김두원이 이야기를 시작했다.

"정병수는 철저히 위장시킨 마약 공급책입니다. 5년 전부터 정병수는 중국산 마약을 들여왔는데 주로 태국 국경 지역에서 생산한 마약을 중국을 통해 반입했지요."

김두원의 목소리는 크고 뚜렷했다.

"물론 내 지시를 받는 심부름꾼이었습니다. 그러나 매번 시킬 때마다 물량에 따라 대가를 지불했습니다. 1킬로면 2천만 원, 2킬로에 5천, 5킬로는 1억, 지난해 7월에 7킬로를 가져왔을 때 2억을 준 적도 있습니다."

"계속해."

"그런데 지난달 정병수는 중국에서 10킬로를 샀습니다, 내가 준 5킬로 대금에다 제 돈까지 합쳐서 산 것이죠. 판매업자는 나한테 10킬로를 판 것으로 알았답니다."

"…."

"알고 보니까 3년 전부터 정병수는 내 물량에다 제 물량을 합쳐 마약을 들여와서 영등포 강막태에게 넘겼습니다. 아주 교활한 놈이었지요."

"…."

"아마 정병수는 그동안 수백억을 벌었을 것입니다. 그런데 재산은 철저하게 숨겨놓아서 찾지 못했습니다."

"…."

"죽일 생각은 없었습니다, 숨겨둔 재산을 찾지도 못 했는데 왜 죽입니까? 부하들이 고문을 하다가 심장마비를 일으켰다고 합니다."

"넌 살아나도 회사가 부도 처리되어서 거지야."

그 순간 박영준이 김두원의 뇌 속에서 꿈틀거리는 '생각'을 읽었다. 김두원의 뇌에 박힌 '비밀'이다. 이제 의도했던 깊숙한 곳에 박영준의 '시선'이 닿았다. 진실 부분이다.

김두원은 마약에서 번 자금은 모두 자메이카와 푸에르토리코의 비밀 금고에 저장해놓고 있었던 것이다. 2개의 금고에 저축해 놓은 비자금은 무려 7억불, 7,500억 원 가깝게 된다. 그때 김두원이 말했다.

"자메이카, 푸에르토리코의 국립은행에 보관시킨 내 비자금이 7억 2천만 불입니다. 그것으로 지금까지 지은 죗값을 치르게 해 주십시오."

목소리는 간절했고 진심임이 드러났다. 박영준이 눈을 감은 채 시체처럼 누워 있는 김두원을 보았다. 아직 한 손은 김두원의 이마에 붙여진 채다.

"그럼 내 말대로 할 테냐?"

"예, 하느님."

"난 도깨비다."

"예, 도깨비님."

"살아나면 넌 두원회를 해산하고 도깨비회 고문이 되어라."

"예, 도깨비님, 고문이 뭔지 모르지만 하겠습니다."

"회장은 나야."

"아이구, 영광입니다."

"네가 죽은 줄 알고 강석호, 김기용 등이 전쟁을 벌이려는 중이다. 서로 네 것을 더 차지하겠다고 이미 파산된 조직을 다시 갈기갈기 찢고 있다."

"죽일 놈들입니다."

"유리 룸살롱 사장 문철호와 지배인 안정복이 도깨비회 회원이다."

"예, 도깨비님."

"그 둘을 측근으로 고용하면 손발이 맞을 것이다."

"예, 도깨비님."

"자, 그럼 네가 아침에 눈을 떴을 때부터의 행동을 알려 줄 테니까 잘 들어라."

박영준의 말이 이어졌다.

오전 6시, 사무실에 여섯이 모두 모였다. 이제는 공공연한 애인 사이가 된 오수연과 고갑수는 저희들 방으로 삼고 있는 2층 끝 방에 함께 있다가 나왔다. 둘은 소파에 나란히 붙어 앉았는데 왼쪽 소파에도 유영화와 장용만이 함께 앉았다. 박영준이 다섯을 둘러보았다.

"곧 김두원이 깨어난다."

놀란 모두가 숨을 죽였을 때 박영준이 말을 이었다.

"국제건설이나 유통 사업장은 다시 회생될 거야, 김두원이 숨겨둔 비자금을 다시 쏟아 부을 테니까."

"…"

"하지만 두원회는 없어지고 도깨비회가 창설된다, '복도깨비회'지."

박영준의 얼굴에 쓴웃음이 번졌다.

"김두원이 죽은 줄 알고 시체 뜯어먹는 하이에나처럼 달려들었던 놈들이 다 처리될 것이고 문철호와 안정복이 중용될 거다."

고갑수와 장용만이 머리를 끄덕였다.

"그렇게 정리하는 것이 빠르고 정확해. 김두원은 오늘부터 도깨비회 고문이다."

"어디 가?"

장용만이 묻자 유영화는 몸을 돌렸다. 건물 2층의 복도에 둘이 서 있다. 방금 회의를 끝내고 사무실에서 나온 참이다.

"왜?"

다가선 장용만에게 유영화가 물었다. 눈빛이 잔잔한 호수 표면 같다. 장용만이 시선을 준 채 숨을 들이켰다. 숨이 막힌다는 표정이다. 그러더니 겨우 대답했다.

"아니, 그냥."

"그냥 불렀다고?"

유영화의 얼굴에 웃음이 떠올랐다.

"불러서 뭐 한다는 생각도 없이?"

"응, 나도 모르게…"

"회장님이 그렇게 만든 거 아냐?"

"그건 나도 모르겠어."

"지금 회장님이 우리 둘을 조종하고 있다는 생각이 안 들어?"

"모르겠어. 하지만 상관없어, 내가 좋으니까."

오전 6시 30분, 회의가 끝나자 고갑수와 오수연은 제 방으로 다시 들어갔고 유영화는 1층으로 내려갔다. 그곳이 유영화의 숙소다. 그때 장용만이 한 걸음 다가섰다.

"그리고 회장님이 나한테 용기를 주신 건 맞아, 너한테 이렇게 말 붙이는 용기."

"전에는 용기가 없었니?"

"네 앞에서는 기가 죽었지."

"왜?"

"이쁘고 날씬하고 나보다 학력도 엄청 놓고, 난 조폭 똘마니 출신이었거든."

"난 뭐 공주인 줄 아냐? 난 고아야. 겨우 대학 나와서 그것도 3류, 직장 못 잡고 빌빌거리다가 데모하던 인생이었어."

"그래도 내가 널 애인 삼으면 대박이지."

"뭐? 애인?"

"안 할래?"

"넌 그렇게밖에 말 못해?"

"말재주가 없어서 그래, 네가 좀 가르쳐줘."

"미치겠네."

"하지만 잘하는 것도 있어."

"뭔데?"

"밤일이야."

"밤일?"

되물었던 유영화가 퍼뜩 눈을 치켜뜨더니 발길로 장용만의 사타구니를 찼다.

"으악!"

비명을 지른 장용만이 두 손으로 사타구니를 움켜쥐고 쪼그려 앉았다.

"어머나!"

놀란 유영화가 장용만 앞에 쪼그리고 앉더니 당황했다.

"내가 거기 찬 거야? 하필 거기 맞았어?"

"아이구, 나 죽어."

장용만이 신음했다.

"하필 빳빳해졌을 때 찼어."

그때 일어선 유영화가 발바닥으로 장용만의 이마를 밀어 넘어뜨렸다.

박영준의 눈앞에 벌러덩 자빠진 장용만의 모습이 펼쳐졌다. 둘의 행동과 말은 머릿속에서 TV 화면을 보는 것처럼 다 보이고 들린다. 둘의 머릿속에 칩이 심어진 때문이다. 박영준이 숨을 들이켜고는 소파에 등을 붙였다. 유영화 머릿속에서 자신과의 기억을 지워준 것이다.

그래서 장용만의 구애를 부담 없이 받아들이고 있다. 그때 뒹굴었던 장용만이 상반신을 세우자 유영화가 두 손으로 팔을 잡아당겨 일으켜 세워주고 있다.

"에효, 당신 안됐어."

간호사 이숙경이 알부민 병을 빼내면서 말했다. 간호사 경력 6년 차인 이숙경은 밝은 성격이어서 환자들이 좋아하지만 의사나 동료한테는 인기가 없다. 잘 잊어먹고 덜렁거리는 데다 입이 싸기 때문이다. 입이 싸면 친구가 떨어진다. 그래서 그런지 이숙경은 혼잣말하는 버릇이 있다. 특히 의식불명 상태의 환자나 마취에서 깨어나지 않은 환자, 심지어는 시체에 대고도 말하는 버릇이 들었다. 그들만큼 자신의 말을 잘 들어주는 상대가 없기 때문이기도 하다.

특실 방안에는 이숙경과 김두원 둘뿐이다. 오늘도 이숙경은 김두원을 상대로 거침없이 말한다.

"오늘 당신은 뇌사 상태에서 호흡 기구 다 뗄 거야, 가족들이 다 동의한다고 했어."

"…"

"와이프가 예쁘데? 아직 젊고. 당신 부도난 재벌이라면서? 조폭 대장이라는 말도 들리데?"

"…"

"당신도 아직 쌩쌩한데, 물건도 좋고. 근데 당신 와이프 재혼하겠지?"

"…"

"내가 나가면 곧 담당 의사하고 가족이 올 거야. 잠깐, 내가 당신 연장 한번 만져볼까?"

몸을 돌린 이숙경이 김두원의 가운 밑으로 불쑥 손을 집어넣었다. 그러고는 연장을 움켜쥐고 주물럭거렸다.

"어휴, 크네."

그 순간 이숙경이 숨을 들이켰다. 물건이 와락 커진 것이다. 그리고 단단해졌다. 물건을 움켜쥔 이숙경의 시선이 김두원의 얼굴로 옮겨졌다. 그때 이숙경이 입을 딱 벌렸다. 김두원이 눈을 뜨고 자신을 쳐다보고 있었기 때문이다. 그러나 간호사 경력 6년, 별 경험을 다 한 이숙경이다. 숨을 들이켠 이숙경이 몸만 굳힌 채다. 그때 김두원이 말했다.

"이년아, 쥐고 있지만 말고 좀 흔들어라."

"으악!"

그때서야 이숙경이 뒤로 나자빠지며 비명을 질렀다.

오전 10시 10분, 경찰청장 최국진이 안보수석 이종무에게 전화로 보고를 한다.

"오늘 9시에 성심병원에 입원해 있던 김두원이 식물인간 상태에서 깨어났습니다. 병원에서도 포기하고 생명 연장 장치를 빼기 직전에 살아난 것입니다."

"허, 명이 긴 사람이네."

이종무가 감정이 섞이지 않은 목소리로 말했다.

"이 세상에 미련이 많은가?"

"그런데 조폭팀장이 직접 만나고 왔다는데 달라졌다고 합니다, 수석님."

"뭐가 말이오?"

"예, 부도난 국제건설과 유통사는 비자금을 풀어 살린다는 것입니다."

"비자금?"

"예, 푸에르토리코 은행에서 3억불, 그러니까 3천3백억 원이 송금되었습니다. 이건 부도를 막고도 2천억이 넘게 남습니다."

기가 막힌 이종무가 숨만 쉬었을 때 최국진의 말이 이어졌다.

"그런데 김두원이 '도깨비회'라는 모임을 결성하고 전(前) 부회장 강석호, 스타클럽 사장 김기용 등을 모두 추방했습니다."

"…"

"깨어난 지 한 시간밖에 안 됐는데 강남에서는 대지진이 일어난 것 같습니다, 수석님."

"그거 참…"

"다시 보고 드리지요."

통화가 끝났을 때 이종무가 혼잣소리를 했다.

"진짜 도깨비들 놀음 같군."

그 시간에 김두원과 최경태가 승용차 안에 나란히 앉아서 이야기를 하고 있다. 이곳은 역삼동 국제건설 건물 지하 주차장 안이다.

"두원회란 조직은 이제 없어진 거요. 그 자리를 사회 봉사단체인 '도깨비회'가 차지한 겁니다."

김두원이 번들거리는 눈으로 최경태를 보았다. 쓰러지기 전보다 더 건강한 모습이다.

"그리고 새 얼굴로 모두 바꿨습니다, 새 술은 새 부대에 담는다는 말이 있지 않습니까?"

"그렇지요."

건성으로 대답한 최경태가 물었다.

"강석호 부회장은 어디 갔습니까? 갑자기 사표를 냈다는 소문만 들리고 보이지 않네요."

"글쎄요."

"김기용 씨도 아시죠?"

"누구요?"

"스타클럽 사장이었던, 두원회 간부로…."

"난 모르는 놈인데."

쓴웃음을 지은 김두원이 말을 이었다.

"간부가 수백 명이라 이름을 다 기억 못 합니다."

"혹시 죽여서 묻으신 건 아니지요?"

"내가 장의사요?"

"내가 도깨비님 말씀을 듣고 온 겁니다."

정색한 최경태가 말하자 김두원이 상반신을 세웠다. 놀란 표정이다.

"도깨비님이라고 했소?"

김두원이 묻자 최경태가 머리를 끄덕였다.

"김 회장께서 살아나신 건 기적이 아니라는 것도 내가 알고 있어요."

"…."

"김 회장님이 정병수에 대해서 말해주신 것을 내가 도깨비님한테 다 들었습니다."

"…."

"그래서 정병수에 대한 살인 혐의보다 그 자가 벌여놓은 마약 판매 조직에 대해서부터 수사를 할 겁니다, 그것이 우선이니까요."

"내가 도와드리지요."

마침내 김두원이 입을 열었다.

"우리 도깨비회가 도와드리면 최 팀장님 일도 수월하게 풀릴 겁니다."

160

김두원이 도깨비회 고문으로 개과천선한 셈이지만 성격까지 개조된 것은 아니다. 김두원은 식물인간 상태가 되었을 때 이권을 차지하려고 날뛰었던 간부들을 핀셋으로 벌레를 잡듯이 잡아서 무자비하게 처단했다.

그런데 간부들의 70퍼센트 가량이 강석호, 김기용, 또는 다른 세력들에 포함되어 식물인간 자신을 내팽개친 채 죽자 사자 패권 투쟁을 했다. 김두원은 배신자 소탕을 시작했는데 최측근이 문철호와 안정복이었다. 둘은 각각 부회장과 경호실장 직책을 갖고 두원회를 도깨비회로 개조하는 역할을 맡은 셈이었다.

"뭐, 죽일 수는 없지, 대한민국이 법치국가니까."

김두원이 어깨를 부풀리며 문철호와 안정복에게 말했다. 국제건설의 회장실 안이다.

"하지만 도깨비회의 건전한 바탕을 위해서 악취가 나는 쓰레기들을 청소할 필요가 있다. 그것이 국가발전에 기여하는 것이다."

전 같으면 김두원이 이런 소리를 하는 것을 누가 듣는다면 실성했다고 할 것이다. 그런데 지금은 듣는 둘도 대통령 훈시를 듣는 공무원 같은 자세다. 김두원이 말을 이었다.

"우리 도깨비회는 악을 청산하고 선을 지향한다, 그것이 내 새 생(生)의 목표니까. 너희들 둘도 머릿속에 박아 놓도록."

그러고는 옛날 버릇이 마지막에 나와 버렸다.

"우리들의 뜻에 거슬리는 놈들은 죽여서 공사장 시멘트 기초 공사를 할 때 함께 묻도록 해라."

둘은 정색하고 듣는다.

"날 감시하고 있죠?"

양미진이 물었다. 눈을 치켜뜬 양미진의 모습이 고혹적이다.

"다 알고 있어요, 지금도 날 보고 있는 거죠? 느낄 수 있다고요."

그 순간 박영준이 숨을 들이켰다. 사실이었기 때문이다. 양미진은 지금 제 방의 소파에 앉아 TV를 보는 중이다. 그런데 가운 차림이다. 방금 샤워를 마친 양미진은 알몸에 실크 가운을 걸쳤을 뿐이다. 그 양미진이 지금 제 앞의 TV에 대고 말하고 있는 것이다. 양미진이 TV를 노려본 채 말을 이었다.

"솔직히 말씀드려요?"

양미진의 얼굴에 웃음이 떠올랐다.

"회장님이 날 보고 있다는 것에 자극을 느끼고 있어요, 내 알몸을 당신이 본다고 생각하면 몸이 더워진다고요."

박영준은 어금니를 물었고 양미진의 말이 이어졌다.

"그래요, 난 당신 포로예요. 날 마음대로 해요, 내가 기다리고 있으니까."

박영준이 눈을 감았다. 그렇다. 이것은 내 뇌 능력이다. 머리를 다친 후에 핵분열을 계속해온 내 뇌가 이렇게까지 진행되었고 지금도 계속하고 있다. 너무 나가고 있지 않은가?

"아유, 그만."

유영화가 소리쳐 말했지만 장용만의 어깨를 움켜쥔 손은 오히려 더 끌어당겼다. 그러고는 제가 먼저 엉덩이를 흔들면서 절정으로 솟아오르기 시작했다.

"아유, 자기야, 나죽어."

162

유영화의 탄성이 방을 울렸다. 장용만의 열정이 솟아오르고 있다. 한 덩어리로 엉킨 알몸이 꿈틀거리면서 방안에 열풍을 뿜어내는 중이다. 유영화의 신음이 더 높아졌다. 열락의 밤이다.

박영준이 자리에서 일어섰다. 또 연구를 하러 가는 것이다. 밤 10시 반, 오늘 밤을 꼬박 새우면 한 달쯤의 시간을 빨아 먹겠지. 그 한 달 동안 얼마만 한 성취를 올리게 될 것인가? 아니, 그 성취감보다 인간의 뇌가 과연 어디까지 진보할 수 있는가, 그것이 궁금하다. 한없이 솟아오르는 이 '뇌 운동'의 끝이 도대체 어디인가 무섭기조차 하다. 그러나 이것이 내 운명이다. 익산 배차장파의 하급 똘마니 병신(病身)에서 변신한 박영준의 뇌가 말이다.

방을 나서던 박영준의 머릿속에 문득 어머니와 동생 유진의 얼굴이 떠올랐다. 이어서 목소리도 귀에서 울렸다. 그것뿐이다. 오래된 필름을 꺼내 상영시킨 것처럼 눈앞에 펼쳐지기만 한다. 산 생명체로는 나올 수 없는가? 박영준의 얼굴에 웃음이 떠올랐다.

"그렇다면, 내가 시간을 더 빨아들여 과거로 가면 되지 않을까?"

"너 누구야?"

강막태가 눈을 치켜뜨고 물었지만 다가선 사내는 대답하지 않았다.

"너 어떻게 들어왔어?"

강막태가 다시 물었다. 이곳은 영등포의 룸살롱 '은하', 강막태의 아지트나 같다. 그런데 갑자기 웬 놈이 방안에 들어왔다.

"경호하는 놈들은 뭘 하고 있는 거야?"

"나, 정병수가 보낸 사람이야."

사내가 말했을 때 강막태가 막 소리를 지르려다가 입을 다물었다. 밤 10시 반, 옆에 앉은 아가씨는 숨도 죽이고 있다.

　"정병수?"

　강막태의 목소리는 갈라져 있다. 어깨를 부풀렸다가 내린 강막태가 눈에 힘을 주었다.

　"얀마, 그놈은 죽었잖아. 시체 찾았다는 뉴스도 못 봤냐? 이놈 미친 놈이네."

　말을 뱉으면서 놀람이 가셔진 강막태가 다시 부하를 부르려고 입을 벌린 순간이다.

　"너 정병수한테 받은 히로뽕 5킬로 대금 절반밖에 안 줬지?"

　사내가 묻는 바람에 강막태가 다시 입을 닫았다. 이번에는 얼굴이 누렇게 굳어져 있다.

　"너 누구야?"

　"내가 '특명 감찰반'이다."

　사내가 앞쪽 자리에 앉더니 쓴웃음을 지었다.

　"시발놈, 부하들 부르려고 입만 딱딱 벌리다가 마는데, 야 이 병신아, 밖에 네 부하들은 모두 독방에 몰아넣었어."

　"내, 내가 무슨…."

　"강막태, 너 나 몰라?"

　사내가 눈을 가늘게 뜨고 엄지를 구부려 제 코를 가리켰다.

　"마포경찰서에서 나한테 한 번 조사 받았잖아? 네가 한 놈 칼로 찔렀을 때…."

　"아!"

　외마디 외침을 뱉은 강막태가 숨을 들이켜더니 정신이 난 듯 옆에 앉은 아가씨에게 말했다.

"너 나가."

아가씨가 서둘러 방을 나갔을 때 강막태가 다그치듯 물었다.

"무슨 일이여?"

"너 클 났어, 이제."

"먼 소린지 몰겄네."

"너 마약 거래 꽤 오래 했더군."

"도통 무신 말인지…."

"좋아, 증거가 다 있으니까 같이 가자."

사내가 이를 드러내고 웃었다. 그때서야 강막태는 사내의 이름이 기억났다. 최경태다.

내 능력은 현재 어디까지 와 있는가? 지금 박영준은 그것을 확인하는 중이다. 이곳은 대한의료원의 연구실, 최첨단 장비가 가득한 세계 최고 수준의 의료 연구실이다. 텅 빈 연구실에 혼자 앉아 있는 박영준이 이제는 머릿속의 능력을 꺼내 컴퓨터에 쏟아 붓듯이 나열하고 있다. 뇌에서 폭포수처럼 쏟아지는 지식이 박영준의 손에 의하여 컴퓨터 화면에 펼쳐지는 것이다.

인간이 컴퓨터 자판을 두드릴 때는 컴퓨터에 영속되는 분위기다. 두드리면 컴퓨터가 알려주는 역할을 하기 때문이다. 그러나 지금 박영준의 경우는 다르다. 어느덧 컴퓨터가 박영준에게 영속되어서 머릿속 사고(思考)가 즉시 컴퓨터 화면에 펼쳐지고 정리되고 있다.

박영준은 자판을 두드리지 않는다. 손끝 하나를 자판 아무 곳에나 붙이고 있을 뿐이다. 그 손끝으로 전류가 나가는 것이 아니다. 굳이 말한다면 기운(氣運)이다. 염력이라고 불러도 될 것이다. 그때 박영준이 모니터 화면에 대고 물었다.

"내 능력은 어디까지냐?"

그 순간이다. 컴퓨터가 숫자와 기호를 쏟아내기 시작했다. 컴퓨터 화면이 가득 찼다가 지워지고 또 채워진다. 숫자와 기호는 끊임없이 쏟아져 나왔기 때문에 박영준은 한동안 모니터를 응시한 채 움직이지 않았다. 이윽고 박영준이 마우스에서 손을 떼자 컴퓨터에서 쏟아지던 기호도 멈췄다.

"감당을 못 하는군."

혼잣소리처럼 말한 박영준이 눈을 감았다. 뇌 안에 우주가 들어 있다. 머리 위에 펼쳐진 우주는 또 다른 세상이다. 그 순간 박영준은 자신의 몸이 머릿속의 우주로 사라지는 느낌을 받았다. 놀라 눈을 떴더니 몸은 그대로다.

"내 능력은 내 스스로 측정하는 수밖에 없구나."

박영준이 자신의 뇌 안으로 몸을 던졌다. 인간의 육체는 껍질에 불과하다. 흙에서 창조되어 흙으로 돌아간다는 말이 맞다. 아무것도 없었던 무(無), 공간의 세계에서 생명체가 태어나 인간으로 진화되었다. 그것이 엄청난 시간이 소요된 것 같지만 우주의 시각에서 보면 찰나다. 눈 깜박하는 순간도 안 된다. 수억 년, 수십억 년의 시간도 우주 개념으로 보면 찰나다.

머릿속 우주나 눈을 떠 하늘 위로 펼쳐진 우주나 같다. 내가 우주다. 내 머릿속에 우주를 품고 지낸다. 이 껍질은 언제라도 벗으면 된다. 박영준은 한동안 숨을 멈추고 명상했다.

"도깨비회 고문으로서 말씀드리는데"

의자에서 등을 뗀 김두원이 최경태와 고갑수, 장용만을 차례로 보았다. 그런데 셋의 반응이 시큰둥하다. 오전 9시, 김두원의 사무실 안이다. 어젯밤 최경태는 영등포의 강막태와 측근 6명을 체포, 아지트에 보관하고 있던 마약 15킬로를 압수했다. 김두원이 말을 이었다.

"요즘은 조폭 집단이 눈에 드러나지 않습니다, 모두 양성화되어서 겉으로는 멀쩡한 기업체로 운영되기 때문이오."

최경태는 가만있었지만 고갑수와 장용만이 서로의 얼굴을 보았다. 그러나 웃지는 않는다. 차분한 모습이 의젓하다. 이들 둘이 1년 전만 해도 익산 배차장파의 하급 양아치였다는 것을 누가 믿겠는가?

외모를 치장한다고 해서 다르게 보이는 것이 아니다. 같이 있으면 1분도 안 되어서 본색이 드러난다. 최경태 같은 경험자는 분위기로 대번에 알아채는 것이다. 그때 김두원이 최경태에게 물었다.

"우리가 협조해 드릴 일이 또 있습니까?"

"어젯밤 강막태 일당을 잡았더니 서울은 물론이고 전국의 조폭 조직이 모두 겨울잠을 자는 뱀처럼 자취를 감췄어요."

최경태가 말을 이었다.

"그래서 이 기회에 뱀 굴 위에 시멘트를 쏟아 부어서 막아버릴 작정이오."

오늘 모임은 최경태가 공식적으로 도깨비회와의 면담을 요청했기 때문이다. 그래서 고문 김두원과 정식 회원인 고갑수, 장용만이 등장했다. 그때 고갑수가 말했다.

"우리 회장께선 우리 둘을 대리인으로 지정하셨습니다, 그리고 여기 김 고문님과 함께 일을 처리하라고 지시 하셨습니다."

최경태에게 한 말이다. 고갑수의 시선을 받은 최경태가 머리를 끄덕였다.

"나도 조금 전에 회장님한테서 연락을 받았습니다."

최경태가 고갑수와 장용만을 둘러보며 말을 이었다.

"어려운 시간은 지나갔지요, 이제 마무리 작업만 남았으니까요."

최경태가 보기에는 고갑수, 장용만은 도깨비 새끼다. 20대 중후반의 나이로 보이지만 머릿속은 측량하기가 힘들 것이었다. 도깨비 칩이 들어가 있을 것이기 때문이다. 앞에 앉은 도깨비 고문 김두원도 이제는 도깨비회장의 염력을 받아서 인간이 아니다.

최경태는 갑자기 소외감을 느꼈다. 신인간, 초인간의 시대가 왔는데 머리에 칩도 박지 못한 인간은 마치 마력(馬力)이 떨어진 자동차나 같다. 이쪽 고갑수, 장용만 하다못해 김두원까지 300마력 자동차라면 자신은 120마력이나 될까? 그때 고갑수가 대표로 말했다.

"그럼 앞으로 회의 정규 멤버는 이렇게 넷으로 정하겠습니다."

최경태가 머리만 끄덕였을 때 장용만이 덧붙였다.

"도깨비회 회원 셋이 더 있지만 그들까지 다 참석할 필요는 없지요."

회의를 마친 최경태가 건물 지하 주차장에 주차한 차를 타려고 엘리베이터에 올랐다. 고갑수, 장용만은 먼저 사라졌기 때문에 최경태는 혼자다. 엘리베이터 안에는 대여섯 명의 남녀가 타고 있다가 1층에서 모두 내렸다. 최경태는 지하 2층 주차장으로 가는 터라 안에 혼자 남았다.

그때 엘리베이터 안으로 사내 하나가 들어섰다. 사내를 본 최경태가 숨을 들이켰다. 박영준, 도깨비 회장이다. 시선이 마주치자 박영준이 빙그레 웃었다.

"마무리를 해 드리려고."

엘리베이터 문이 닫히고 둘이 되었을 때 박영준이 말을 이었다.

"내가 '도깨비 칩'을 박아 드리지."

순간 최경태가 숨을 죽였다. 놀랐지만 조금 전에 소외감을 느꼈던 이유가 바로 이것 때문 아니었던가? 초능력을 갖고 싶은 것이 인간 모두의 꿈이다. 더욱이, 나는 사회를 지키는 역할 아닌가? 나에게 칩이, 도깨비 칩이 절대적으로 필요하다. 최경태의 시선을 받은 박영준이 다시 웃었다. 마음을 읽었다는 표시다.

그로부터 한 시간 후, 박영준이 본부 건물의 2층 끝 방으로 들어서자 양미진이 놀라 일어섰다. 양미진은 반팔 셔츠에 바지 차림이었는데 탁자에 서류를 펼쳐놓고 일을 하는 중이다.

"웬일이세요?"

양미진이 조금 상기된 얼굴로 물었다. 박영준이 양미진의 방으로 들어온 것은 이번이 처음이다. 잠자코 앞쪽 자리에 앉은 박영준이 양미진을 보았다.

"도깨비회는 최경태한테까지 칩을 심어 주었으니까 당분간은 별일 없이 운영이 될 거야."

박영준이 양미진의 눈을 똑바로 보았다.

"양미진 씨가 내부 운영을 책임져야 돼. 자금관리를 맡길 테니까 회원들에게 적절하게 지급해줘."

"알겠습니다, 염려 마세요."

"회원들도 따를 테니까."

"그럼 어디 가실 건가요?"

양미진도 박영준의 눈빛을 읽은 것이다. 박영준의 얼굴에 웃음이 떠올랐다.

"잠깐이야."

"며칠간요?"

"여기선 며칠이 되겠지만 내가 돌아가는 공간은 몇 년, 몇십 년, 몇백 년이 되겠지."

"저도 데려가요."

"만나게 될 거야."

"당신과 어디든 인연을 맺고 싶어요."

"기다려."

박영준이 웃음 띤 얼굴로 팔을 뻗어 양미진의 손을 잡았다. 따뜻한 기운이 느껴졌고 곧 뻗어나간다.

8장 사라진 세상

머릿속 작동으로 시간을 잡는다. 지금까지 시간을 빨아들였지만 박영준은 시간 속으로 빠져들기로 했다. 육체는 한낱 티끌이다. 육체가 시간을 탄다. 박영준 머릿속에서 뿜어낸 영력이 시간을 잡을 수 있게 된 것이다.

박영준은 지금 자신의 사무실에서 눈앞으로 흐르는 시간대를 본다. 타임머신을 타고 시간여행을 하는 소설이나 영화처럼 박영준은 흐르는 시간을 눈앞에 펼친 것이다. 시간의 색깔은 수백 가지다. 마치 섬광을 뿜는 것처럼 갖가지 빛줄기가 난무하고 있다. 그러면서 상하좌우로 흐른다.

박영준은 섬광 속으로 한 걸음 다가섰다. 이제 온몸이 섬광에 싸여 있다. 나는 능력을 얻었다. 뇌가 진화하면서 스스로 시간을 빨아들였다가 눈앞에 시간 흐름이 펼쳐지게 된 것이다. 이것은 공간의 이동일 수도 있다. 그것은 다시 정리를 해봐야 한다.

박영준은 잠깐 주위를 둘러보았다. 사무실 집기가 보인다. 섬광 사이로 의자가, 책상이 보인다. 이윽고 결심한 박영준이 다시 한 걸음 앞으로 나섰다. 시간 속으로 몸을 던진 것이다.

황야, 눈앞에 황야가 펼쳐져 있다. 하늘은 눈이 부실 정도로 파랗고 태양은 중천에 떠 있다. 늦은 봄의 한낮, 돌무더기 사이로 이름 모를 꽃이 피어 있다. 약한 바람결에 꽃향기가 맡아졌다. 앞쪽 먼 곳에 산맥이 가로로 뻗어 있다. 새 한 마리가 박영준의 머리 위를 날아 산맥 쪽으로 날아갔다. 주위를 둘러본 박영준이 머리를 기울였다. 이곳이 어디인가? 지금 나는 어느 시기로 와 있는가? 분명히 시간의 흐름 속으로 몸을 던진 것이다. 그리고 또 한 가지 의문이 있다. 내 능력은 그대로 남아 있는가? 그때다.

뒤쪽에서 말발굽 소리가 울렸다. 서너 필의 말이다. 몸을 돌린 박영준은 이쪽으로 달려오는 기마인들을 보았다. 한 명은 창을 세워 들고 있어서 창날이 햇빛을 받아 반짝였다. 박영준이 먼저 자신의 옷차림을 보았다. 본능적이다. 자신은 2,000년대의 양복 차림이다. 그때 기마인 4명이 다가와 박영준 앞에 멈춰 섰다.

"괴이한 놈이군."

앞장선 사내가 박영준을 노려보며 말했다. 다행히 한국어다. 억양은 조금 이상했지만 다 알아듣겠다.

"넌 누구냐?"

사내가 소리쳐 물었다. 코와 턱수염을 길렀지만 나이 들어 보이지는 않는다. 그러나 옷차림이 범상치 않다. 가죽 갑옷을 입었는데 금박을 입힌 모자를 썼다. 허리에는 장검을 찼고 안장 옆에는 활과 화살통을 걸어놓았다. 그렇다면 지금은 1천여 년 전으로 돌아왔는가? 그때 박영준이 대답했다.

"나는 박영준이오, 장군은 누구시오?"

"박영준?"

되물은 사내의 얼굴에 웃음이 떠올랐다.

"이놈, 신라에서 보낸 첩자 아니냐? 네 신분을 밝혀라."

그 순간 박영준은 자신이 삼국 시대로 돌아왔다는 것을 깨달았다. 삼국 시대라니? 1천5백 년도 더 전(前) 아닌가? 아니, 그 이상일지도 모른다. 박영준은 무의식중에 심호흡을 했다. 그 순간 박영준은 시간을 빨아들이지 못한다는 것을 알 수 있었다. '시간 빨아들이기' 능력을 잃었다. 박영준이 앞장선 사내를 노려보았다.

"난 첩자가 아니오, 먼 곳에서 온 사람이오."

"먼 곳?"

사내가 뒤에 선 무사들을 둘러보며 웃었다.

"서역에도 너 같은 차림의 사내는 없다."

"더 먼 곳이오."

"이놈아, 백제는 수만리 바닷길을 뚫고 해상 강국이 된 대국이다, 더 먼 곳이 어디냐?"

사내가 소리쳤다. 박영준이 사내의 두 눈이 번들거리는 것을 보았다. 살기다. 살기는 느낄 수 있다. 그러나 다른 능력은 모르겠다. 머릿속이 텅 빈 것 같다. 검술과 창술, 궁술과 권법 등은 모두 머릿속에 심어져 있었던 박영준이다. 그런데 지금은 모르겠다.

시간의 흐름에 뛰어든 후에 능력이 사라졌는가? 그 순간이다. 사내가 허리춤에 찬 단도를 빼내자마자 박영준을 향해 던졌다. 그야말로 번개 같은 솜씨다. 눈 깜박하는 사이에 단도가 날아와 박영준의 가슴에 박혔다. 아니, 박히려는 순간 박영준이 몸을 비틀어 피하면서 사내에게 덤벼들었다. 거리는 7, 8보 정도다.

"아앗!"

뒤쪽 사내들의 놀란 외침이 울렸지만 박영준이 사내의 말고삐를 채어 말을 넘어뜨리는 것을 구경만 할 수밖에 없었다. 사내도 박영준이 달려오는 동안 허리에 찬 장검을 빼들기는 했다. 그러나 박영준의 움직임이 더 빨랐다. 7, 8보 거리를 단 세 발짝에 뛰어 건넜기 때문이다.

"앗!"

그 순간 말과 함께 쓰러진 무사가 놀란 외침을 뱉었지만 이미 늦었다.

"이놈 잡아라!"

사내가 상반신을 일으키며 소리쳤고 수하 셋이 한꺼번에 달려들었다. 박영준은 앞장선 사내가 내지른 창을 피하면서 창 자루를 잡아당겼다.

"아앗!"

사내가 말에서 굴러 떨어졌다. 그 순간 박영준이 창 자루로 뒤에서 칼을 후려친 사내의 목을 쳤다. 사내가 비명도 지르지 못하고 말 등 위에 엎어졌다. 그때 맨 뒤쪽 사내가 칼을 들고 덤볐지만 이미 창끝으로 머리를 맞았다.

"이놈!"

놀란 금박모자가 겨우 일어나 소리쳤지만 이미 전의를 상실한 상태다. 그때 박영준이 창날 끝으로 금박모자의 가슴을 겨누면서 물었다.

"그대는 누군가?"

"이놈! 난 오금성의 순찰부장 마속이다!"

174

금박모자가 소리쳤다.

"감히 나를 쳤겠다!"

"목숨을 살려준 것만 해도 천행으로 알아라."

박영준이 옆쪽의 빈 말로 다가가 말고삐를 잡았다. 기마술이 몸에 익혀졌는지 알 수 없었지만 박영준은 안장 위로 몸을 솟구쳤다. 그 순간 몸이 말의 몸에 착 붙는 느낌이 온다. 기마술이 몸에 전달되어 있는 것이다. 박영준이 말에 박차를 넣자 전장에 익숙한 말이 네 굽을 모으고 달려가기 시작했다.

이곳은 백제 땅, 삼국 시대, 전란의 시대다. 나는 1,500년 이상을 건너뛰어 온 것이다. 박영준의 얼굴에 쓴웃음이 떠올랐다. 두렵지는 않다. 이곳에서 새 인생을 개척해 나가리라, 그것이 몇 년이 될지 모르지만 새 인생이 된다.

"비범한 놈이었소."

마속이 어깨를 부풀리며 말했다. 말에서 떨어지는 바람에 금박모자는 구겨졌고 뺨에 상처가 났다. 마속이 기마대장 하윤구를 향해 쓴웃음을 지었다.

"내가 말에서 굴러 떨어진 건 처음이오."

"수하 셋이 다 당했다면서?"

하윤구가 묻자 마속이 외면했다.

"그렇소."

"하지만 다 목숨은 부지해 왔지 않은가? 그놈이 살의가 없었던 것 같다."

"그 말은 맞소."

마침내 마속도 순순히 시인했다.

"그놈이 마음만 먹었다면 우린 모두 죽었소."

"신라 첩자는 아닌 것 같지?"

"그렇소, 차림이 우스꽝스러웠지만 아닌 것 같소."

"덕우 말을 들으니 대단히 먼 곳에서 왔다고 했다면서?"

덕우는 마속의 수하로 창을 빼앗겼다.

"그렇소."

"그대 말을 빼앗아 타고 도망쳤다고?"

"부끄럽소."

"어쨌든 추적대를 꾸려서 놈을 쫓아야겠다."

하윤구가 말을 이었다.

"호장성 쪽으로 갔다니, 그곳은 군장(郡長)의 성이야. 그놈이 우리 영역을 벗어나 들어갔다면 벌이 내릴 것이다."

맞는 말이다. 군장 석등은 상벌에 철저했다. 오금성 영역을 뚫고 괴한이 들어왔다는 것을 알면 성주(城主)까지 문책을 당할 것이다. 먼저 말까지 빼앗긴 마속은 말할 것도 없다.

마을이 보인다. 민가가 5, 6채, 산기슭에도 3, 4채가 있다. 말을 달리던 박영준이 문득 제 옷차림을 보고는 옷을 갈아입어야겠다고 마음먹었다. 그러려면 어떻게 해야 할 것인가?

"이곳이 어디요?"

박영준이 묻자 촌로가 눈을 가늘게 뜨고 대답했다.

"백제 땅 고복군이오, 군장 하차만 님이 6개의 성을 지휘하고 계시오."

"고복군?"

"그렇소."

촌로가 박영준의 위아래를 다시 훑어보았다. 박영준은 이제 말을 팔아서 옷과 신발, 낡은 검에다 활과 화살까지 갖추었는데 이제는 떠돌이 무사 차림이다. 이번에는 촌로가 물었다.

"그대는 어디서 왔소?"

"먼 곳에서."

다시 그렇게만 말한 박영준이 주위를 둘러보았다. 이곳은 산골짜기다. 이제 해는 서산으로 기울었고 어둠이 덮이는 저녁 무렵이다. 박영준이 촌로에게 물었다.

"하룻밤 묵고 갈 수 있소?"

"그러시든지."

촌로가 연장을 내려놓더니 앞장서서 집 안으로 들어선다. 마룻방은 넓고 연장과 곡식 자루가 쌓여 있다. 촌로의 아들로 보이는 30대쯤의 사내는 아까부터 마룻방에서 이쪽을 힐끗거리다가 박영준이 들어서자 인사를 청했다.

"고박이오."

"박영준이오."

"어디 가시는 길이오?"

"정처가 없소."

"그렇게 다니다가 첩자로 몰려서 양쪽에서 다 쫓으리다."

"양쪽이라니?"

"신라, 백제군 말이오."

"참, 지금 백제 대왕이 누구시오?"

"무왕(武王)이시지 누구요?"

사내가 얼굴을 펴고 웃었다.

"이 사람 정말 먼 곳에서 온 모양이군."

"그렇구나."

박영준이 길게 숨을 뱉었다. 무왕은 의자왕의 부친이니 지금은 서기 600년대쯤 되었을 것이다. 1,400년을 뛰어 건넌 것이다. 그때 안에 들어갔던 촌로가 바구니에 잡곡밥과 나물을 얹어 갖고 들어왔다.

"자, 밥을 드시오."

박영준이 바구니를 받아들고 긴 숨을 쉬었다. 이것이 식사다. 앞으로 이렇게 먹어야 한다. 그때 촌로가 말했다.

"기골이 장대하시오, 우리보다 머리통 하나는 더 크시구려."

백제 땅 고복군, 군장이 하차만, 6개의 성을 지휘하고 있다는 것이다. 촌로의 아들 고박이 박영준을 말동무 삼아 이야기를 늘어놓았다. 밤이다. 촌로는 일찍 자러 들어갔고 마룻방에는 박영준과 고박이 마주앉아 이야기를 주고받는다.

"작년부터 백제군(軍)이 밀리기 시작했어. 신라왕은 귀신같은 장수 광천을 내세워서 백제의 성 8개를 빼앗았다네."

"허어, 백제는 장수도 없소?"

"광천은 장사야. 키도 아마 그대만 할 거야."

말을 그친 고박이 박영준의 위아래를 훑어보았다.

"난 그대를 처음 보았을 때 광천이 변장을 하고 혼자 이 산골로 숨어든 것인 줄 알았네."

"내가 그렇게 크오?"

"내가 서른다섯 살을 살았지만 그대만 한 거인은 처음 보았네."

"아직 아내가 없소?"

"우리 같은 산골 농부가 어떻게 아내를 데려온단 말인가? 신라 땅에 들어가 여자를 끌고 온다면 모를까?"

"그럴 수도 있소?"

"신라 놈들도 백제 땅에 숨어들어 와 보쌈을 한다네."

"보쌈이 뭐요?"

"그것도 모르니 과연 딴 세상 사람이 맞나보군. 보쌈은 여자를 보자기에 싸서 납치해 오는 것이네."

"그렇군."

"위쪽 골짜기의 목가 놈은 신라 땅에서 미인 아내를 업어 와서 호강을 하네, 자식을 넷이나 낳았어."

"당신도 하나 얻어 오시오."

"내가 칼을 쓸 줄 알아야지. 그냥 들어갔다가 신라 놈들한테 걸리면 그냥 난도질을 당해."

그때 자는 줄만 알았던 촌로가 마룻방으로 나왔다.

"그대, 몇 살이라고 했지?"

"스물둘이오."

"고향이 어디라고?"

"저기, 멉니다."

"내가 어렸을 때 들은 이야기가 있어서 그래."

"뭡니까?"

"그러니까 지금부터 한 1백 년쯤 전에 저 위쪽 골짜기에 거인(巨人) 하나가 나타났다고 하네. 그런데 그 거인이 신라의 성(成) 하나를 차지하고 수천 명 군사를 모았다가 어느 날 홀연히 사라져 버렸다는 거야.”

박영준이 눈만 껌벅이자 촌로가 빠진 이를 드러내며 웃었다.

“남은 군사들은 모두 뿔뿔이 흩어졌고 그 성(城)은 빈 성이 되어 지금도 귀신이 나온다네.”

“그 성(城)이 지금 어디 있습니까?”

“이곳에서 2백 리쯤 되어, 지금은 백제 땅이 된 산청군(郡)에 있네, ‘귀곡성’이야.”

“어르신, 재미있는 말씀 들었습니다.”

“자다가 생각이 났어, 거인인 그대를 보니까 말이야.”

자리에서 일어선 촌로가 박영준을 다시 보았다.

지금이 백제 무왕(武王) 시대라면 그 다음이 의자왕, 그 의자왕 시대에 백제는 멸망했다. 그렇다면 신라왕은 누구인가? 진평왕이다.

신라와 백제는 치열하게 패권 다툼을 했고 전쟁이 끊이지 않았다. 박영준이 마룻방에 누워 돌로 만든 천장 사이로 반짝이는 별들을 본다. 저 하늘은 1천4백 년 전 하늘이다. 이제 나는 백제 땅에 누워 있는 신세가 되었다. 그러나 불안하지는 않다. 오히려 새 시대에 대한 설렘이 일어난다. 박영준은 곧 눈을 감았고 새 세상에서 첫날밤을 맞는다.

마속과 수하 셋이 거인(巨人)에게 봉변을 당한 사건은 순식간에 오금성 전체에 퍼졌다. 거인이 신라 첩자라는 말도 있었고 근처의 영산인 비룡산의 산신령이었다는 소문도 났다.

“마속이 본래 여색(女色)을 밝혀서 한번은 이런 일이 일어날 줄 알았어. 산신령 벌이야.”

성안 동문 근처에서 약초를 파는 유석이 이웃집 석도선에게 말했다.

"마속 그자가 처첩을 셋 데리고 있는데 그중 둘을 보쌈을 해 왔다네."

"저런, 둘이나? 재주가 좋군."

석도선은 나이가 서른셋의 목공이지만 아직 아내를 얻지 못했다. 정식 결혼을 하지 못한 것은 유석도 마찬가지다. 유석은 5년 전 백제군 기마조장이었다가 다리를 다쳐 낙향한 후에 부대장한테서 신라에서 포로로 잡은 여자 하나를 노예로 받은 것이다. 그 신라군 노예 여자가 지금 유석의 아내가 되어서 딸 둘을 낳고 잘 산다. 그때 석도선이 말을 이었다.

"난 오늘 정문성의 누각 수리로 뽑혀서 한 달간 떠나네, 자네가 내 집 단속을 해주게."

"자네 집에 뭐 가져갈 게 있다고 단속을 해?"

농담을 했던 유석이 곧 웃으며 말했다.

"걱정 말어, 가는 길에 도담산 골짜기나 피해가도록 해. 마속을 떨어뜨린 그 거인이 그쪽으로 갔다는 소문을 듣고 기마대장 하윤구가 떠났어."

"기마군 뒤에서 그 거인 구경이나 하면 되겠군."

시큰둥한 표정으로 석도선이 몸을 돌렸다.

"어느 쪽으로 가려나?"

촌로가 묻자 박영준이 눈으로 서쪽을 가리켰다.

"저 위쪽으로요."

"그렇지."

촌로가 눈을 가늘게 뜨고 웃었다.

"귀곡성 쪽이군."

"가는 길에 그곳도 구경하겠소."

"조심하게."

촌로 아들 고박이 짚으로 싼 풀떡을 건네주며 말했다.

"그리고 무슨 일이 있으면 이곳으로 오게, 이곳은 아무짝에도 쓸모 없는 땅이어서 아무도 들어오지 않는다네."

"오금성의 순찰대가 늘어났어?"

광천이 소리치듯 묻자 청안이 울렸다. 오전 사시(10시) 무렵, 청안에는 부성주 광천이 상석에 자리 잡았고 앞쪽 좌우에 장수들이 늘어섰다. 이곳은 신라 서북방의 태창성 청 안, 광천은 나무 의자에 앉아 있었지만 거인(巨人)이다. 신장이 6척(180센티)이라 장수들보다 1자(30센티) 정도나 더 크다. 그때 앞에 선 장수 하나가 보고했다.

"예, 오금성의 순찰대가 괴한의 습격을 받아 넷이 모조리 상처를 입었다고 합니다. 그래서 기마대장 하윤구가 기마군 1백여 기를 이끌고 주변을 수색하고 있습니다."

"1백여 명?"

"예, 지금은 천정산 주위를 훑고 있습니다."

"천정산이면 이곳에서 1백 리(50킬로) 거리 아니냐?"

장수는 대답하지 않았다. 이것이 백제군의 전략인지 모르는 것이다. 괴한을 수색한다는 핑계를 대고 서성거리다가 이쪽이 방심한 틈을 타서 기습 공격을 할 수도 있다. 3년 전 소요산 주변에 불이 났을 때 화재 상황을 알아본다고 백제군이 돌아다니다가 신라의 천복성을 기습 점령한 적도 있는 것이다.

"좋다."

마침내 광천이 결심했다.

"기마군 3백을 모아라, 내가 천정산 근처로 가서 하윤구 동태를 감시하겠다."

마침 성주 박태기는 왕성(王城)으로 간 터라 광천이 수장(首將)이다.

산천(山天)이 맑다. 하늘이 구름 한 점 없이 파랬는데 이런 색깔, 이런 하늘을 본 적이 없다. 이것이 1,400년 전의 하늘이다. 땅은 또 어떤가? 짙은 숲, 잡초가 무성한 황야, 가끔 앞쪽을 가로질러 뛰어가는 짐승도 새롭다. 토끼 같기도 하고 사슴처럼 보이는 짐승이 10보쯤 앞에서 물끄러미 박영준을 보다가 잡초 속으로 뛰어 사라졌다. 박영준이 활에 화살을 1대 재고는 천천히 전진했다. 오전 오시(12시)가 되어갈 무렵이다.

한낮, 늦은 봄, 촌로의 골짜기 집을 떠난 지 한 식경이 되어서 시장하다. 사냥감을 찾으려는 것이다. 그 순간 앞쪽 20여 보 숲 속에서 꿩 한 마리가 푸드덕거리며 솟아올랐다. 꿩 같기도 하고 다른 날짐승 같기도 하다.

꿩은 순식간에 하늘로 솟아올랐는데 거리가 50여 보로 멀어졌다. 60보, 70보, 80보가 되었을 때 꿩의 몸통이 다 드러났다. 그 순간 시위를 잔뜩 당긴 채 겨누고 있던 박영준이 화살을 놓았다.

"팽!"

시위를 튕겨난 화살이 날았다. 사냥을 하려는 생각도 있었지만 머릿속에 입력된 궁술의 기능이 몸에 전달되어 있는지를 확인해보려는 의도가 컸다. 그 순간 화살이 꿩의 몸통을 꿰었다. 몸통이 꿰인 꿩이 허공에서 푸드득거리며 떨어졌다. 85보 거리의 꿩을 관통했다. 이만하면 궁술은 몸에 배어 있다고 봐야 한다. 만족한 박영준이 떨어진 꿩으로 다가가 막 허리를 굽혔을 때다.

"왁!"

포효 소리와 함께 거대한 맹수가 박영준을 덮쳤다. 거리는 5미터, 놀란 박영준이 몸을 비틀면서 허리에 찬 칼의 손잡이를 쥐었지만 이미 늦었다. 맹수는 호랑이다. 호랑이가 덮친 것이다. 다음 순간 박영준이 땅바닥에 몸을 굴렸다. 호랑이는 땅바닥을 두 발로 차고는 머리를 돌렸다. 그때 박영준이 몸을 일으켰다. 그때서야 겨우 여유가 생긴 박영준이 칼을 뽑았다.

"어흥!"

호랑이가 입을 쩍 벌리면서 포효했다. 붉은 입이 머리통을 통째로 집어삼킬 만했고 송곳니는 손가락만 했다. 다음 순간 호랑이가 땅을 박차고 박영준에게 달려들었다. 그러나 이제는 박영준이 대비하고 있는 참이다.

"에잇!"

박영준이 몸을 비키면서 치켜들었던 칼을 비스듬히 내려쳤다. '일광검법', 검을 무거운 힘으로 섬광처럼 내려치는 검법이다. 현대에서는 사용해본 적도, 사용할 기회도 없었던 검법을 뇌에만 저장해놓았던 박영준이 1,400년 전 세상으로 돌아와 시전(示展)했다.

"캭!"

그 순간 박영준이 숨을 삼켰다. 거대한 호랑이의 머리통이 잘려나간 것이다. 머리가 잘린 호랑이는 사지를 버둥거리다가 곧 잠잠해졌다. 머리를 든 박영준이 심호흡을 했다. 폐에 시린 대기가 밀려든다.

이제 새 세상에서 살아갈 정신이 있다. 머릿속 지식과 기술이 몸에 전달되어 있는 이상 나는 장수가 될 것이고 성주(城主)도 될 수 있다. 박영준은 떨어진 꿩을 집어 들고 다시 발을 떼었다. 호랑이 시체는 누군가 가져가겠지.

하윤구가 이끈 기마군 150기는 천정산을 떠나 서쪽 들판을 지나는 중이었다. 다소 한가한 분위기로 첨병 10기를 앞장서 내보내고 그 뒤를 선봉 30기, 중군(中軍) 100기, 후군 20기를 배치한 진용이다.

백제 기마군은 고구려와 달리 경장비에 마구도 가죽 등자 하나뿐이다. 등자에 활과 전통을 걸고 뒤쪽에 둥글게 만 5일분 식량인 육포와 곡식가루를 넣은 것이 전부다. 물론 허리에는 장검과 단검을 찼고 창수는 단검 하나만 소지했다.

"대장, 그놈이 이 근처에서 어물거릴 것 같지는 않소."

부대장 아충이 말 머리를 나란히 붙이면서 말했다. 아충은 10품 대덕 벼슬이었으니 9품 계덕인 하윤구보다 한 등급 아래다. 그러나 40대 초반으로 30대 초반인 하윤구보다 10년 가깝게 연상이고 경험도 많다. 아충이 남방(南方) 출신이 아니었다면 하윤구보다 승진이 몇 등급이나 더 위가 되었을 것이다. 아충이 말을 이었다.

"아마 신라 땅으로 넘어갔거나 북상했을 것 같소."

"그 이유가 뭐야?"

하윤구가 묻자 아충이 손으로 앞쪽 산맥을 손으로 가리켰다.

"그놈이 저 자령산맥을 넘을 리가 없지 않소? 그러니 갈 곳은 신라 아니면 북쪽이오."

"하긴 그러네."

"기를 쓰고 저 험난한 산을 넘어갈 이유가 없지요."

"그렇다면 북쪽으로 서둘러야겠군."

"하지만 날이 저물기 시작했으니 오늘은 저쪽 강가에서 야영을 하십시다."

하윤구가 머리를 끄덕였다. 둘은 손발이 맞는 대장과 부장이다.

"찾았습니다!"

수색대로 나간 조장 하나가 달려와 소리쳤을 때 광천은 산기슭에서 막 야영 준비를 하려던 참이다. 광천은 3백 기마군에서 100기를 각각 10기씩 10대의 수색대로 편성해서 사방으로 내보냈던 것이다. 조장이 광천 앞에서 말 등에 앉은 채로 보고했다.

"이곳에서 30리(15킬로) 거리의 강가에서 야영 준비를 하고 있소!"

"옳지."

광천이 손바닥으로 제 무릎을 쳤다.

"밤에 야습을 하자. 몇 기나 되더냐?"

"기마군 150기였습니다."

"내가 먼저 직접 정탐을 해야겠다."

자리에서 일어선 광천이 서둘렀다.

"하윤구는 변방에서 꽤 명성을 떨치는 백제 장수다. 그놈을 치면 사기에 큰 영향을 줄 것이다."

그리고 덩달아서 광천의 명성도 올라갈 것이었다.

목표는 귀곡성이다. 그곳이 어떤 곳인지, 어떤 일이 일어났는지를 살펴봐야겠다. 홀연히 사라진 '거인 장수', 그 말을 듣는 순간 박영준은 온몸에서 한기를 느꼈던 것이다. 혹시 시간대를 타고 온 또 다른 인물이 아닌가?

이 세상에서 '시간 빨아먹기' 능력을 보유하고 갖가지 능력을 무제한으로 받아들이는 초인간이 또 있을 가능성도 있는 것이다. 산기슭의 작은 동굴 안에서 박영준은 방금 사냥해온 토끼를 구워먹는 중이다. 소금도 치지 못했지만 토끼고기는 맛이 있었다. 시장했기 때문일 것이다.

박영준은 이제 자신의 새 능력을 알았다. 새 세상에 떨어진 후의 능력이다. 이제 '시간 빨아먹는' 기능은 사라졌다. 눈으로 마음을 읽는 기능도 없다. 보통 사람이 된 것이다. 그러나 머릿속에 입력되었던 온갖 무술, 병법, 지식은 그대로 살아 있고 시험한 결과 몸과 그대로 연결되어 있는 것이다. 몸에 배어 있는 것처럼 자연스럽게 동작이 나타난다. 그것이 새 세상에서 살아나는 밑천이다.

고기를 맛있게 뜯고 뼈다귀를 버렸을 때는 주위에 짙은 어둠이 덮였을 때다. 화톳불이 사그라져 있었기 때문에 마른 가지를 주우려고 몸을 일으켰던 박영준이 문득 움직임을 멈췄다. 아래쪽의 소음 때문이다.

기마군의 말굽 소리가 울리고 있다. 그러나 말굽을 짚으로 감았는지 땅만 희미하게 울리고 있다. 화톳불을 흙으로 덮은 박영준이 동굴을 나와 나뭇가지를 헤치고 산 아래쪽으로 10보쯤 내려왔을 때다. 어둠 속에서 아래쪽을 지나는 기마군 무리가 보였다.

3백 기 정도, 조심스럽게 전진하는 것이 목표를 정하고 움직이는 것 같다. 잠깐 그들을 내려다보던 박영준이 몸을 돌렸다. 그들의 앞쪽으로 달려가 상대를 확인해보려는 생각이 들었기 때문이다. 전쟁이 어떻게 진행되는가를 보고 싶은 호기심이다.

"저기 있습니다."

조장 하나가 손으로 앞쪽을 가리켰지만 광천은 이미 보았다. 광천의 얼굴에 웃음이 떠올랐다. 이제 놈들은 독 안에 든 쥐가 되었다. 150기의 백제군이 강가에 무방비 상태로 야숙을 하고 있는 것이다. 오금성 기마 대장 하윤구는 한 시진쯤 후면 시체가 되어 있을 것이다.

"각조는 대기하도록 일러라."

광천이 전령에게 이르고는 나무 기둥 옆에 서서 하늘을 보았다. 해시(오후 10시) 무렵이다. 이제 신라군 3백은 백제군 150을 삼면에서 에워 싸고 기습공격을 하게 될 것이다. 백제군은 뒤쪽 강에 막혀서 도망갈 곳도 없다. 그때 광천의 옆으로 부장 아사적이 다가와 말했다.

"부성주, 왼쪽에 매어둔 말이 난전 중에 흩어져 달아날 것입니다. 말을 수습하는 군사를 따로 떼어 보내야 될 것 같소."

"이곳은 좌우가 비탈이라 말떼가 멀리 도망치지 못해, 전투가 끝나고 말떼를 수습해도 된다."

"과연 그렇습니다."

머리를 끄덕인 아사적이 감탄했다.

"부성주는 지리를 이미 읽으셨소?"

"지난번에 이곳을 지난 적이 있어."

광천이 앞쪽을 응시한 채 말을 이었다.

"난 항상 지리를 머릿속에 담고 전장(戰場)으로 활용할 구상을 한다."

풀숲에 숨어서 그 말을 들은 박영준의 머리가 저절로 끄덕여졌다. 무장(武將)이라면 당연히 그렇게 해야만 될 것이다. 박영준은 아직 광천의 이름을 모른다. 산 아래를 지나는 기마군을 따라 이곳까지 왔을 뿐이다. 그때 부하 무장보다 머리통 하나만큼 큰 대장이 말을 이었다.

"자시(12시)가 되면 일제히 공격한다."

"예, 부성주."

장수가 명을 받고 돌아갔다. 대장은 부성주 직책인 것 같다.

하윤구가 강에서 잡아 올린 물고기를 구워서 늦은 저녁을 먹는다. 강에는 물고기가 지천이어서 군사들이 지참한 그물을 한 번만 던지면 팔뚝만 한 고기가 10여 마리씩 잡히는 것이다.

"내일은 저쪽 귀석령 쪽으로 훑어야겠다."

고기를 삼킨 하윤구가 말을 이었다.

"그곳이 전부터 개울이 많고 숲이 짙어서 도망자들이 많았던 곳이야. 그 거인도 그쪽으로 갔을지 모른다."

"그렇지만 그쪽은 숨을 곳이 많아서 찾기가 쉽지 않을 것이오."

옆에서 같이 물고기를 뜯던 부대장 아충이 말했다.

"우리 기마수색대 150기로는 엄두가 안 납니다. 성안의 군사를 다 끌고 와야 제대로 된 수색을 할 겁니다."

"성안 군사를 다 끌고 나왔다가 신라군이 넘어오면 어쩌려고?"

"하긴 그렇습니다."

"광천이 우리 동태를 탐지하고 있는지도 모른다."

"벌써 이틀째 사방 2백리를 뒤지고 다녔으니까요."

그때 옆쪽 숲에서 인기척이 났다. 무심하게 그쪽을 본 둘의 눈이 커졌다.

"누구냐?"

아충이 이맛살을 찌푸리며 물었다. 어둠 속에서 사내의 모습이 완전히 드러났다. 거인이다. 화들짝 놀란 둘이 동시에 벌떡 일어섰을 때 거인이 말했다.

"지금 신라군 3백이 당신들을 포위하고 있어."

"뭐야? 이놈, 넌 거인이렸다!"

장검의 손잡이를 쥔 하윤구가 눈을 부릅뜨며 물었을 때 사내가 손가락을 입술 끝에 세로로 붙였다가 떼면서 말했다.

"소리가 커, 지금 당신들은 3면에서 포위되었어. 신라군은 곧 공격해 올 거야."

"이놈! 거짓말 마라!"

"거리는 2백5십 보 정도야."

그때 아충이 장검의 손잡이를 쥔 채 물었다.

"우리한테 그것을 알려주는 이유는 뭐냐?"

"1백 명이 넘는 군사가 허무하게 도살당하는 것이 안타까운 거야."

"거짓말 마라."

"그렇다면 증거를 보여주지. 저기 우측 숲으로 화살을 날려봐라, 그럼 적들이 눈치챈 줄 알고 바로 공격해 올 거다."

둘이 숨을 죽였지만 경솔하게 움직이지는 않았다. 그랬다가는 당장 몰살당할 가능성이 있기 때문이다. 그때 거인이 말했다.

"내가 방법을 알려주마."

하윤구가 어금니를 물었지만 지금 반말한다고 시비를 가릴 때가 아니다. 거인이 말을 이었다.

"지금 말을 타고 피할 때가 아니다, 우선 군사를 한쪽으로 모아 좌측 숲으로 돌진해라. 기습을 역습하는 방법이야, 좌측 숲을 곧장 뚫고나가 우측으로 틀어서 적의 중앙군 뒤를 치는 거야."

하윤구가 숨을 들이켰다. 기발한 전략이다. 그러나 아직 믿을 수가 없다. 그때 거인이 쓴웃음을 짓고 말했다.

"먼저 좌측 숲을 치기 전에 우측 숲을 향해 화살로 집중 사격을 해라, 그럼 놀란 적들이 혼란을 일으킬 것이다. 그때 좌측 숲으로 돌진하면 될 것이다."

전혀 손해 볼 것이 없는 시도다. 하윤구와 아충의 시선이 마주쳤다. 이제 거인에 대한 경계심은 절반쯤 가셔져 있다.

신라군 12품 관등인 대사 복균이 우측 숲에 매복한 신라군의 주장이다. 휘하 군사는 1백 명, 모두 기마군이었지만 1리(500미터) 아래쪽에 말을 묶어두고 지금은 보군 행색이 되어서 2백 보 앞 백제군 진영을 주시하는 중이다.

"아직 신호가 없나?"

복균이 소리 죽여 묻자 13품 사지 직함의 유사귀가 대답했다.

"중군(中軍)에서 먼저 소리 없이 접근한 후에 기습하면서 함성을 지를 테니 그때 달려가면 되오."

"중군의 선봉은 누군가?"

"나마 천만이오."

나마는 11품 벼슬이다. 천만은 부성주 광천이 아끼는 무장(武將)으로 팔이 길어서 별명이 원숭이였고 그 긴팔로 쌍도끼를 잘 썼다. 기습 육박전에 적격인 인물이다.

"천만이 공을 세우겠군."

"지난번에도 부성주가 다 잡아놓은 다리성 싸움에 천만을 선봉으로 내세웠지 않습니까?"

유사귀가 비웃듯 말했다.

"그 공으로 12품에서 1등급 올랐소. 작년에도 1등급 올랐으니 2년 사이에 2등급이 오른 셈이오."

"그놈이 생긴 것은 거칠어도 여자처럼 나긋나긋하지, 높은 놈들한테는 말이야."

그때였다. 유사귀가 털썩 주저앉았기 때문에 복균이 시선을 주었다. 어둠 속에서 유사귀의 딱 벌어진 입이 보였다. 다음 순간.

"악, 악, 으악!"

주위에서 고함과 신음이 한꺼번에 터지더니 복균의 어깨에도 화살한 대가 박혔다.

"윽!"

이를 악문 복균이 소리쳤다.

"호각을 불어라! 적의 기습이다!"

우측 숲에 잠복시킨 복균의 진(陣)에서 요란한 호각 소리와 함께 떠들썩한 소동이 일어나자 중군의 광천이 놀라 소리쳤다.

"무슨 일이냐!"

"기습을 받은 것 같습니다!"

부관이 소리쳤다.

"호각을 부는 놈이 정신이 나간 것 같습니다! 기습을 받았다는 신호를 보내다가 기습하라는 신호를 불고 있습니다!"

듣지 않아도 알 수 있었기 때문에 광천이 벌떡 일어섰다. 기습이 탄로가 나서 오히려 역습을 당한 것이다.

"돌격!"

광천이 벽력같이 소리쳤다. 이럴 때야말로 무장(武將)의 진면목이 드

192

러난다. 숨 한 번 쉴 동안 망설이는 차이로 군사(軍士)의 운명이 달려있는 것이다.

"쳐라!"

신라군 좌측 10여 보 앞까지 잠입해간 백제군이 하윤구의 외침과 함께 일제히 돌격했다.

"으악!"

순식간에 신라군 좌측은 대혼란에 빠졌다. 좌측군 병력은 1백여 명, 백제군은 150명에다 기습을 한 터라 순식간에 압도당했다. 백제군은 질풍처럼 내달려 신라군 좌측을 유린하고 빠져나왔다.

범람하는 물살 같아서 휩쓸리는 신라군은 가차 없이 도륙을 당한다. 하윤구는 '베고 지나라'고 했기 때문에 백제군은 주춤대지 않고 거친 물길처럼 좌측군을 쓸고 내려왔다.

"자, 오른쪽으로!"

백제군의 선봉은 부대장 아충, 치켜든 장검에서 피가 뚝뚝 떨어졌다. 신라군을 다섯 명이나 베어죽인 것이다. 오른쪽으로 튼 백제군은 이제 신라군 중군(中軍)의 뒤를 기습했다.

"우왓!"

뒤쪽에서 울리는 함성에 광천은 어금니를 물었다. 백제군이다. 좌측 신라군을 휩쓸고 빠져나간 백제군은 이제 뒤로 돌아왔다.

"뒤로 돌아라!"

광천이 악을 썼다. 광천에게 이런 경우는 처음이다. '뒤로 돌아라'라는 명령도 40평생, 20년 가깝게 전장에서 살았지만 처음 내리는 명령이다, 후퇴하는 것도 아니고 뒤쪽에서 쳐온 적을 향해 뒤로 돌라니.

"와잇!"

다시 함성이 울리더니 벌써 어둠 속에서 칼날 부딪치는 소리와 함께 비명과 외침이 섞여 들렸다. 모두 신라군이다. 당황해서 내지르는 소리인 것이다.

"뒤로 돌아라!"

다시 악을 썼던 광천은 자신의 외침이 떨리는 것을 제 귀로 들었다.

"대승이오!"

백제군 부대장 아충이 소리쳐 하윤구에게 보고했다. 뺨을 칼에 베여 피가 뚝뚝 떨어지고 있었지만 개의치 않았다.

"적 250명을 베고 말 2백여 필을 얻었소. 대장께서는 승급하시겠소."

그 말을 들은 하윤구가 가슴을 폈다. 10년 묵은 체증이 내려간 것 같았다. 자신이 신라군의 명장(名將) 광천을 패퇴시킨 것이다. 지금까지 광천은 백제군을 맞아 연전연승했다. 광천을 패퇴시킨 유일한 백제군 장수가 된 것이다.

어느덧 날이 밝아오고 있어서 강변의 전장이 드러났다. 쓰러진 신라군 시체를 확인하려고 백제군들이 서성대고 있다. 백제군은 150기 중 20여 기만 사망한 대승이다. 광천은 300기에서 겨우 50기 정도를 이끌고 도망친 것이다. 그때 하윤구가 머리를 돌려 누구를 찾는 시늉을 했다.

"은인은 어디 가셨나?"

거인(巨人)을 찾는 것이다. 바로 박영준이다. '거인', 또는 '괴물', 또는 '적'에서 순식간에 '은인'으로 변했다. '백제의 은인'이다.

194

그때 박영준은 전장에서 20리(10킬로)쯤 떨어진 산길을 걷고 있다. 산길이 있다는 것은 사람들이 통행을 해온 자취임을 말한다. 그래서 산길을 따라가면 민가를 만난다는 것도 이제 새 시대에 와서 알게 되었다. 산길은 가팔랐고 끝없이 이어져 있다.

산모퉁이 두 개를 지났을 때 햇살이 비스듬히 비춰었고 땀에 젖은 박영준이 길가의 소나무 둥치 밑에 앉았다. 어젯밤 한숨도 잠을 자지 못했기 때문에 피로가 몰려왔다. 박영준은 곧 깊은 잠에 빠졌다.

이찬 김명보는 진골 왕족이며 신라 서부군 총사령관에다 서북방의 함안주(州) 총독을 겸하고 있어서 휘하의 23개 성(城)을 장악하고 있다. 올해 48세, 신라 관등이 2위품의 왕족이어서 서북방의 모든 군사, 행정의 지도자다.

김명보가 태창성 부성주 광천의 패퇴 소식을 들은 것은 오후 신시(4시) 무렵이다. 보고를 해온 것은 광천 본인이 아니라 태창성 근처 양안성의 성주 주경이었다. 주경이 정탐대의 보고를 받고는 즉시 파발마를 띄운 것이다.

"광천 그놈이…."

김명보가 짙은 턱수염을 손으로 쓸면서 말했다.

"연승에 도취해서 자만한 것 같군, 300기로 150기의 백제군에 당하다니."

"광천이 태창성에 들어갔는지도 확실하지 않습니다, 대감."

서부군 부사령인 4품 파진찬 영석이 말했다. 이곳은 함안주의 주성(州城) 형단성, 청 안에는 1백여 명의 장수, 관리가 정연하게 둘러서서 왕성(王城) 못지않은 위엄을 풍기고 있다. 그때 김명보가 직접 양안성에서 보내온 사자에게 물었다.

"백제군의 수장이 오금성의 기마대장 하윤구라고 했느냐?"

"예, 대감."

납작 엎드린 13품 무독 직위의 사신이 말했다.

"하윤구가 틀림없다고 들었습니다."

"기습 직전에 역습을 당했다고?"

"예, 대감."

"기습 정보가 새어나갈 정도로 광천이 허술했단 말인가?"

김명보가 혼잣소리처럼 말하더니 다시 물었다.

"하윤구가 기마군을 이끌고 태창성 영역 근처까지 내려온 이유는 뭐라더냐?"

"예, 거인(巨人)을 추적하려고 그랬다 합니다."

"거인?"

김명보가 되물었다. 이것으로 김명보의 입에서 처음으로 '거인' 소리가 나왔다.

인기척에 박영준이 눈을 떴다. 가쁜 숨소리, 발길에 차인 돌멩이가 굴러가는 소리, 사내들의 짧은 말소리, 그리고 그 사이에 여인의 울음소리가 끼어 있다. 상반신을 세운 박영준이 그쪽으로 시선을 돌렸다.

아래쪽에서 올라오고 있다. 짙은 숲에 가려서 아직 보이지 않았지만 한 사람만 다닐 수 있는 외길이다. 이쪽으로 다가온 것이었다. 그때 목소리가 나뭇가지 사이로 들렸다.

"오늘은 복이 터졌어. 여자 둘에 보따리 넷, 이만하면 우리가 두령한테 상을 받을 거야."

"난 이 계집 중 하나만 가졌으면 좋겠다."

다른 사내의 목소리가 이어졌다.

"마님 말고 종년 말이야, 마님은 두령 차지가 되겠지."

그때 또 다른 사내가 말했다.

"그럴 것 없이 여기서 한 년씩 맛을 보고 가는 것이 어때? 먹고 나서 잘 씻겨 놓으면 두령도 모를 것 아닌가?"

"저 무식한 놈."

하나가 나무랐다.

"지금 두령 셋째 마누라를 그렇게 맛을 본 놈이 있지. 그런데 셋째 마누라가 두령한테 일러 바쳐서 그놈은 목이 떨어졌단다."

놀란 당사자가 입을 다물었고 사내의 목소리가 이어졌다.

"그러니 죽지 않으려면 그런 생각은 안 하는 게 좋다."

사내는 셋, 여자는 둘, 여자는 이 산적들이 아래쪽에서 강탈해온 여염집 주종(主從)이다. 입맛을 다신 박영준이 몸을 일으켰을 때 곧 모퉁이를 돌아 나오는 일행이 보였다. 남자 셋, 여자 둘은 울며 헐떡이면서 중간에 끼어 끌려오고 있다.

"어?"

앞장선 사내가 놀라 걸음을 멈추는 바람에 뒤를 따르던 일행도 차례로 몸을 부딪치며 멈춰 섰다. 그때 앞장선 사내가 허리에 찬 칼을 빼들면서 소리쳤다.

"이놈! 넌 누구냐?"

박영준이 산길로 한 걸음 내려갔다.

"산적들이군."

산적 셋의 몰골은 흉했다. 잠방이에 베로 만든 적삼만 걸쳤는데 머리는 뒤로 묶었고 허리에 갑옷 허리 받침을 두른 놈이 있는가 하면 가죽 갑옷을 덧대어 붙인 놈도 있다. 그때 박영준이 한 걸음 다가서자 산적들의 입이 딱 벌어졌다. 거인임을 실감한 것이다. 머리통 두 개만큼 크다.

"여자를 풀어줘라."

박영준이 한 걸음 다가서며 말했을 때 일행은 모두 멈춰 섰다. 그러나 산적 셋의 동작은 기민했다. 셋은 제각기 옆으로 벌려 섰는데 손에 쥔 무기를 박영준을 향해 겨누었다. 사내들이 움직이는 기척에 숲의 공기가 흔들렸다.

짙은 숲, 나무 냄새에 섞여 산적들의 땀과 때에 찌든 악취가 맡아졌다. 산적들의 움직임에 여자들의 향내도 조금 코에 스며든다. 그때 박영준이 손에 쥐고 있던 활에 화살 한 대를 재었다. 두 대는 넷째 손가락 사이에 끼었으니 3대를 쥐고 있는 셈이다. 산적과의 거리는 12보, 산길이 험해서 단숨에 내달려 올 수는 없다.

"이놈 길을 비켜라!"

가운데 선 산적이 장검을 치켜들며 소리쳤지만 시선은 박영준의 활에 쏠려 있다. 위협을 느낀 것이다. 그때 좌측의 산적이 옆으로 한 걸음 내딛었다. 한 걸음만 더 디디면 바위 뒤로 숨을 수 있다. 그 순간 박영준이 활시위를 만월처럼 당기자마자 화살 끝을 놓았다.

"컥!"

짧은 거리여서 화살이 튕겨나가는 소리는 산적의 신음에 묻혔다. 화살에 목이 꿰인 산적이 그대로 고꾸라졌다. 그다음 순간 중앙의 산적이 칼을 치켜들고 내달려왔는데 기세가 흉포했다.

박영준이 두 번째 화살을 시위에 재었을 때는 산적이 두 걸음을 떼었을 때다. 만월처럼 당긴 화살이 튕겨나갔을 때는 산적이 3보 앞으로 다가왔을 때다.

"턱!"

화살이 이마를 뚫고 뒤통수로 화살촉이 한 뼘이나 빠져나왔다. 사내가 박영준 앞에서 엎어졌다. 자, 세 번째 화살을 재었을 때 박영준은 중앙의 산적을 두 걸음 따라오다가 몸을 돌려 다시 한 발짝을 떼는 마지막 산적의 등을 보았다.

"퍽!"

화살이 산적의 등판에 깊숙이 박히는 소리다.

"저는 하근성 옆 윤천골에 사는 배씨 집안의 며느리 안진입니다."

마님 행색의 여자가 다소곳한 표정으로 말했다. 놀람이 가신 얼굴은 차분해졌고 이목구비가 평상시의 모습으로 돌아와 있다. 미인이다.

스물대여섯쯤 되었을까? 박영준 또래로도 보인다. 여자가 시선을 들어 박영준을 보았다. 이제 눈으로 마음을 읽을 수 없다. 그러나 박영준에게 그것이 오히려 신비롭다. 알 듯 말 듯 한 인간의 마음, 그것이 자극을 주기 때문이다. 마님 옆에 쪼그리고 앉은 하녀는 아직 가쁜 숨을 내쉬고 있었는데 옆쪽에 쓰러진 산적들을 자꾸 힐끗거렸다. 그때 안진이 박영준에게 물었다.

"장군께서는 누구신지요?"

"난 박영준."

박영준이 새 세상에서 처음으로 여자에게 이름을 밝혔다.

"세상을 유람하는 사람이야."

안진이 시선을 떼지 않고 다시 물었다.

"저를 살려주셨으니 제가 사는 윤천골까지 모시고 가서 대접해 드리고 싶습니다."

"거긴 어느 곳인가?"

"예, 하근성에서 20리(10킬로) 떨어진 골짜기인데 이곳에서 50리(25k킬로)쯤 됩니다."

"그곳까지 가려면 깊은 밤이 되겠군."

몸을 돌린 박영준이 발을 떼면서 말했다.

"먼저 이 숲부터 벗어나자고."

마님이고 뭐고 대뜸 반말을 한 것은 이곳 새 세상의 법칙을 모르기 때문이기도 하다. 두 여자가 황급히 박영준의 뒤를 따른다.

무왕(武王)이라면 서기 600년에서 641년까지 재위한 왕으로 신라와의 끊임없는 전쟁에서 대부분 승리한 왕이다. 41년 동안 왕좌를 지키면서 백제의 융성기를 이루었다. 무왕은 신라 진평왕의 딸 선화 공주를 배필로 맞아들인 서동 설화의 주인공이기도 하다.

박영준은 백제 땅, 무왕(武王) 시대로 떨어졌다. 신라와의 전쟁이 끊이지 않는 전란의 시대, 백제가 사비성을 중심으로 도약하려는 시기이기도 하다. 밤 자시(12시) 무렵, 동굴 밖의 나무 둥치에 기대앉은 박영준이 나뭇가지 사이로 떠 있는 별무리를 본다.

눈에 익은 별무리지만 전(前) 세상에서 보였던 별무리와는 다르다. 더 선명해서 더 가깝게 떠 있는 것 같다. 그리고 공기는 어떤가? 숨을 쉴 때마다 폐에 시린 식초가 들어오는 것 같다. 숨을 들이켠 박영준이 문득 손을 뻗어 옆쪽 바위를 움켜쥐었다.

새 세상에 떨어진 지 나흘째, 그동안 몸이 부푼 느낌이 들었기 때문이다. 처음에는 몰랐는데 만 나흘 동안 새 세상의 공기를 흡입했기 때문인가? 몸이 부푼 느낌과 함께 근력이 느껴진다. 어깨가 가끔 꿈틀거렸고 알 수 없는 힘이 솟아오르는 것 같다. 가파른 산을 오를 때도 전혀 지치지 않고 몸이 공기가 된 것처럼 가볍다.

팔의 힘이 세어졌는지 활시위를 당기면 활이 부러질 것처럼 굽혀진다. 박영준이 바위를 움켜쥔 손에 힘을 주었다. 그 순간 박영준이 숨을 들이켰다. 보라, 단단한 바위가 부서지면서 떼어졌다.

눈을 치켜뜬 박영준이 손에 쥔 바윗덩이를 보았다. 그러고는 다시 손가락에 힘을 주었더니 바위가 과자 조각처럼 가루가 되어서 부서졌다. 이것은 뇌 작용이 아니다. '천연의 힘'이 수십 배 늘어났다. 이것이 새 세상으로 떨어져서 받은 새로운 능력인가?

"마님, 어디 가세요?"

유기가 묻자 안진이 몸을 돌리며 대답했다.

"밖에."

동굴 안이다. 두 사람이 겨우 들어와 누울 수 있는 공간에 마른 풀을 깔고 누워 있던 안진이 일어나 밖으로 나가려는 것이다.

"넌 나오지 마라."

안진이 다짐하듯 말했을 때 유기가 머리를 끄덕였다.

"그분, 거인(巨人)을 만나시려는 거죠?"

"그래."

유기는 25세, 안진보다 두 살 위인 몸종으로 어릴 적부터 자매처럼 자랐다. 윤천골 배씨 집안으로 출가했을 때도 따라온 몸종이라 안진과는 비밀이 없다. 그때 자리에서 일어나 앉은 유기가 안진을 보았다.

"마님, 거인을 윤천골로 데려가시렵니까?"

"그건 모르겠어, 저 사람이 데려다 줄지."

"거인을 유혹해 보시지요."

유기의 두 눈이 어둠 속에서 번들거렸다.

"목숨을 구해준 대가로 저라도 몸을 주고 싶습니다."

"미친년."

"전장에 나간 서방님은 반년 째 소식도 없지 않습니까? 더구나 밤일도 제대로 못 하셨고요."

"시끄럽다."

눈을 흘긴 안진이 몸을 돌렸다. 요즘 세태가 이렇다. 남녀의 성(性) 생활은 자유로운 편이었고 유부녀라고 해도 마음에 드는 남자하고 정분을 맺는 것이 큰 죄가 아니었다. 그러나 공공연한 불륜, 애정 행각은 각 마을, 부족으로부터 제재를 받았다.

밖으로 나온 안진이 나무 기둥에 등을 붙인 채 길게 앉아 있는 박영준에게로 다가갔다. 인기척을 느낀 박영준이 머리를 들었을 때 안진이 옆에 한쪽 무릎을 꿇고 앉더니 잠자코 저고리를 벗었다. 저고리를 벗어 옆쪽 마른 풀 위에 깐 안진이 다시 치마끈을 풀더니 일어나 치마와 속바지를 함께 벗어 내렸다. 그 순간 어둠 속에 알몸의 하체가 드러났다. 바로 눈앞에 펼쳐진 것이다. 희고 풍만한 하반신이다. 그때 안진이 하반신을 그대로 보인 채 물었다.

"다 벗을까요?"

"그렇게 하지."

그러자 안진이 다시 속옷을 벗어 풀 위에 깔았다. 허리를 펴고 선 안진은 이제 실오라기 한 올 걸치지 않은 알몸이다. 젖가슴은 팽팽하게 솟아올랐고 아랫배는 도톰했다. 짙은 숲 사이로 골짜기도 선명하게 드러났다. 그때 안진이 옷 위에 눕더니 다리를 벌렸다. 받아들일 자세가 되었다는 표시다.

"아아악!"

숲 속에서 안진의 비명 같은 신음이 계속해서 울리고 있다. 놀란 풀벌레도 울기를 멈췄기 때문에 숲 안은 안진의 비명과 숨소리로 가득 차 있다. 옆쪽 동굴 속의 유기도 숨을 죽이고 있을 것이다.

"아이고 나죽어!"

안진의 비명이 계속되고 있다.

"괜찮나?"

걱정이 된 박영준이 움직임을 멈추고 물었더니 안진이 헐떡이며 어깨를 끌어당겼다. 괜찮다는 시늉이다. 벌써 안진은 네 번째 절정으로 오르고 있다. 지쳐서 죽는 시늉을 하면서도 박영준이 끊임없이 공격해 오는 것을 다 받아들이고 있다. 그때 안진이 숲이 떠나갈 것 같은 외침을 뱉었다.

"으아악!"

안진이 다시 절정에 오른 것이다.

아직도 안진은 거친 숨소리와 함께 입에서 앓는 소리를 내고 있다. 이제 둘은 알몸으로 나란히 누워 나뭇가지 사이의 별무리를 올려다보는 중이다. 안진은 박영준의 팔을 베고 누워 있었는데 온몸에 땀이 젖어 물벼락을 맞은 것 같다. 그때 안진이 몸을 비틀어 박영준의 가슴에 안겼다.

"서방님, 저하고 윤천골로 가시지 않을래요?"

"거긴 왜?"

"제 시댁에서 며칠 쉬었다 가세요. 남편은 창기병으로 뽑혀 전장에 나간 지 오래되었어요."

"거기서도 이렇게 안을 수가 있을까?"

"별장에 가면 아무도 안 옵니다."

"네가 색골이구나."

박영준이 안진의 엉덩이를 움켜쥐며 웃었다. 새 세상에서 처음 겪어 본 여자다. 박영준은 새 세상에서 맞는 자신의 남성 능력이 전보다 수십 배 향상되었다는 것도 느끼고 있다.

박영준이 윤천골의 배씨 가문에 도착했을 때는 다음 날 오후 오시(12시)가 조금 지났을 무렵이다.

안진은 종자 셋과 몸종 유기를 데리고 윤천골에 오다가 산적을 만났는데 종자 둘은 죽고 하나는 살아 도망쳤다. 그 종자가 본가로 돌아와 변을 알린 터라 난리가 났다. 동네 장정을 모아 산적 소굴로 들어가네 마네 갑론을박하던 중에 안진이 도착한 것이다.

배씨 가문의 좌장인 배성규는 전(前)에 8품 시덕 벼슬을 했던 관리 출신이다. 8품이면 수문장 격이니 중급(中級) 관리다.

"생명의 은인이시오."

50대 초반쯤의 배성규가 정중하게 박영준을 맞아들였다. 저택 마당에는 수십 명의 친지, 하인들이 모여 서 있었는데 박영준의 거구가 그들의 구경거리가 되었다. 박영준은 보통 사람보다 머리통이 두 개쯤이 큰 거인인 것이다. 처음에는 머리통 절반쯤 큰 체격이었다가 이제 새 세상에서 닷새째가 되자 두 개 정도로 커졌다. 새 세상, 즉 서기 600년 대의 삼국(三國) 시대 사내들의 평균 신장이 1미터 60 정도쯤 되었다. 그런데 박영준은 2미터 가까운 거인이 된 것이다.

"모두 들어라."

마루 끝에 선 배성규가 호통을 치듯이 말했다. 모두 입을 다물었고 배성규의 목소리가 마당을 울렸다.

"지금 백제군은 말할 것도 없고 신라군도 거인(巨人)을 찾는 데 혈안 이 되어 있다. 그러니 우리 가문의 은인이신 거인님께 대해서 입을 꾹 다물고 있도록 해라."

모두 머리를 숙였을 때 배성규가 못을 박았다.

"만일 발설한 자가 있다면 그 가족까지 함께 처벌할 것이다, 명심하 도록."

그러고는 덧붙였다.

"향도들은 서로 감시하도록 해라, 이것은 가문의 명이다."

배성규는 대번에 며느리 안진의 은인이 요즘 세상을 떠들썩하게 만 든 거인임을 알아본 것이다.

"자, 안으로 드십시다."

배성규가 박영준을 안채로 안내하며 말했다.

"여기서 며칠 쉬어 가시지요."

무왕(武王)의 이름은 장(璋), 사비도성의 궁궐 안에서 효장성주이며 군장(郡長)인 4품 덕솔 석등의 보고를 받는다. 무왕 앞에 무릎을 꿇은 석 등이 보고를 마쳤을 때 청(廳) 안에는 숨소리도 들리지 않는다.

사방 5백 자(150미터)가 넘는 넓은 청이다. 옥으로 만든 옥좌에 앉은 무왕, 장(璋)의 표정은 차분했다. 당년 45세, 지금도 말을 타고 하루 3백 리를 달리고 술 한 동이를 마신다. 그때 무왕이 입을 열었다.

"전에 들은 말이 있다. 산청군 귀곡성에 거인이 군사를 모았다가 홀연히 사라졌다고 했던가?"

"예, 대왕."

대답한 사내는 상좌평 사비진, 제1품 재상으로 5명 좌평 중 선임이다. 사비진이 말을 이었다.

"1백 년쯤 전인 동성대왕 시절의 전설이옵니다. 당시는 웅진성이 도성이었기 때문에 내륙에서 소문이 더 퍼졌지요."

무왕이 입을 다물었다. 왕권을 강화시키려던 동성왕은 위사좌평으로 세력을 키우던 백가를 가림성주로 보내자 곧 백가에게 암살을 당했던 것이다. 무왕이 얼굴을 일그러뜨리며 웃었다.

"불길한 전조냐? 이번에도 거인이 나타났다는 것이 말이다."

"아니옵니다, 대왕."

사비진의 얼굴이 하얗게 굳어졌고 도열한 신하들이 술렁거렸다. 그때 왕자 의자가 나섰다.

"아바마마, 제가 그 거인을 쫓겠습니다."

"그럴 것 없다."

머리를 저은 무왕이 옥좌에 등을 붙이더니 누구를 찾는 시늉을 했다.

"나솔 계백이 어디 있느냐?"

"예, 대왕."

좌우로 시립해 있던 관리 뒤쪽 열에서 한 걸음 대열 밖으로 나온 무장(武將)이 있었으니 젊고 늠름한 체격에 눈빛이 맑다. 무왕의 시선이 무장에게로 옮겨졌다.

"네가 바다 건너 담로에서 지내다가 본국의 물정에는 익숙하지 않을 것이다."

"예, 대왕."

무장이 머리를 숙였다. 무장의 이름은 계백, 지난달까지 바다 건너 대륙에 위치한 백제령 담로인 연무군의 기마대장이었다가 귀국한 것이다. 담로는 백제령을 말한다. 무왕이 말을 이었다.

"너에게 기마군 1백을 내줄테니 거인을 수색하라. 단 죽이지 말고 생포해서 데려오도록 해라."

"예, 대왕."

"지리를 잘 아는 부장을 동행시킬 테니 네가 이번 기회에 본국의 지리도 익히도록 해라."

세심한 배려다. 6품 나솔 직함의 관리에게는 과분한 영예이기도 하다.

별당은 본채와 떨어져 있는 데다 제기를 넣어두는 구실을 했기 때문에 인적이 뚝 끊겨 있다.

"아이구, 엄마!"

어둠에 덮인 별당 안에서 안진의 신음이 계속해서 터지고 있다. 밤 자시(12시) 무렵, 별당 마룻방에서 박영준과 안진의 짐승 같은 교접이 이어지고 있다. 융숭한 대접을 받고 방으로 돌아간 박영준을 안진이 몸종 유기를 보내 이곳으로 안내해 온 것이다. 이윽고 절정에 오른 안진이 늘어졌을 때 박영준이 물었다.

"이래도 되는 거야?"

"그럼 되는 거지 뭐."

박영준의 허리를 감싸 안은 안진이 가쁜 숨을 몰아쉬며 말했다.

"전장에 나간 남편 대신 일 해주는데 누가 뭐래? 자식도 생기면 더 좋고."

쓴웃음을 지은 박영준이 안진의 엉덩이를 움켜쥐었다.

"죽는다고 비명을 지르면서 샘물은 넘쳐흐르는구나."

"나 이렇게 좋을 줄은 꿈도 꾸지 못했어."

안진이 몸을 딱 붙이고는 박영준의 남성을 두 손으로 감싸 안았다.

"내 남편보다 세 배는 커."

다음 날 오전 박영준은 배씨 집안과 작별하고 또 유랑 길에 오른다. 배성규는 박영준에게 말과 금자 50냥을 사례로 주었다. 그러나 박영준은 말은 사양하고 금자만 받았다. 말 관리가 거추장스러웠기 때문이다.

정처는 오직 귀곡성 하나뿐인 데다 그쪽도 급한 것이 아니다. 삼국 시대에 떨어져서 큰일을 할 것도 아닌 것이다.

배씨 가문을 떠날 때 가장 서운해한 사람은 물론 안진이다. 시아버지 배성규 때문에 나와 보지는 못 하고 문틈으로 박영준을 배웅했는데 그것이 작별 인사가 되었다. 박영준은 배씨 가문 대문을 나서자마자 발을 재게 놀려 빠르게 걸었더니 배웅하고 선 사람들의 눈이 둥그레졌다. 박영준이 바람을 일으키며 날아가는 것처럼 보였기 때문이다.

"축지법이다!"

누군가가 소리쳤지만 절반은 맞았다. 박영준도 한 걸음을 빨리 떼는 순간 보통 사람들의 세 발짝 거리를 딛었고 시험 삼아 뛰어 보았더니 한 걸음에 여섯 발짝 거리를 날았다. 몸에 힘이 붙은 데다 놀림이 빨랐기 때문일 것이다.

　광천은 태창성으로 돌아온 후에 며칠 동안 사람들 눈에 띄지 않았다. 숙소인 성안 남문 근처의 저택에 박혀 움직이지 않은 것이다. 성주가 병을 치료하려고 도성에 가 있는 터라 광천은 부성주지만 성주 대행이다. 광천이 300기를 이끌고 거인을 잡으러 갔다가 50기의 기마군을 이끌고 패퇴해 왔다는 소문은 이미 신라 땅은 물론 백제령까지 퍼졌다.

　광천은 뒤늦게 전령을 통해 서부군 총사령인 이찬 김명보에게 보고를 올렸지만 거짓말 천지였다. 먼저 기마군 300기가 200기로 줄어들었고 백제군을 기습하려다가 오히려 역습을 받았다는 사실도 없앴다.

　그것을 백제군 5백여 기를 만나 접전 끝에 쌍방이 물러났다고 보고했다. 쌍방 피해는 각각 150기와 1백여 기로 백제군이 2배 많았는데도 신라군 피해가 적었다는 식이었다. 그 보고를 받은 이찬 김명보로부터 아무런 대답이 없었기 때문에 광천은 점점 마음을 놓아가는 중이었다. 그렇게 나흘이 지났을 때 전령이 달려왔다.

　이번 전령은 사방에 심어놓은 정보원 중 하나다. 이 정보원은 백제 땅에서 역졸 노릇을 하고 있는 터라 정보가 정확하다.

　"나리, 백제군 정찰대 1개 대가 떴습니다."

　정보원이 보고했다.

　"그 대장의 이름은 계백, 6품 나솔 관등이며 백제령인 연무군에서 기마대장을 지냈다는 스무 살짜리 무장입니다."

　"정찰대가 뜬 목적은 뭐라더냐?"

　"예, 거인 추적이오."

　정보원이 말을 이었다.

"백제왕의 특명을 받고 떠났다고 합니다."

"특명이라, 그렇게 거인 추적이 급한가?"

"그건 모르겠소."

"수고했다."

서부군 총사령으로부터 어떤 회신도 오지 않는 것이 다만 다행인 광천이 정보원을 돌려보냈다. 이제 광천에게 거인(巨人) 따위는 안중에 없는 것이다. 당장 급한 일이 패퇴해 온 사실을 덮는 일이다.

귀곡성은 묻지 않아도 알 만했다. 북방으로 올라갈수록 지형이 험했고 전인미답의 골짜기, 숲은 과연 귀신이 나올 것 같은 음습한 분위기가 펼쳐졌다. 박영준은 산길로만 다녔기 때문에 하루 반나절을 가는 동안 사람 하나 만나지 않았다.

하루 반나절 동안 1백여 리를 북상했는데 주위를 살피다가 쉬다가 했기 때문이다. 만일 곧장 달렸다면 5백 리도 주파했을 것이다.

"오오!"

산모퉁이를 돌아 골짜기 앞에 선 순간 박영준의 입에서 탄성 같은 외침이 일어났다. 때는 유시(6시) 무렵, 골짜기의 햇살이 짧아서 끝부분을 가로막은 기묘한 바위벽을 보았다. 저것이 귀신 산이다. 그리고 저녁 안개에 덮인 이 괴기 어린 골짜기, 이곳이 귀곡성인가?

밤은 순식간에 찾아왔다.

골짜기에 어둠이 덮이면서 바위와 숲의 음영이 더욱 짙어졌다. 박영준은 골짜기 안으로 천천히 들어갔다. 골짜기는 넓고 험하다. 바위가 날카롭게 솟아 있는 데다 작은 개울이 거미줄처럼 엇갈려 흐르고 있다. 개울물 소리가 음산하게 들린다. 바람이 골짜기 좌우의 나무숲을 흔들면서 지나는 소리가 비명과 신음 소리 같다. 그래서 귀곡성(鬼哭聲)이라 했는가?

박영준이 골짜기 좌우를 둘러보았다. 골짜기 폭은 약 1리(500미터), 길이는 앞쪽 바위까지 5리(2.5킬로)는 될 것 같다. 좌우의 바위산은 짙은 숲에 덮여 있는 데다 높이가 500자(150미터) 가깝게 되어서 타고 넘어올 수도, 넘어갈 수도 없다. 천혜의 요새다.

그래서 거인(巨人)이 이곳으로 군사를 모았는가? 오직 앞쪽만 열려 있는 말굽형 진지, 아직 맨 끝의 거대한 바위벽에는 닿지 못했다. 안으로 들어갈수록 비명과 신음은 더 심해졌다. 바람이 휘몰아쳐 위쪽으로 흘렀기 때문이다. 위쪽으로 올라갈수록 폭이 좁아지기 때문이기도 하다.

그때 바람결에 빗방울이 뿌리기 시작했다. 더 음습해진 골짜기를 오르면서 박영준이 손바닥으로 얼굴을 씻었다. 젖은 얼굴에 떨어지는 비에 온기가 느껴졌다. 마치 핏발이 뿌려지는 것 같다. 이것이 귀신의 눈물인가? 아니면 원혼의 피바람인가?

그 시간에 나솔 계백이 인진성의 통나무 막사 안에서 향도역으로 따라온 9품 계덕 연등으로부터 이야기를 듣고 있다. 연등은 30세로 이 지방 토박이다. 대를 이어서 향관을 지낸 가문의 자손이라 수백 년간의 향토사를 꿰고 있다. 연등이 모닥불을 일으키며 말했다.

"이곳에서 귀곡성까지는 50리(25킬로) 거리이니 내일 낮에는 닿을 수 있습니다, 나솔."

"귀곡성에서 1백 년 전의 거인이 나타났다가 사라졌다는 말은 사실인가?"

계백이 묻자 연등이 빙그레 웃었다.

"제 조부가 거인을 보았다고 합니다만 직접 듣지는 못 했지요."

"허어."

따라 웃은 계백이 다시 물었다.

"그 거인이 새 왕국을 일으키려 했다던가?"

"예."

의외로 선선히 대답한 연등이 주위를 둘러보는 시늉을 했다. 막사 안에는 둘뿐이다.

"거인은 동성대왕이 위사좌평 백가에게 암살당하리라는 것을 예언했다고 합니다."

"그럴 리가…."

"아닙니다. 몇 년 몇 월 며칠에 어디에서 살해당할 것이라고 맞췄다는군요."

"소문은 다 그렇게 나는 법이지."

"그래서 그 거인이 동성대왕 대신 백제왕이 되려고 했다는 것입니다."

"앗핫핫."

계백이 소리 내어 웃었다.

"무령왕께서 즉위하지 못 하실 뻔했군."

따라 웃은 연등이 말을 이었다.

"내일 귀곡성에 가시면 여러 가지 흔적을 보실 수 있으실 것입니다."

계백의 시선을 받은 연등이 쓴웃음을 지었다.

"가끔 괴이한 일이 일어나곤 해서 주민들도 귀곡성에 들어가기를 범굴보다 더 무서워합니다."

귀곡성 골짜기 중턱에 이르렀을 때 박영준은 위쪽에서 작은 동굴 하나를 찾아냈다. 비바람이 강해져서 몸이 흠뻑 젖은 데다 시장기가 심해서 따뜻한 음식 생각이 간절했기 때문에 박영준은 동굴을 향해 발을 떼었다. 이미 깊은 밤, 아마 10시는 되었을 것이다.

바위틈을 딛고 올라 겨우 동굴 입구에 닿았을 때 비바람은 더욱 거칠어졌다. 귀신의 울음소리 같은 비명과 신음 소리는 더 크게 울렸기 때문에 박영준도 가끔씩 머리끝이 솟는 느낌을 받을 정도다. 이러니 이곳에 인간의 출입이 그쳤을 것이다.

동굴은 폭이 3미터, 높이가 3미터에 길이는 7, 8미터쯤 되었다. 더구나 안으로 휘어져 있어서 안으로 들어서자 아늑했고 소음도 적어졌다.

"잘되었군."

칠흑 같은 어둠 속이었지만 동굴 안을 둘러본 박영준이 곧 보따리를 내려놓고 부싯돌과 유황가루를 꺼냈다. 불을 붙이려는 것이다. 이곳에서는 성냥이나 라이터가 있을 리 없다. 마른풀을 기름종이에 싸갖고 온 터라 부싯돌로 일어난 불꽃이 유황가루로 옮겨 붙고 곧 마른풀에서 불길이 일어났다.

박영준이 서둘러 동굴 안에 흩어진 나뭇가지와 마른풀을 주워 불길을 일으켰다. 동굴 안이 환해졌고 박영준이 안도의 숨을 길게 뱉었다.

그 순간이다. 번쩍이는 섬광과 함께 벼락이 쳤다.

"우지직!"

뭔가 무너지는 소리가 그렇게 들렸다. 천둥과 번개다.

자연 현상이었지만 깜짝 놀란 박영준이 어깨를 늘어뜨리면서 벽에 등을 붙였다.

"1,400년 전에도 천둥 번개가 있었구면."

혼잣소리로 말한 박영준이 젖은 옷을 벗어 불에 말렸다.

동굴 입구에 죽은 나무가 널려 있어서 끌어다 놓았더니 곧 비바람에 젖은 부분이 마르면서 기세 좋게 불길을 내뿜기 시작했다.

귀곡성(鬼哭城), 귀신이 우는 성이라는 뜻이다. 그런데 거인이 이곳에서 군사를 모았을 때 귀곡성이라고 불렀을 리는 없다. 거인이 떠나고 나서 불린 이름이다. 그렇다면 비바람이 몰아칠 때 바위틈과 골짜기, 나뭇가지를 훑고 지나는 바람 소리 때문인가? 박영준은 이곳까지 오면서 그것을 실감했다. 귀신 울음소리 같았다.

옷을 다 말린 박영준이 이제는 몸을 바깥쪽으로 내밀고 귀신 울음소리 같은 바람 소리를 듣는다. 번개는 계속해서 쳤고 귀곡성 안은 그야말로 번쩍이는 뇌성벽력으로 가득 차 있었지만 만성이 되어서 무관심해졌다. 이윽고, 박영준은 눈을 감았고 곧 깊은 잠에 빠져들었다.

"이곳에서 20리(10킬로) 거리입니다."

첨병이 보고하자 광천은 어깨를 늘어뜨렸다. 기세를 죽이려는 자세다. 밤, 자시(12시) 무렵, 광천은 다시 기마군 3백 기를 이끌고 양선강 중류로 진출해 있었는데 바로 백제군을 섬멸하려는 '욕심' 때문이다.

백제왕의 특명을 받고 거인 추적에 나섰다는 백제군을 치면 대단한 영예가 되는 것이다. 지난번 전과 보고는 거짓으로 했지만 이번의 전공으로 너끈하게 과오를 덮고도 남을 수 있으리라. 그 나솔 계백이 이끄는 기마군 1백 기가 이곳에서 20리(10킬로) 거리인 인진성의 통나무 막사에 들어가 있다는 것이다.

"그 계백이라는 자를 아느냐?"

이미 오늘 밤은 늦었기 때문에 야습을 포기한 광천이 물었다. 이제
는 서두르지 않는 것이다. 광천이 묻자 첩병이 머리를 기울였다.

"저도 처음 듣는 백제 무장입니다. 허나 백제왕의 신임을 받고 있다
고 합니다."

"바다 건너 대륙의 백제령에서 온 놈이라던데 백제왕의 신임을 받는
이유가 뭐냐?"

"모르겠소."

"인진성에서 오늘 밤을 묵는다면 귀곡성이 50리 거리야. 그곳으로
갈까?"

그때 광천의 새로운 부장 위규가 여자 하나를 끌고 왔다. 근처에 사
는 농부의 아내를 잡아온 것이다.

"아찬, 반반한 계집은 이년뿐이오."

위규가 아낙의 등을 밀어 광천의 앞에 세웠다.

광천의 얼굴에 쓴웃음이 떠올랐다.

"수고했어. 없는 것보다는 낫지."

"백제군을 잡는 것보다 더 힘들었소."

"내가 사찬한테 동문 수문장을 주지."

"딱 1년만 하겠소."

위규가 좋아서 이를 드러내고 웃었다. 동문 앞에서 시장이 열리기
때문에 수문장 자리는 금방석이라고 소문이 났다. 동문 수문장 1년이
면 수레에 은을 가득 채운다는 것이다. 광천이 농부 아내의 팔을 이끌
고 막사로 들어가며 말했다.

"그건 며칠 두고 봐서 결정하겠네."

문득 눈을 뜬 박영준이 천장을 보았다. 어느덧 천둥과 번개는 그쳤고 비바람 소리도 들리지 않았다. 동굴 안쪽의 화톳불도 시들어서 재속에 붉은 덩이만 희미하게 비치고 있다. 그러나 동굴 안은 아늑했다. 열기가 빠져나가지 않아서 따뜻했다.

동굴 밖은 아직 어둡다. 시간을 알 수 없었기 때문에 박영준은 우두커니 천장을 보면서 생각에 잠겼다. 이곳 백제 땅, 삼국 시대에서 빠져나갈 수 있을 것인가? 그러나 굳이 예전 세상으로 돌아가고 싶은 생각도 없다. 가족을 다 잃고 외톨이가 된 신세인 것이다.

인연을 맺은 사람들이 있었지만 꼭 이어질 필요는 없다. 그저 계기가 다시 일어날 때까지 이곳에서 열심히 사는 수밖에는 없다. 이곳 귀곡성에서 자리를 잡고 사는 것도 나쁘지 않을 것 같다. 1백 년 전에 어떤 거인이 이곳에서 왕국을 세우려다가 사라졌다고 하지 않는가? 박영준의 얼굴에 웃음이 떠올랐다.

"그렇다면 내가 다시 그 일을 이어 받으면 어떨까."

박영준의 입에서 저절로 튀어나온 말이다.

계백은 바다 건너 연무군에서 출생했다. 아버지는 연무군 태수를 지낸 계백충, 어머니가 무왕(武王)의 여동생인 지선이다. 그러나 아버지 계백충이 계백이 8살 때 죽고 계백은 어머니 지선과 함께 연무군에서 성장했다. 그러다가 이번에 본국으로 귀향한 것이다. 계백은 무왕의 외조카인 셈이다.

아침 진시(8시) 무렵, 계백이 말에 올랐을 때 이미 멀리 나갔던 첨병이 달려와 보고했다.

"나솔, 어젯밤 폭우로 양선강이 범람해서 다리가 끊겼소."

계백의 시선이 연등에게로 옮겨졌다.

"그렇다면 양선강을 돌아 북상할 수가 있겠는가?"

"그럼 신라 땅으로 들어가야 되오."

연등이 머리를 기울였다가 세웠다.

"태창성 부성주 광천이 지난번에 오금성의 계덕 하윤구한테 거의 전멸을 당하다시피 하고 도망을 쳤는데 그자의 영역을 지나게 됩니다."

"그런가? 그자와 한번 겨루고 싶군."

계백의 눈빛이 강해졌다. 광천의 명성을 들었기 때문이다.

하윤구에게 기습을 당해 패했다지만 아직 명성이 다 지워지지는 않았다. 그때 계백이 말했다.

"신라 영역을 지나기로 하지."

골짜기 안쪽으로 다가간 박영준이 마침내 끝에 닿았다. 귀곡성의 맨 안쪽, 천길 절벽의 밑이다. 아래에서 올려다본 절벽에는 이제 귀신 형상이 보이지 않는다. 먼 쪽에서야 윤곽이 드러나는 것 같다. 대신 울퉁불퉁 튀어나온 기암괴석 사이로 안개가 엉켜 있는 것이 인간 세상의 풍경 같지가 않다.

"이곳이 끝이구나."

절벽에 등을 붙이고 선 박영준이 아래쪽을 내려다보면서 혼잣말을 했다.

"산천은 그대로인데 사람만 변하는구나."

절벽 밑 부분은 지대가 높아서 골짜기 아래쪽까지 한눈에 들어왔다. 장관이다. 기암괴석이 골짜기를 가득 메우고 있는 것이 마치 도열한 수만 명의 영웅호걸 같았다. 그것을 내려다보는 박영준은 왕(王)이다.

어젯밤의 폭풍으로 수많은 개울물이 불어나 아침 햇살에 반짝이며 흐르고 있다. 안개가 아직 다 걷히지 않아서 드문드문 뭉쳐 있는 것이 한 무리의 인간 같다.

"과연 왕(王)의 기개가 일어날 만하다."

마침내 박영준이 어깨를 추켜세우고 말했다

1백 년 전, 이곳에 나타난 거인(巨人)이 바로 자신과 비슷한 '시간 여행자'일지도 모른다는 추측이 굳어지고 있다. 그도 이렇게 이 자리에 서서 웅지를 키웠을 것이다.

그런데 그자는 어느 시대에서 이곳으로 떨어졌을까? 박영준이 머리를 돌려 주위를 둘러보았다. 그가 남긴 흔적이 있을지도 모른다. 이곳에서 기이한 현상이 자주 일어난다고 하지 않던가? 그것이 바로 그자가 남긴 흔적일 것이다.

"척후는 보냈나?"

계백이 묻자 연등이 되물었다.

"전방의 척후 말씀이오?"

"나는 좌우 척후를 말하는 것이네."

말고삐를 당긴 계백이 손으로 좌우를 가리켰다. 연등이 당황했다.

"아니, 전방에 1개 조 6명을 보냈소."

"그럼 좌우 2리(1킬로) 거리로 1개 조씩을 보내게."

"그러지요."

연등이 말에 박차를 넣으며 말했다.

"나솔은 연무군에 계셨기 때문인지 기마군 전법이 본국과 조금 다릅니다."

달려가는 연등의 뒷모습을 보면서 계백이 쓴웃음을 지었다. 그렇다. 대륙과 본국의 기마군 운용은 다르다. 본국은 험지가 많고 평야가 적어서 기마군의 진퇴가 제한적이다. 그러나 그럴수록 사방 경계를 확실하게 해야 되는 것이다. 본국의 기마군 진용은 서툴다. 그것은 전쟁이 보군(步軍) 위주로 치러졌기 때문이다. 이번에 계백이 무왕에게 불려온 것도 그 때문이다. 무왕은 계백에게 백제 기마군을 맡기려는 것이다. 그러나 이것은 아직 비밀이다.

계백에게 기마군 양성을 맡긴다는 정보가 신라 측에 새나가면 그에 대한 대비를 할 것이기 때문이다. 이번에 계백에게 거인(巨人) 수색을 맡기고 향도로 연등을 골라둔 것도 같은 맥락이다. 미리 계백에게 기마군이 달릴 전장을 답사시키려는 의도인 것이다.

"어디로 가느냐?"

달려온 척후에게 광천이 먼저 소리쳐 물었다.

광천은 양선강을 옆으로 끼고 북상하는 중이었다. 그때 척후가 소리쳐 보고 했다.

"인진성에서 양선강을 돌아 북상하고 있습니다, 부성주."

"그렇다면."

눈썹을 모았던 광천의 눈빛이 강해졌다.

"위쪽 다리를 건너지 않았어?"

"폭우로 다리가 끊겼기 때문에 강을 따라 동진(東進)하고 있습니다."

"그럼 신라령으로 들어온단 말이냐?"

"벌써 들어왔습니다, 부성주."

"어이쿠!"

놀란 광천이 눈을 치켜떴다. 백제군이 신라령으로 침입했다면 당장 책임 추궁을 당하게 된다. 더구나 계백이 광천의 태창성 영역으로 다가가고 있는 것이다.

"무장들은 모두 모여라!"

광천의 목소리가 강가를 울렸다.

반들반들한 바위벽은 마치 거울 같았다.

저녁에 석양이 비치면 반사광이 일어나 신비한 기운을 보일 것이다. 박영준은 지금 골짜기 끝 쪽의 절벽을 훑어가고 있다. 이곳이 귀곡성의 맨 끝 쪽 1백 년 전 왕(王)이라 지칭된 거인(巨人)이 머물던 곳이다. 거인도 이 근처에 머물면서 휘하 장수들을 부르고, 지시하고, 침식을 했을 것이다.

절벽의 표면은 반들거렸지만 위로 올라갈수록 틈이 많았고 험했다. 아예 올라갈 엄두도 내지 못할 만큼 가파른 절벽, 맨 위쪽까지는 1천 자(300미터)는 될 것이다. 사람의 손이 닿은 흔적이 보이지 않는 원시 상태 그대로의 절벽, 걸음을 멈춘 박영준이 한동안 위를 보았다. 이제 아래쪽은 다 훑었다. 어떤 흔적도 찾지 못했는데 그것은 당연한 일이었다.

아래쪽에 흔적이 있었다면 1백 년간 가만두었을 리가 없는 것이다. 인간이 아니면 짐승이라도 흔적을 지웠을 터다. 이윽고 박영준이 두 손을 뻗어 바위 위쪽을 잡았다. 올라가려는 것이다. 바위의 조금 돌출된 부분을 힘주어 쥔 박영준이 몸을 솟구쳤다. 악력이 평소보다 10배는 강해져서 몸이 번쩍 들린다. 박영준은 발을 붙이면서 다시 손을 뻗어 위쪽 바위를 잡았다.

이것은 곡예나 같다. 자신이 마치 거미가 된 느낌이 들 정도로 박영준이 한 발짝씩 위로 올라가기 시작했다. 보통 사람으로서는 엄두도 내지 못할 등산이다. 박영준의 악력이 10배 정도나 강해졌기 때문에 가능한 등산인 것이다.

"너 왔느냐?"

무왕이 연화 공주를 맞았다. 태자 의자의 여동생, 21세, 출중한 미모에 훤칠한 키, 거기에다 검술과 궁술, 마술까지 닦아서 무장(武將)이기도 하다. 실제로 작년에 기마군 5백 기를 이끌고 신라의 황녕성을 기습해서 창고를 불태우고 군마 3백여 필을 끌고 온 전과를 올리기도 했다. 물론 전장에 나갈 때는 붉은 가면으로 얼굴을 가린다.

"아바마마, 계백에게 거인을 찾는 임무를 맡기셨습니까?"

다가선 연화가 물었다. 목소리도 낭랑해서 옥쟁반 위로 구슬이 굴러가는 것 같다. 이곳은 대왕의 침전 옆에 마련된 대기실이다. 이곳에서 대왕은 왕자나 공주를 만나는 시간을 갖는다. 오늘은 연화가 찾아온 것이다.

"그래, 계백에게 왕성 주둔군 사령관을 맡길 작정이다."

무왕이 연화에게는 속마음을 털어 놓는다. 영리한 연화가 가끔 무왕의 상대역이 되어주는 것이다.

태자 의자는 예의 바르고 사려 깊지만 연화처럼 붙임성은 없다. 만일 연화처럼 굴었다가는 가볍다는 질책을 받았을 것이다. 무왕이 말을 이었다.

"의자에게는 계백과 같은 충직한 무장이 필요하다. 앞으로 3국의 패권 다툼은 더욱 치열해질 것이다."

"저도 이곳에 남아서 아바마마와 오라버니를 돕고 싶어요."

"네가 맡은 일은 네 오라비 못지않게 중요한 일이야."

정색한 무왕이 말을 이었다.

"곧 왜에서 배가 올 테니 준비를 갖춰놓도록 해라."

연화가 잠자코 머리를 숙였다. 곧 연화는 왜국의 야마토에 위치한 백제방의 방주로 부임하게 되는 것이다. 백제방에는 백제에서 파견된 관리가 1백여 명, 군사는 2천여 명이 주둔하고 있다. 그것은 왜국의 천황이 백제계였으므로 천황을 보호하려는 제도로 오래전부터 내려온 것이다.

"스미코 천황이 지난달 내게 밀사를 보내왔다."

무왕이 말을 이었다.

"신라에서 서부 지역 영주들에게 자주 밀사를 보낸다는 것이다. 벌써 30명 가깝게 밀사를 잡아 처형했다는구나."

"제가 가면 모조리 소탕하겠어요."

"스미코 천황과 잘 상의해야 한다."

스미코 천황은 무왕의 여동생인 것이다.

이렇게 백제와 왜국이 연결되어 있다. 왜국이 백제의 암조라고 해도 과언이 아니다.

좌측 척후가 달려왔을 때는 오시(12시) 무렵이다. 전속력으로 달려온 척후 2기가 입을 모아 소리쳤다.

"신라 기마군이오! 3백 기 정도가 이쪽으로 달려옵니다!"

이곳은 이미 신라령으로 30리(15킬로)나 깊숙이 들어온 상태다. 척후의 숨 가쁜 보고를 들은 계백이 빙그레 웃었다.

"이제야 나타났단 말이냐?"

옆을 따르던 연등이 눈만 껌벅였을 때 계백이 지시했다.

"말 머리를 돌려라!"

계백의 목소리가 다시 울렸다.

"우리가 조금 전 지나온 골짜기로 들어간다!"

그러고는 계백이 앞장서서 말을 달렸다. 1백 기의 기마군이 일제히 뒤를 따른다. 계백은 골짜기를 지나면서 무심히 지나치지 않았던 것이다. 지형을 눈여겨보았기 때문에 곧 골짜기 우측의 빈틈으로 앞장서서 뛰어 들었다. 말굽형 골짜기의 우측이 갈라진 형국이다.

절벽 중간쯤에 오른 박영준은 아래쪽 경치에 감동해서 한동안 바위 틈에 몸을 박고 움직이지 않았다. 이곳 높이는 150미터 정도였지만 골짜기 밖의 황무지도 다 드러났다.

"장관이다."

이보다 더 기기묘묘한 풍경은 본 적이 없다. 어젯밤 폭풍우는 꿈처럼 느껴질 정도로 하늘도 맑고 산천이 선명하게 드러났다. 귀곡성 골짜기는 마치 신(神)이 두 손을 모아 벌린 것 같은 형국이다. 지금 박영준은 두 손이 붙여진 엄지손가락 중간에 앉아 있다.

"오오, 내가 신의 손 안에 있구나."

감동한 박영준의 입에서 다시 탄성이 터졌다.

그때다. 무심코 손에 쥐었던 옆쪽 바위의 촉감이 달랐기 때문에 박영준이 그쪽을 보았다. 그 순간 박영준이 숨을 들이켰다. 바위틈 안에서 무언가가 반짝였기 때문이다.

무엇인가? 박영준이 바위틈에 손을 넣고 바위 조각을 떼었다. 그 순간 바위가 덩어리째 부서지면서 안의 공간이 드러났다. 이곳은 동굴이다. 동굴이 감춰져 있었다.

안으로 들어선 박영준은 숨을 참았다. 숨을 들이켠 순간 매캐한 냄새를 맡았기 때문이다. 이것은 이 시대의 냄새가 아니다. 무의식중에 긴장한 박영준이 숨을 참은 것이다. 그때 박영준의 눈에 동굴 안쪽에 뭉쳐진 물체가 보였다.

저것이다. 저것의 냄새가 맡아졌다. 동굴은 바닥이 평평했고 길이가 5미터 정도, 폭이 3미터에 높이가 3미터 정도의 천연 동굴이었지만 다듬은 흔적이 역력했다. 다만 입구 부분이 한 사람이 겨우 들어올 수 있도록 좁았고 절반쯤이 부서진 바위로 가려져 있었던 것이다. 밖에서 들어 온 빛이 동굴 중간까지 비스듬히 비추었기 때문에 동굴 내부는 환하게 드러났다. 구석에 풀씨가 떨어져 풀이 자랐고 죽은 풀이 쌓였지만 안에는 저 뭉쳐진 물체뿐이다. 이윽고 박영준이 안쪽으로 한 걸음 다가섰다.

숨을 들이키자 다시 매캐한 냄새가 맡아졌다. 다가간 박영준이 물체를 집어 들었다. 그 순간 강한 기름 냄새가 났다. 그리고 손에 집어 든 물체는 굳어져서 딱딱해진 옷이다. 옷은 검은 기름에 젖어 나무 조각처럼 굳어진 상태지만 냄새는 배어 있었던 것이다.

박영준이 옷 뭉치를 펴려는 순간 이맛살을 찌푸렸다. 강한 악력으로 바위처럼 단단해진 옷이 부서졌기 때문이다.

"이런!"

박영준이 부서진 조각을 들고 안타까워 탄식했다. 이 옷은 근대에 만든 옷이다. 군복 같다. 그러나 덩어리가 된 데다 검은 기름으로 굳어져서 확인할 수가 없다. 웬 기름인가? 디젤유 같다.

이것뿐인가? 덩어리를 내던진 박영준이 동굴을 찬찬히 둘러보았다. 없다. 검고 더러운 기름 덩어리로 뭉쳐진 옷, 이것 하나뿐인가? 이곳이 그 거인(巨人)의 흔적인가? 기름 덩어리 옷 뭉치를 남기고 거인은 어디로 사라졌는가? 박영준의 심장 박동이 빨라졌다.

어쨌든 거인의 흔적을 발견한 것이다. 그리고 그 흔적이 현대인의 흔적이다, 이 기름, 이 옷. 그런데 도대체 어떤 놈이 이 걸레 뭉치만 남기고 사라졌단 말인가?

계백이 나뭇가지 사이로 산비탈을 스치고 지나는 신라 기마군을 내려다본다. 광천은 계백의 기마대 1백 기가 바로 위쪽 산중턱에서 내려다보고 있을 줄은 상상도 못 하고 있다. 골짜기의 말굽 틈 사이로 백제군이 들어왔기 때문이다. 기마군 2기가 겨우 들어올 수 있었던 것도 나뭇가지로 막아 놓았더니 감쪽같다.

"광천입니다."

연등이 손으로 중군(中軍)의 복판에 서서 달려오는 무장을 가리켰다.

"저놈이 지금까지 단병접전 13회를 모두 승리로 장식한 놈이지요. 백제 장수한테 빼앗은 투구를 성의 청에 걸어 놓았다고 합니다."

연등의 두 눈이 번들거렸다. 계백이 잠자코 앞을 지나는 광천을 보았다. 150보쯤의 거리였지만 광천은 거인(巨人)이다. 말을 타고 있어도 다른 기마군에 비해 머리통 하나는 컸다. 허리에 장검을 찼고 말안장에는 활과 전통을 매달았다.

말 머리와 목에 철갑을 입힌 데다 가슴에도 무거운 사슬 옷을 늘어뜨렸다. 신라군은 중무장이다. 그래서 말이 뛸 때마다 쇳소리가 요란하다. 계백이 찬찬히 말을 타고 지나는 신라군을 주시하면서 말했다.

"기마군 접전에서는 신라군이 유리하겠다."

"그렇습니다."

연등이 머리를 끄덕였다.

"지금까지 신라군과 기마군끼리 부딪쳤을 때 기습한 경우를 제외하고 이긴 적이 별로 없습니다."

당연한 일이다. 백제 기마군은 대륙의 담로 기마군의 영향을 받아 경무장이다. 말에도 가슴에 가죽 조각만 붙였을 뿐이다. 그래서 신라 기마군보다 무게가 거의 절반 가깝게 가벼워서 행동이 민첩하고 배 이상의 장거리를 뛴다. 그러나 기마군끼리 정면으로 부딪쳤을 때는 쇠와 나무가 부딪치는 것 같다. 이윽고 신라군이 사라졌을 때 계백이 웃음 띤 얼굴로 연등을 보았다.

"이제 광천의 혼은 내 주머니에 넣고 다니게 되었다."

"나솔, 무슨 말씀이오?"

"대륙에서는 죽일 기회를 가졌는데도 놔주면 혼을 주머니에 넣고 다닌다고 한다."

"그렇군요."

"광천의 목숨은 내가 맡아 놓았다."

연등이 머리를 끄덕였지만 건성이다. 믿기지가 않기 때문이다.

오른 김에 더 올랐다. 오시(12시)가 되었을 때 박영준은 절벽의 8할까지 올랐다. 보통 사람들의 능력으로는 기어오를 수 없는 지형이다. 짐승도 기어오를 수 없는 거울처럼 반질거리는 절벽을 맨손으로 한 걸음씩 기어 오른 것이다. 높이는 800자였으니 240미터, 까마득한 아래쪽을 보면 현기증이 난다.

박영준은 위쪽을 올려다보고 나서 이제 내려갈 마음을 먹었다. 두어 시간 더 오르면 꼭대기에 닿겠지만 위쪽은 구멍이나 동굴 같은 틈에 끼어들 여유가 없었기 때문이다. 잠시 숨을 돌린 박영준이 바위 돌출 부분에 엉덩이만 걸치고 아래를 보았다.

그 순간 박영준이 숨을 들이켰다. 갑자기 머리가 어지러워서 하마터면 딛고 있던 발이 흔들려 떨어질 뻔했다. 그러나 박영준의 시선은 아래쪽에서 떼어지지 않았다. 보라.

비스듬한 아래쪽 바닥, 왼쪽 개울가의 자갈투성이의 땅바닥에 검정색 바위를 모아 글을 썼다, 그것도 한국어로, '돌아온다.'

이 네 글자, 한국어가 또렷했다. 위에서는 손가락 한 마디만 한 글씨였으나 아래에서는 사방 5, 6미터는 될 것이다. 그러니까 눈에 띄지 않았을 것이다.

"그렇구나."

박영준이 웃음 띤 얼굴로 아래를 내려다보면서 말했다.

"거인의 자취다."

두말할 필요가 없다. 지금, 이 시대에 한글은 나오지도 않았다. 그 거인은 근대의 한국인이다. 한국인이 이곳에 떨어져서 떠나기 전에 '돌아온다'고 써 놓았는가? 숨을 들이켠 박영준이 다시 절벽을 내려가기 시작했다. 이제는 외롭지 않다. 저 한국인이 누구든 간에 돌아온다고 하지 않았는가?

나도 떠나기 전에 저렇게 '돌아온다'고 써 놓으면 좋겠다. 그것은 이곳을 좋아한다는 증거일 테니까.

헛걸음을 한 광천이 계백군(軍)을 찾으려고 이틀을 더 헤매다가 태창성으로 귀환했을 때는 저녁 유시(6시) 무렵이다. 광천이 내성의 마당으로 들어섰을 때 보군대장 위덕수가 다가와 말했다. 위덕수가 부성주 광천 대신으로 성을 지키고 있었던 것이다.

"부성주, 서부군 총사령이 보내신 사자가 왔소."

"누구?"

놀란 광천이 눈을 크게 떴다.

"무슨 일이야?"

"곧 이곳으로 오실 거요."

위덕수가 말했을 때 곧 일단의 관리가 마당으로 나왔다.

앞장선 사내는 총사령부의 전령장인 6품 아찬 박기세, 광천과 같은 품위지만 위세는 더 높다.

"아찬, 오셨소?"

안면이 있는 터라 광천이 먼저 알은체를 했지만 박기세는 못 들은 척하고 말했다.

"부성주, 아찬 광천에게 서부군 총사령이며 함안주 총독이신 이찬 대감의 명을 전한다."

그 순간 광천이 땅바닥에 무릎을 꿇었다. 명을 받는다는 자세다. 마당은 조용해졌고 숨소리도 들리지 않는다. 1백여 명이 넘는 관리, 군사, 하인들까지 움직임을 멈추고 있다. 다시 박기세의 목소리가 이어졌다

"아찬 광천은 공을 거짓으로 조작했으며 아군 피해를 줄여서 보고하는 반역 행위를 저질렀다."

광천의 얼굴이 누렇게 굳어졌고 박기세의 목소리는 더 커졌다.

"따라서 목을 베어 처리하는 것이 당연하나 지금까지의 공을 참작하여 직급을 9품 급벌찬으로 강등, 태창성 창고 관리를 맡긴다."

광천의 두 눈이 흐려졌다. 수모. 차라리 죽는 것보다 못하다는 생각이 든 것이다. 그때 박기세가 소리쳐 물었다.

"받아들이겠느냐?"

"예, 영을 받들겠소."

광천이 엉겁결에 소리쳐 대답했다. 그렇지 않았다면 전령장의 직권으로 현장에서 목이 베일 것이기 때문이다.

기마군 15기가 질풍처럼 내딛고 있다. 앞장선 무장은 두건에 가죽 갑옷만 입었는데 미끈한 용모에 체격도 크다. 말은 눈이 부실 것 같은 백마, 등에 안장 하나만 걸친 터라 네 굽을 모으고 황야를 달려가고 있다. 그 뒤를 따르는 14기도 모두 경장 차림, 허리 갑옷만 걸친 채 장검과 활로 무장하고 있다. 이곳은 백제령 동쪽의 한산들, 사비도성에서 2백여 리 거리였는데 짐승이 많아서 사냥하기에 좋은 장소다.

"멈춰라!"

앞장선 무장이 손을 들고 소리쳤는데 여자의 목소리다.

바로 무왕(武王)의 딸 연화 공주다.

연화가 이곳 한산들에 사냥을 나온 것이다.

"오늘은 이곳에서 야영하고 내일 아침부터 사냥이다."

말에서 내리면서 연화가 말했다.

"사흘 동안 한산들을 샅샅이 뒤지고 왜국으로 돌아갈 테다."

연화의 얼굴에 웃음이 떠올랐다.

"내가 처음으로 한산들을 내 마음대로 휘젓고 다니게 되었구나."

한산들은 왕의 사냥터인 것이다. 민간인들은 물론 관리들의 출입도 금지되어 있다. 사방 1백여 리의 이 황무지는 우거진 숲이 많은 데다 강줄기가 3개나 지나고 동굴과 골짜기가 셀 수도 없어서 짐승들에게는 천혜의 땅이나 같다. 그래서 범과 곰, 남쪽에는 드문 늑대 무리까지 번

성하고 있는 요지다. 개울가에 자리 잡고 앉은 연화가 발을 씻으면서 시종에게 지시했다.

"모닥불을 피우고 오늘 잡은 짐승은 구워 잔치를 해라. 술도 두 동이를 내 놓아라."

"예, 공주."

신이난 시종이 소리쳐 대답했고 그 말을 들은 일행들도 흥이 났다. 개울가가 떠들썩해지면서 금방 모닥불이 일어났다.

연화는 곧 백제 땅을 떠날 예정인 것이다. 그러니 인심이 후해질 수밖에 없다.

이찬 김명보가 청 안에 휘하 무장들을 모아놓고 작전 회의를 한다. 오후 미시(2시) 무렵, 청 복판에 소가죽 2개를 덧댄 대형 지도가 펼쳐져 있었는데 바로 '서부 방면 지도'다. 신라와 백제가 국경을 맞대고 있는 지역인 것이다. 따라서 지도의 절반은 백제, 절반은 신라의 영역이 그려져 있다. 김명보가 지휘봉 끝으로 백제령 한 곳을 짚었다.

"이곳, 하동성이 목표다."

모두의 시선이 그쪽으로 모였다.

"동문 수문장 안규가 내통하기로 약조를 했고 닷새 후에 성문을 열어줄 것이다."

안규는 신라의 첩자 넷과 함께 성문을 열고 신라군을 맞을 것이다. 그 동안 김명보가 공을 들여 포섭한 결과다. 다시 김명보가 말을 이었다.

"하동성이 함락되면 바로 옆 모악성, 대진성이 차례로 무너지게 된다."

김명보의 지휘봉이 백제령을 한바탕 휩쓸고 지나갔다. 신라는 정통

적으로 첩보, 선동술에 능하다. 고구려, 백제의 위력에 끼어 시달림을
받으면서 수백 년을 지내온 결과다. 따라서 신라의 세작은 백제의 왕도
(王都) 사비도성에 오래된 옷의 '이'처럼 지천으로 깔려 있다.

왕궁의 시녀, 시종, 하인에서부터 고위 관리까지 신라와 내통하는 무
리로 덮여 있는 것이다. 그것을 신라에서는 점조직으로 각자 관리해서
서로 모르고 지낸다. 그러니 한두 명이 발각되는 것으로 끝날 뿐이다.
김명보가 웃음 띤 얼굴로 말했다.

"올해의 전쟁은 우리가 먼저 시작하는군."

절벽에서 내려온 박영준이 '돌아온다'라고 써진 개울가로 다가갔다.
과연 개울가에 섰더니 굴곡이 많은 지형이어서 검은 돌덩이만 이곳저
곳에 눈에 띌 뿐 글자는 보이지 않았다. 그러나 돌덩이를 따라 밟으면
서 글자를 읽은 박영준은 감개무량했다.

"그래, 나도 다시 돌아온다."

박영준이 검은 돌덩이를 밟아가면서 혼자 소리쳤다.

"내가 다시 이곳에 돌아오는 날, 세상은 변해 있을 거다."

그것이 어떻게, 언제 변할 것인가는 본인 자신도 모른다. 다만 이제
이곳을 떠날 때가 되었고 바깥세상의 엄청난 소용돌이 속으로 빠져들
게 될 것이라는 것은 알 수 있다.

이곳은 자선령, 해발 2000자(600미터)가량의 고지대여서 사방이 내려
다보이는 위치의 분지(盆地)다. 분지란 산으로 둘러싸인 평지를 말하는
데 자선령은 평지 넓이가 좌우로 각각 10리(5킬로)쯤 펼쳐져서 능히 5만
군사를 주둔시킬 만했다.

자선령 위에 오른 계백에게 연등이 말했다.

"나솔, 이곳은 천 년 전에 왕국이 세워졌다가 멸망한 흉지(凶地)입니다. 그래서 성(城)도 쌓지 못하고 있지요."

계백의 시선을 받은 연등이 쓴웃음을 지었다.

"대왕께서 이곳에 성(城)을 수축하시려고 했다가 대신들의 반대에 밀려 결국 포기하셨습니다."

"무엇이 흉지란 말인가?"

"분지의 아래쪽에서 어떤 때는 하루에도 몇 번씩 기마군 수천 기가 지나는 진동이 옵니다."

"그것은 지진이야, 대륙에서는 흔해."

"압니다. 하지만 그런 상태에서 성을 쌓고 지낼 수는 없지 않겠습니까?"

"수비군이나 주둔군은 상주시킬 수도 있지 않은가? 왜 이렇게 무인지대로 만들어 놓았지?"

"귀신이 나옵니다."

연등이 정색하고 계백을 보았다.

"밤에 나타나는 기괴한 모습의 귀신들을 보고 혼이 나간 병사가 여럿입니다. 그래서 대왕께서도 이 분지는 방치해 두신 것입니다."

"본국에는 별 희한한 곳도 많구나."

계백이 입맛을 다시면서 말했다.

"미신이 난무하고 허황된 소문이 퍼지면 민심이 흉흉해지는 법이야. 내가 이곳 자선령 귀신 하나는 토멸해야겠다."

2기의 기마인이 달려오고 있다. 말은 안장만 채웠고 기마인은 바지

저고리 차림에 두건을 썼는데 허리에는 장검을 찼다. 갑옷은 입지 않았지만 병사다. 평복으로 바꿔 입은 것이다. 이제 박영준은 변복을 했더라도 군사를 구분할 수 있다.

신시(4시) 무렵, 박영준은 귀곡성에서 나와 만 하루 만에 동북쪽으로 2백여 리를 주파했다. 그것도 인적을 피해서 산길로만 나는 듯이 걸어온 것이다. 활과 화살을 등에 메고 있어서 배가 고프면 짐승을 잡아 요기를 했기 때문에 불편하지 않다.

그때 달려온 기마인이 개울가에 멈추더니 말에서 내렸다. 박영준이 앉아 있는 산중턱에서 1백 보쯤 떨어진 거리다. 나무숲에 가려져 있어서 박영준을 의식하지 못한 둘이 떠들썩한 목소리로 이야기를 했다. 둘의 목소리가 골짜기를 타고 올라 스피커에 대고 말하는 것처럼 박영준의 귀에 크게 울렸다.

"이제 되었어, 그야말로 '무혈점령'이 되겠어."

"주둔군이 2,500이 맞아? 서가 놈은 2,800이라고 하고 수문장은 2,500이라니 누구 말을 보고 해야 되지?"

"수문장 말을 보고하는 게 낫겠어, 그자가 성문을 열어주는 공을 세울 테니까."

"그렇지."

"내일 밤이면 하동성이 떨어지게 되었군."

"하동성 다음에는 모악성이야. 대감께선 벌써 모악성에 세작을 보냈어."

"그럼 백제 동쪽이 무너지겠다."

"전쟁이 크게 일어나는 것이지. 이번에는 우리가 기선을 잡게 될 거야."

둘의 주고받는 말을 듣던 박영준의 얼굴에 쓴웃음이 일어났다. 이 내용은 역사서에서 읽은 적은 없다. 다만 이러다가 백제가 의자왕 대에 멸망한다는 것만은 안다.

계백이 가(假)막사를 친 위치는 자선령 분지의 한복판, 둥근 그릇처럼 된 분지의 가장 아래쪽이다. 분지 가장자리에서 보면 중심 부근이 아래로 꺼져 있어서 꺼림칙한 분위기였는데 계백은 그곳에 자신의 막사를 치게 한 것이다.

분지는 황무지로 숲과 잡초가 무성했다. 짐승도 많아서 1백 기마군은 멧돼지 10여 마리, 노루 10여 마리를 잡아 배불리 구워 먹고도 남았다. 오후 술시(8시) 무렵.

"나솔, 병사 몇 명이 조금 전에 땅 속에서 울리는 소리를 들었다고 하오."

다가온 연등이 나뭇가지를 엮어 만든 그릇에 구운 돼지 다리 2짝과 술 한 병을 담아들고 와서 앞에 내려놓았다.

"오늘 밤에는 귀신이 나타날 것 같답니다."

그러나 연등의 얼굴에는 웃음이 떠올라 있다.

"저도 나솔 덕분에 오늘 밤 귀신 구경을 하게 되었소."

"연등, 너는 겁나지 않는가?"

돼지 다리를 들면서 계백이 물었다.

"나는 죽은 귀신보다 산 사람이 무섭소."

"옳은 말이야."

고기를 뜯어 씹고 난 계백이 말을 이었다.

"담로에만 지내다가 본국에 왔더니 이곳은 미신과 귀신이 나오는 땅, 귀신이 지나는 땅 천지야. 본국이 왜 이렇게 귀신에 둘러싸였는 가?"

"모르겠소."

머리를 기울였던 연등이 눈을 가늘게 떴다.

"그러고 보니 본국에는 귀신과 흉지(凶地), 불길한 소문이 너무 많습니다."

"이 자선령 분지는 화산(火山)이 폭발해서 솟아오른 분지야. 그래서 아래쪽에서 아직도 불기둥이 꿈틀거리고 있는 거야."

"그걸 어떻게 아십니까?"

"내가 대륙을 떠돌아다니다가 불기둥을 수천 척 하늘로 뿜어 올리는 화산(火山)도 직접 보았어."

"그것이 어디에 있습니까?"

"대륙의 서쪽에 있어, 말을 타고 석 달을 가야만 되네."

"나솔은 견문이 많으시오."

"대왕의 명이었어."

"예?"

놀란 연등이 되물었을 때 계백이 다시 고기를 뜯어 씹었다. 그러고는 술병을 기울여 벌컥벌컥 마신다. 당년 20세였지만 16세부터 전장을 떠돌던 계백이다.

거기에다 대륙을 떠돌았으니 연등은 시간이 지날수록 계백의 무게가 더해지는 것을 느끼고 있다. 나이 차이가 10살이 넘는 데도 계백의 경륜이 더 윗길인 것이다.

깜박 잠이 들었던 연화가 눈을 떴다. 한산들의 숲 안, 가죽 덮개로 만든 가마사 안에 누워있는 연화가 잠에서 깨어난 것이다. 주위는 조용하다. 깊은 밤, 자시(12시)가 훨씬 넘었다. 고기와 술을 나눠먹고 마신 군사들은 모두 잠이 들었고 경계병만 깨어 있을 것이다.

연화는 눈을 뜬 채 위쪽을 응시하면서 잠시 움직이지 않았다. 잠에서 깬 것은 소리를 들어서도 기척을 느꼈기 때문도 아니다. 그냥 깬 것이다. 굳이 말한다면 전장(戰場)에서 느끼는 살기 같은 분위기에 잠을 깬 것이다. 연화의 몸은 무술로 단련되어 있는 것이다. 그때 연화가 천장을 향한 채 낮게 물었다.

"너 누구냐?"

그때 옆쪽 2보 거리의 벽에서 사내의 목소리가 울렸다.

"나는 박영준, 신라 사람도, 그렇다고 백제 사람도 아닌 먼 곳에서 온 사람이다."

"여긴 왜 들어왔느냐?"

"네가 공주라고 하더군. 군사들의 이야기를 들은 거다."

"그래서?"

"궁금하기도 했어."

"궁금증은 풀렸느냐?"

"미인이구나."

"무례한 놈 같으니."

"난 네 백성이 아냐, 그러니 무례한 것은 아니다."

"백제 말은 어디서 배웠느냐?"

"먼 곳, 내 땅에서."

"자, 보았다면 나가라."

"백제 하동성이 기습을 당한다는구나."

연화가 숨을 삼켰고 사내의 목소리가 이어졌다.

"내가 우연히 들었다. 이찬 대감이란 자가 군사를 풀어 백제의 하동성을 기습, 점령하고 이어서 근처의 모악성을 친다는군."

"…"

"하동성 수문장이 성문을 열어주려고 약조를 한 모양이다."

그때 연화가 상반신을 일으켰기 때문에 앞쪽에 앉았는데 사내와 정면으로 마주보는 위치가 되었다. 그 순간 연화가 숨을 들이켰다. 거인(巨人)이다.

9장 전쟁

"네가 거인(巨人)이구나."

연화가 박영준을 응시한 채 말했다. 이제는 연화도 냉정해졌고 눈동자도 흔들리지 않았다. 옷깃을 여민 연화가 앞쪽 2보 거리의 박영준에게 다시 물었다.

"지난번에 네가 오금성 기마대장 하윤구를 도와주었다는 이야기를 들었다, 맞느냐?"

"그것도 우연이었지. 내가 계속해서 백제를 도와주는군."

연화의 얼굴이 어둠 속에서 또렷하게 드러났다. 갸름한 얼굴, 긴 머리는 뒤로 묶어 올렸고 눈초리가 조금 올라간 모습이 상큼하다. 백제의 공주다. 연화가 다시 물었다.

"먼 곳에서 왔다고 했는데 그곳이 어디냐?"

"수만 리 떨어진 곳이야, 여기서는 갈 수 없다."

"그런가?"

눈을 가늘게 뜬 연화의 얼굴에 웃음이 떠올랐다.

238

"네 고향으로 돌아갈 거냐?"

"때가 되면."

"그럼 그때가 될 때까지 이곳에 머물 거냐?"

"이곳이라니?"

"백제 땅."

"두고 봐야지."

"거인, 나하고 같이 왕성(王城)에 가자."

놀란 박영준이 연화를 보았다.

"내가 말이냐?"

"우리 대왕께서 너한테 상을 내리실 것이다."

"아니, 싫다."

"벼슬도 내리실 텐데 싫단 말이냐?"

"내가 언제 돌아갈지 알 수 없는 몸이야."

"그럼 그때까지라도 머물면 되지 않느냐?"

연화가 정색하고 권하자 박영준의 얼굴에 웃음이 떠올랐다.

"네가 내 와이프가 된다면 생각해볼 수도 있지."

"와이프라니? 무슨 말이냐?"

연화가 다시 묻는 바람에 박영준이 길게 숨을 뱉었다.

"아니다, 그냥 해본 말이다."

자리에서 일어선 계백이 머리맡에 놓인 장검을 집어 들었다. 소리 없이 막사를 나왔을 때 분지는 짙은 정적에 덮인 채 풀벌레 소리도 그쳐 있다. 계백의 시선이 어둠 속을 조심스럽게 훑었다. 군사들은 이곳 저곳에 무리지어 잠이 들었고 말떼들도 말굽 소리를 내지 않는다. 드문

드문 서 있는 초병들은 나무둥치 같다.

계백의 시선이 두 번째로 사방을 훑었을 때다. 좌측 끝 쪽에서 어른거리는 그림자를 보았다. 유심히 보지 않으면 잡초가 흔들리는 정도의 움직임이다. 그것도 50, 60보나 떨어져 있는 데다 별도 떠 있지 않은 깊은 밤이다.

음습한 기운이 피부에 닿았고 곧 비린 냄새가 맡아졌다. 그런데 초병들은 눈치채지 못한 것 같다. 계백이 눈을 가늘게 뜨더니 다시 몸을 돌려 막사로 돌아가 활과 화살통을 들고 나왔다. 짐승처럼 날래고 소리 없는 움직임이다. 계백이 시위에 화살을 걸치고는 좌측 끝을 주시했다.

그때 이제는 어른거리는 움직임이 확실하게 드러났다. 검은 그림자가 움직인다. 어둠 속이어서 어둠이 꿈틀거리는 것 같다. 조금 더 짙은 어둠이, 계백은 머리끝이 솟는 느낌을 받았다. 피부에 소름이 돋았다.

저것은 무엇인가? 연등이 말한 괴물인가? 귀신이라면 차라리 낫겠다. 어둠이 흔들리다니, 그것도 소리도 없이. 계백은 활을 들어 시위를 만월처럼 당겼다. 화살촉을 흔들리는 어둠 중심(中心)에 겨누고 눈을 부릅떴다. 거리는 60보, 1백 보 떨어진 새의 머리통을 맞추는 계백이다.

"쌕!"

마침내 화살이 파공음을 내며 날아갔다.

"내, 너 같은 사내는 처음이야."

다시 연화와 박영준, 이제 연화는 말상대를 만난 것처럼 웃음 띤 얼굴로 말을 잇는다.

"나한테 해라를 쓰는 남자도 처음이고."

"나같이 잘생긴 남자도 처음이겠구나."

연화에게 휩쓸린 박영준은 말을 받는다. 박영준도 이런 분위기는 전 (前) 세상에서도 드물었다. 박영준이 말을 이었다.

"나 같은 거인도, 그렇지?"

"그래."

연화가 지그시 박영준을 보았다.

"너 몇 살이야?"

"스물둘, 너는?"

"난 스물하나."

"아직 어리구나."

"어려?"

눈을 치켜뜬 연화가 픽 웃었다.

"내 나이면 애를 셋쯤 낳아야 정상이다."

"그게 무슨 말이냐? 주민증 겨우 받은 나이에…."

말을 그친 박영준이 이 시대의 평균 수명이 40세 정도라는 것을 깨달았다. 조선시대 왕도 등창으로 죽었다는 사실도 떠올랐다. 박영준이 태어난 시대에는 등창이란 병도 없다. 페니실린 한 방이면 다 나았으니까. 갑자기 떨어진 새 세상에서는 지난 일을 잊어야 적응이 쉽다. 그때 연화가 다시 물었다.

"너 혼인은 했어?"

"혼인이라니?"

"물론 그 나이면 아내가 있겠지."

"아내?"

어깨를 부풀렸던 박영준이 쓴웃음을 지었다.

"없다, 결혼 안 했다."

"결혼이라니?"

"혼인한다는 말이다."

"그렇구나, 너도 늦구나."

안쓰러운 표정이 된 연화가 말을 이었다.

"몸집은 아름드리 소나무 같은 놈이 여자도 거느리지 못했다니, 하긴 수만 리 길을 여행 오느라고 아내를 간수할 겨를이 없었겠다."

"너도 남자가 없어?"

"그래."

"내가 네 남자가 돼주랴?"

박영준이 묻자 연화가 눈을 흘겼다.

"우리 둘이 있을 때는 그렇게 말해도 된다. 하지만 누가 들었다가는 우리 대왕께 알려지게 되고, 그때 네 몸에서 머리통이 떼어지게 될 테니까 조심해."

"구멍이 깊습니다."

머리를 든 연등이 계백을 보았다. 지금 연등은 땅바닥에 뚫려있는 구멍들을 훑어보고 있다. 주위에 10여 명의 군사가 둘러서 있었는데 이곳이 바로 어둠 속에서 그림자가 흔들리던 곳이다.

계백이 구멍을 내려다보면서 머리를 끄덕였다. 이제 구멍에서 밖으로 김이 분출되지 않았다. 뚝 끊긴 것이다. 바위에 뚫린 구멍은 주먹이 들어갈 만한 것에서부터 손가락 굵기만 한 것까지 수십 개가 흩어져 있었는데 조금 전까지 그곳에서 검은 연기가 뿜어 나왔던 것이다. 계백이 쏜 화살은 연기를 뚫고 나갔다. 계백이 구멍을 들여다보면서 말했다.

"지진으로 안에서 끓는 불길이 검은 연기로 분출되는 것이다. 낮에는 나오지 않다가 밤에 지열이 식으면 터지는 것 같다. 그것이 사람들에게 귀신으로 보이는 것이겠지."

"나솔께서 귀신을 잡으셨소."

연등이 공치사를 했다.

"저도 검은 연기를 보고 귀신인 줄 알았소."

이로써 자선령의 귀신은 천년 만에 해결되었다.

날이 밝아오고 있다. 공주 연화의 진막 안에서 마주앉아 있던 한 쌍의 남녀는 이야기가 끝이 없다. 연화는 이런 남자를 처음 만났기 때문이고 박영준 또한 연화가 볼수록 신비스럽고 아름다웠기 때문이다. 연화도 당연히 박영준에게 끌리고 있다.

"이런."

박영준이 진막 밖을 내다보는 시늉을 하면서 말했다.

"날이 밝아지고 있구나, 가야겠다."

"어디로?"

"정처 없어."

"나하고 같이 도성에 가자니까, 가서 하동성 이야기도 하고. 수문장놈의 배신까지 대왕께 알려주면 대왕께서…."

"글쎄, 난 거기 싫다니까."

박영준이 엉거주춤 자리에서 일어서자 연화가 눈을 흘겼다. 그 모습이 고혹적이어서 박영준의 심장 박동이 빨라졌다.

"가지 마."

연화가 박영준을 올려다보면서 말했다.

"날 도와줘."

"뭘 도와주란 말이야?"

"난 곧 왜국으로 떠나."

"왜국에?"

"응, 거기 백제방 방주(坊主)가 되는 거야."

자리에서 일어선 연화가 한 걸음 다가와 섰다. 연화는 키가 큰 편이다. 그러나 머리끝이 박영준의 가슴에 닿았다. 연화가 박영준을 올려다보면서 말을 이었다.

"여기서 먼저 신라군과 전쟁을 치르고 나하고 같이 왜국으로 가자."

"가서 뭐하게?"

"백제 땅을 다스리면서 왜국을 평정하는 거야."

"왜국을?"

"응, 거긴 수백 개의 작은 나라로 쪼개져 있어. 황궁이 있는 아스카 근처만 황실의 명이 먹힐 뿐이야."

연화의 두 눈이 반짝였다.

"왜국은 지형이 길게 뻗어져서 아직도 수백 개 영주가 전쟁 중이야. 거기서 우리가…."

박영준이 숨을 들이켰다. 연화가 '우리'라고 한 말을 듣는 순간 이번에는 심장이 내려앉는 느낌이 들었기 때문이다. 그때 박영준이 입을 열었다.

"네가 먼저 도성에 들러서 하동성 이야기를 하고 신라군을 막아."

"그러면 넌?"

"하동성 일이 처리되고 나서 내가 널 찾아가지."

"어디로?"

"도성으로."

"꼭 올 거야?"

연화의 목소리가 떨렸다.

"가지."

"나하고 같이 왜국에 갈 거야?"

다시 연화가 묻자 박영준이 숨부터 들이켰다. 갑자기 왜국은? 이게 무슨 운명인가?

"동성대왕 시절에 백제는 천하를 제패할 수 있었다."

무왕이 지그시 태자를 바라보며 말했다. 깊은 밤, 자시(12시) 무렵이다. 무왕과 태자 의자는 대왕의 침전 옆 대기실에서 둘이 술을 마시는 중이다. 앞에 놓인 술상에는 멧돼지고기와 소금, 그리고 술병뿐으로 이것이 대왕의 술상이다. 무왕이 말을 이었다.

"그런데 왜 대왕이 암살당했는지 아느냐?"

"예, 서둘렀기 때문입니다."

의자가 두 손을 모으고 말을 이었다.

"신하들에게 너무 많은 권한을 주었습니다."

"허."

술잔을 내려놓은 무왕의 얼굴에 웃음이 떠올랐다.

"그건 처음 듣는 소리다. 위사좌평 백가가 권한을 많이 가졌던가?"

"백가에게 아량을 베푼 것이 잘못입니다. 가차 없이 베어 죽였어야 합니다."

"으음!"

외면한 무왕이 신음했다. 위사좌평 백가는 동성왕이 가림성주로 좌천시키자 부하들을 시켜 왕을 암살했던 것이다. 호족 출신의 백가는 제

세력을 바탕으로 출세가도를 달렸는데 동성왕은 제대로 제재를 하지 않았다. 이윽고 무왕이 머리를 끄덕였다.

"새 시대에는 새 정책이 필요한 법, 네 시대에는 나하고 다른 통치 방법을 써야 될 것이다."

"예, 대왕."

"나는 사비 천도 이후로 호족과 향반을 감싸 안았다. 그래서인지 태평성대라고 떠들어대는 반면에 질서가 문란해졌고 세작이 들끓게 되었다."

한 모금 술을 삼킨 무왕이 말을 이었다.

"네 시대에는 강하게 통치해라, 그래야 국기가 잡힌다."

"예, 대왕."

"계백을 네 비장의 무기로 삼아라, 그래서 동성대왕의 전철을 밟지 않도록 해라."

계백의 용도가 바로 이것이다. 두 부자만이 아는 비밀인 것이다.

다음 날 오전, 전날 과음을 한 무왕이 침전에서 나왔을 때는 오시(12시)가 되어 있었다. 그때 위사장 석초가 다가와 보고했다.

"대왕, 공주께서 내궁에 와 계십니다."

"공주가 사냥에서 돌아왔느냐?"

"예, 급히 드릴 말씀이 있다고 합니다."

무왕이 두말하지 않고 내궁으로 발을 떼었다. 내궁은 왕가(王家)의 사적 공간이다. 내궁의 청으로 들어선 무왕이 자리에서 일어서는 연화를 보았다. 연화 옆에는 태자(太子) 의자가 서 있다.

"허, 태자도 와 있느냐?"

자리에 앉으면서 무왕이 연화를 보았다.

"네가 태자도 불렀어?"

"예, 아바마마."

"무슨 일이냐?"

"아바마마, 신라군이 하동성을 기습할 예정이옵니다."

"무엇이?"

눈을 치켜떴던 무왕이 풀썩 웃었다.

"네가 사냥을 나갔다가 누구한테 들었느냐?"

"대왕, 거인을 만났습니다."

"거인?"

이제는 무왕의 얼굴에서 웃음이 지워졌다. 그때 연화가 박영준을 만난 이야기를 털어 놓았다. 뺄 건 빼고 사실을 다 말했을 때 무왕이 굳어진 얼굴로 의자를 보았다.

"거인이 우리를 도운 일도 있다."

"예, 거짓 정보는 아닌 것 같습니다."

"계백이 어디 있느냐?"

무왕이 머리를 돌려 뒤에 선 위사장 석초를 보았다.

"예, 어제 자선령에서 야숙했을 것입니다."

석초가 바로 대답했다.

정처도 없고 기약할 것도 없는 발길이었다. 그런데 덜컥 연화와 기약을 맺어 버렸다. 연화가 졸랐기도 했지만 왜국이란 곳에 끌렸고 거기에다 연화라는 야생마 같은 '공주'에게 더 끌렸기 때문이다. 수백 명의 영주가 전쟁을 벌이고 있다는 왜국 땅, 그곳의 역사는 알 수 없다. 한국인이어서 신라, 고구려, 백제가 어떻게 흥하고 망했는지는 알지만 왜국은 새 세상 아닌가? 오후 신시(4시) 무렵, 박영준은 이제 눈앞의 강을 내려다보면서 산중턱에 앉아 있다. 폭이 1리(500미터)쯤 되는 큰 강줄기가 앞을 가로막고 있는 것이다. 나루터도 없고 당연히 건널 배도 없다. 강가에 민가도 없을 뿐만 아니라 인적도 없다. 한낮인데도 도도한 강물만 흘렀고 바람에 갈대숲만 비 오는 소리를 낼 뿐이다. 이곳이 서기 600년대의 한반도다. 이렇게 인적이 없다니, 황야가 강가로 끝없이 펼쳐졌고 이름도 모르는 큰 새 두 마리가 강을 따라 날아간다. 갑자기 외로움이 밀려 왔으므로 박영준이 혼잣말을 했다.

"그렇구나, 이때는 내가 저 우주의 먼지였어, 그러다가 생명체가 된 거야."

말도 안 되는 소리가 아니다. 수십억 년 전의 미생물과 박테리아가 생명체로 자라나 인류가 되었지 않은가? 그때 어디선가 새 우는 소리가 났다. 무심코 들었던 박영준이 다시 새소리를 듣자 머리를 기울였다. 새소리 같지 않았기 때문이다. 다시 소리가 났다.

"휘이익!"

그 순간 박영준이 숨을 들이켰다. 보라, 강가에서 거대한 뱀이 머리를 쳐들고 있다. 거리가 2백 보쯤 떨어져 있는데도 몸통 두께가 1미터는 되어 보인다. 길이는 20미터 정도, 치켜든 머리 길이가 5, 6미터나 된다. 저것이 뱀인가, 아니면 공룡인가? 피부는 나무껍질처럼 거친 회색이었고 머리통이 드럼통만 했다. 두 눈이 붉었고 번쩍였는데 입을 벌릴 때마다 흰 이빨이 드러나면서 강한 바람 소리가 나는 것이다. 그렇다, 바람이 빠져 나가는 소리다. 박영준이 활을 손에 쥐었지만 화살은 재지 않았다. 거리가 떨어져 있는 데다 화살 몇 대로 치명상을 입을 것 같지

248

가 않았기 때문이다. 그때 거대한 뱀이 머리를 돌리더니 강으로 들어가기 시작했다. 그러더니 몸을 비틀면서 빠르게 강을 건너가고 있다.

"그렇군, 이 시대에는 저런 괴수도 사는군."

감동한 박영준이 혼잣소리를 했다. 강가에 민가 한 채, 사람 하나 보이지 않는 이유도 바로 저 괴수 때문일 것이다.

"저 괴수의 이름이 뭐지?"

머리를 기울인 박영준이 괴수의 이름을 생각했지만 한 번도 본 적도 들은 적도 없는 괴수다. 만화책에서도 못 보았다. 이윽고 자리에서 일어선 박영준이 강 건너기를 포기하고 산을 되돌아 넘기 시작했다.

"수문장! 기마군이오!"

성루 위에서 군사들이 소리치는 바람에 수문장 계덕 안규가 눈을 치켜떴다. 오후 유시(6시) 무렵, 성문은 아직 닫지 않았다.

"무슨 기마군?"

버럭 소리친 안규가 성루의 계단을 허겁지겁 올라 성벽에 서자 곧 달려오는 기마군이 보였다. 1백여 기, 동쪽에서 달려오는 터라 백제군이다. 이곳 하동성은 국경에서 1백 리(50킬로)쯤 떨어져 있는 데다 신라군이 오려면 성(城) 3개, 초소 12개를 지나야 한다. 더구나 지금은 세상이 환한 유시 무렵이다. 안규가 손을 눈썹 밑에 붙여놓고 기마군을 유심히 보았다. 거리가 2리(1킬로)에서 1리(500미터)로 가까워졌을 때 곧 기수의 깃발이 드러났다.

"어, 도성의 별동대로군."

옆쪽 눈 밝은 군사가 먼저 소리쳤다.

"깃발에 장검 2개가 엇갈려 그려졌소, 이번에 만들었다는 별동대요!"

안규도 그때 보았다. 맞다. 대륙의 담로에서 건너 온 나솔 계백에게 기마군대장을 맡겼다고 들었다. 기마군 이름이 별동대다. 기마군 3만을 배정했다고 들었는데 지금 달려오는 기마대는 1백여 기, 첨병인가? 깃발은 분명히 별동대다. 새로운 부대가 편성되면 착오가 없도록 먼저 각 부대의 깃발을 보내주기 때문이다. 그때 기마대 선두 2기가 먼저 성문으로 달려오면서 소리쳤다.

"우리는 도성의 기마군 별동대다! 별동대장 나솔 계백이 뒤에 오신다!"

"뭣이?"

놀란 안규가 눈을 크게 떴지만 이미 기마군 2기는 성문 안으로 뛰어들었다. 나솔 계백이 직접 이곳으로 오다니, 안규의 얼굴이 굳어졌다.

해시(10시) 무렵, 이찬 김명보가 중군(中軍)을 따라 대평원을 건너가고 있다. 이곳은 백제령의 천마산 아래쪽 들판, 신라 기마군 5천5백이 진군하고 있다. 그러나 말 입에 재갈을 물렸고 말굽에는 짚을 감은 데다 소리 없이 걸려 땅도 울리지 않는다. 잘 훈련된 기마군이다.

"대감, 하동성까지는 15리(7.5킬로) 남았소."

옆을 따르던 서부군 부사령 파진찬 영석이 낮게 보고했다.

"자시(12시) 무렵에는 하동성 동문에 닿게 될 것이오."

"성을 점령하고 나서 바로 모악성으로 간다."

김명보가 어둠 속에서 번들거리는 눈으로 영석을 보았다.

"내일 아침 해가 뜰 때까지 기다리라고 했지만 작전을 바꾼다, 바로 내달려 모악성을 치도록."

"예."

영석이 머리를 끄덕였다.

"대감은 하동성에 계시지요, 소장이 모악성을 맡겠습니다."

"아니야, 난 대진성으로 내려갈 거다."

"대진성으로 말씀이오?"

놀란 영석이 말을 바짝 붙였다. 본래의 계획은 하동성을 점령하고 나서 내일 아침에 해가 떴을 때 모악성을 치기로 했던 것이다. 그러고 나서 대진성이다. 그때 김명보가 어둠 속에서 짧게 웃었다.

"작전은 아군도 모르게 세우라고 했다. 우리 작전은 이미 군사들에게 다 알려졌을 터, 그것을 백제군이 모른다고 누가 장담하겠느냐?"

"과연, 그렇습니다."

김명보는 수시로 작전을 바꿨는데 그래서 지금까지의 전쟁에서 큰 패배를 당한 적이 없다. 단점이 있다면 매사에 너무 신중해서 결단의 시기를 가끔 놓친다는 것뿐이다. 그래서 진평왕이 김명보를 신라군에서 가장 중요한 서부군 사령관직을 맡긴 것이다. 기마군은 바람이 부는 황야를 소리 없이 전진하고 있다. 바람 소리만 들릴 뿐 말굽 소리는 들리지 않는다.

"옳지, 열렸다!"

앞장선 첨병장 전환이 낮게 소리치더니 말에 박차를 넣었다. 동문까지의 거리는 3백여 보, 전환이 이끄는 기마군 5백 기는 이제나저제나 하면서 동문이 열리기를 기다리고 있었던 것이다.

낮은 언덕 뒤쪽 숲에 숨어서 기다리던 기마군이 일제히 전환의 뒤를 따랐다. 깊은 밤 사위가 고요했지만 말발굽 소리가 갑자기 지진처럼 울려 퍼졌다. 말굽에 짚을 감았어도 네 굽을 모으고 내달리는 터라 땅이 울릴 수밖에 없는 것이다.

언덕 뒤 숲에서 동문까지는 3백여 보, 숨 몇 번쯤 내쉬고 나면 빠른 말은 닿는다. 그러나 잘 훈련된 신라군은 함성도, 기합도 뱉지 않았다. 오직 장검과 창을 고쳐 쥐고 질풍처럼 내달릴 뿐이다. 이윽고 순식간에 한 덩이가 된 신라군 5백 기가 성문 앞에 닿았고 넓게 열린 성문 안으로 쏟아지듯 들어갔다.

그 뒤를 선봉군 1천 기가 노도처럼 따른다. 거리는 5백여 보, 그 선봉군과 5백 보 거리를 두고 중군 3천 기가 따른다. 실로 정연한 대오다. 첨병대가 순식간에 어둠 속의 성문 안으로 빨려 들어간 것을 본 선봉대장 5품 대아찬 노중환이 눈을 치켜뜨고 말했다.

"성문은 신라군이 장악했다!"

쏟아져 들어간 전환은 곧장 앞으로 내달렸다. 가능한 한 빨리 더 안쪽을 장악해야 한다.

"따르라!"

전환이 이제는 목청껏 소리쳤다.

"더 깊이 들어가라!"

어둠 속에서 장검을 휘두르며 소리친 전환의 몸은 흥분으로 뜨거워졌다. 내가 1번 공을 세웠다. 적진에 제일 먼저 뛰어든 것이다. 5백 기마군은 거침없이 앞으로 뻗은 성안 거리를 질주했다.

"야얏!"

함성을 내지르는 군사도 있다. 전환은 성안으로 3백 보쯤 더 달려 들어가고 나서야 왠지 찜찜해졌다. 성안에 전혀 인기척이 없다는 사실을 깨달은 것이다. 지금이 자시(12시)가 지났다고 해도 그렇다. 순시병 하나 보이지 않는다. 그러는 사이에도 말은 내달렸다. 그래서 4백여 보를 더 들어왔을 때 전환이 버럭 소리쳤다.

"정지!"

그때 뒤쪽에서 성안으로 들어서는 선봉군의 소음이 들렸다. 선봉군은 첨병대가 이미 들어섰으므로 거침없이 함성을 지르고 있다.

"우왓!"

전환이 말을 갑자기 세우는 바람에 뒤를 따르던 첨병대가 서둘러 말을 멈췄으나 제대로 서지 않았다. 그래서 5백 기마군이 어지럽게 엉켜졌다. 그 순간이다. 전환의 옆에 있던 기마 군사가 머리를 번쩍 들더니 말에서 떨어졌다. 다음 순간 전환은 어깨에 박힌 화살을 보았다. 그때서야 통증이 몰려왔다.

"으악!"

옆쪽에서 비명이 울렸다.

"이런!"

전환이 눈을 부릅떴지만 날아온 화살이 이마를 꿰뚫었고 말에서 떨어지기도 전에 절명했다. 그래서 첨병대의 아수라장은 보지 않아도 되었다.

"성문을 닫아라!"

계백이 소리치자 성문 뒤에 숨어 있던 백제군이 일제히 성문을 안쪽에서 닫았다.

"쏘아라!"

앞에 선 하동성주 백상이 고래고래 고함을 질렀다. 지붕 위, 성벽 위,

하다못해 나무 위에까지 몸을 숨기고 있던 백제군 궁수들이 일제히 쏘고 또 쏜다. 거리가 30보도 안 되는 터라 눈 감고 쏘아도 맞힌다.

백제군 궁수는 1천여 명, 화살 3대씩을 쏘았을 때 이미 신라군 선봉대를 포함한 1천5백 기마군은 8할이 화살에 맞고 떨어졌다.

"쏴라!"

백상이 다시 소리쳤다. 이미 승부가 난 것이다. 계백은 활에 살을 겨누고는 눈을 가늘게 뜨고 아직도 남아 있는 신라군 잔당을 주시했다. 뒤로 돌아가 성문으로 나가려던 신라군은 이미 대부분이 화살받이가 되었고 좌우의 샛길로 들어가려던 기마군은 기다리고 있던 백제군 보군에 걸려 사냥감이 되었다.

그러나 아직 몇 무리가 남아서 이쪽저쪽으로 내달리고 있다. 이윽고 계백의 눈빛이 번들거렸다. 찾아낸 것이다. 다음 순간 활시위를 보름달처럼 당긴 계백이 화살 끝을 놓았다.

"성문이 닫혔습니다!"

달려온 중군사령 장수가 소리친 순간 이찬 김명보가 탄식했다.

"함정에 빠졌다."

"전군을 정지시키지요."

부사령인 파진찬 영석이 조심스럽게 말하자 김명보가 신음처럼 대답했다.

"뒤로 물려라! 후퇴다!"

"호각을 불어라! 후퇴다!"

영석의 목소리가 어둠 속을 울렸다. 중군이 멈추면서 뒤쪽 기마군과 부딪치는 혼란이 일어났고 영문을 모르는 치중대가 계속 다가오다가

254

부딪치는 사고가 생겼다. 그때다.

"우와앗!"

옆쪽에서 함성이 일어났다. 좌측의 언덕이다. 다음 순간 화살이 빗발처럼 쏟아지면서 말떼가 날뛰었고 진용이 허물어졌다.

"후퇴! 전속력!"

이제 김명보가 소리쳤다.

"중군을 중심으로 전속력 후퇴다!"

이것은 중군(中軍)만 독자적으로 도망친다는 말이나 같다.

다음 날 오전 진시(8시) 무렵, 전투가 끝났다. 이것은 전쟁이 아니다. 기습하려던 신라군이 역습을 받아 궤멸된 전투다. 허무한 전투가 되겠다. 전투가 끝나면 양군(兩軍)이 꼭 치르는 행사가 있다. 사상자 점검과 전리품 회수다. 물론 조건은 승자의 몫으로 승리한 측 군사가 전장(戰場)을 정리하면서 전리품을 회수하는 것이다.

"군마 2,200필에 무기 3,800여 점, 무구는 마차 57량 분을 회수했습니다."

하동성 도사 위창이 계백과 성주 백상을 번갈아보면서 보고했다.

"신라군 전사자 2,720명을 확인했으며 950명은 포로로 잡았습니다. 합계 3,670명이오."

"신라군이 5,500이었으니 겨우 2천 정도가 도망친 셈이오."

성주 백상이 웃음 띤 얼굴로 계백을 보았다. 백상은 40대 초반으로 5품 한솔이니 계백보다 1품 위였지만 이번 전투의 주장(主將)은 대왕의 명에 의해 나솔 계백이 맡았다. 그리고 계백은 정확하고 요령 있는 전략으로 신라군을 대파한 것이다.

255

백제군은 보군과 기마군 3천2백으로 신라 기마군 5,500을 궤멸시킨 것이다. 신라군 주력을 좌우에서 협공하는 전략을 세운 것도 계백이다. 그때 계백이 말했다.

"거인이 미리 알려주지 않았다면 하동성은 지금쯤 신라군의 수중에 들어가 있었을 겁니다."

맞는 말이었으므로 백상은 입을 다물었다.

"너희들은 누구냐?"

먼저 물은 것은 박영준이다. 이곳은 이름도 알 수 없는 산속의 골짜기, 바위투성이의 골짜기 사이로 맑은 개울물이 흘렀고 개울가에는 바위틈이 많았기 때문에 박영준이 어젯밤을 여기서 보냈다.

그런데 아침에 개울가로 나왔더니 사내 셋이 둘러 앉아 있다가 놀라 엉거주춤 일어난 것이다. 사내들의 행색은 후줄근했지만 모두 백제군 군복 차림이다. 두 명은 장검을 찼고 하나는 자루가 절반 정도 부러진 창을 쥐고 있다. 패잔병이거나 도망병 같다. 그때 군사 중 하나가 되물었다.

"그대가 거인이시오?"

대뜸 그럴 만하다. 박영준의 키가 셋보다 머리통 2개만큼 컸으니까 얼른 봐도 거인인 것이다. 삼국 시대의 인간들이 키가 작았다는 것은 기록에 없었지만 그럴 만도 하다.

"거인 소문을 들었느냐?"

이번에는 박영준이 되물었더니 셋이 서로의 얼굴을 마주보았다. 그러고 보니 셋의 발밑에는 대나무로 만든 바구니가 놓였고 항아리도 있다. 대나무 광주리 위에는 물고기가 담겨 있다. 식사 준비를 하려는 것 같다. 그때 사내 하나가 대답했다.

"이곳 산속에서도 거인 소문이 났소. 키가 7척이라고 하더니 과연 그렇구려."

"글쎄, 너희들은 뭐하는 놈들이냐?"

"여기 산에서 삽니다."

다른 사내가 대답했다. 모두 수염을 길렀고 키는 작지만 다부진 체격이다. 30대 중반쯤 되었을까? 사내 하나가 말을 이었다.

"우리는 저기 위쪽 사당을 지키는 '사당군'이오."

"사당군? 처음 듣는다."

박영준이 눈을 가늘게 뜨고 웃었다.

"무슨 사당이냐?"

"용신을 지키는 사당이오."

"용신이라면?"

박영준의 눈앞에 강가에서 본 거대한 뱀이 떠올랐다. 그것이 용신인가?

"큰 뱀을 말하는 것이냐?"

"뱀이라니, 무슨 말씀을?"

셋의 얼굴색이 변했고 곧 사내 하나가 목소리를 높였다.

"용신은 몸은 길고 흉하지만 영물이시오. 우리는 용신에게 점심 공양을 맡은 사당군이오."

"내가 그 용인지 거대한 뱀인지를 강가에서 본 것 같다. 이런 생김새 아니었느냐?"

다가간 박영준이 설명하자 셋이 서로를 보더니 머리를 끄덕였다.

"용신이 강에 가서 노시는 걸 보셨군."

"다행이오, 눈에 띄지 않아서. 눈에 띄었다면 바로 잡아 먹혔을 텐데."

사내 하나가 말했다.

"당신이 거인이라고 해도 말이오."

"그 뱀이 사람을 잡아먹나?"

"식사는 우리가 바치는 걸 드시지만 노중에 본 인간은 잡아먹소. 그러니 길에서 용신의 눈에 띄지 않는 것이 상책이오."

"이놈의 세상에는 별게 다 있군, 그것이 영물이라고?"

박영준이 쓴웃음을 지었다.

"몸체만 크면 다 영물이냐? 큰 뱀이지."

"용신은 말씀도 하시고 앞일을 내다보시오."

사내 하나가 말을 이었다.

"용신께서는 지금 3천 살이 넘으셨소."

"말씀을 해? 하긴 '휘리릭' 하시더군."

"아니오, 사람 말을 하시오."

사내가 정색하고 말했다.

사당은 지붕과 기둥만 세워진 기괴한 건물이다. 땅바닥에 아름드리 소나무 기둥을 좌우로 6개씩 박고 앞뒤는 탁 트이도록 만들었는데 기둥 높이가 30척(9미터) 정도였다. 땅바닥에는 마른풀을 깔았을 뿐이다.

"저것이 용신의 사당이오."

사당군 하나가 사당을 가리키며 말했다.

"우리는 저쪽에서 살지요."

사당 위쪽으로 작은 오두막이 보였다. 단칸방에 부엌이 하나뿐인 초가 오두막이다. 호기심이 발동한 박영준은 '용신'이 오기를 기다리기로

258

했다. 그 거대한 괴수가 용신이었던 것이다. 그런데 그 용신이 말을 하고 앞일을 내다보다니, 이것은 삼국 시대 어떤 기록에도 없었던 이야기다. 그런 영물이 있다면 백제 조정에서는 왜 이용하지 않았단 말인가? 사당만 세워주고 사당군만 보내 공양을 하도록 하다니, 사당군 셋은 박영준을 손님으로 모셨다. 어제 잡았다는 물고기를 굽고 나물 반찬으로 조밥을 가져왔고 말린 토끼고기까지 익혀 내놓았다. 감동한 박영준이 셋을 둘러보며 물었다.

"사당군이라면 소속이 있을 것 아닌가? 어느 성(城) 소속인가?"

"우리는 아래쪽 유진촌에서 순번을 정해서 석 달씩 사당군 역할을 하오."

앞쪽에 쪼그리고 앉아 조밥을 같이 먹던 사내 하나가 대답했다.

"관인(官人)은 아니오."

"그렇구나, 하지만 관(官)에서는 용신을 알 것 아닌가?"

"알지요."

다른 사당군이 씹던 것을 삼키고 나서 대답했다.

"하지만 용신께서 왕조(王朝)와 관계를 맺지 않으시려고 합니다, 그래서 왕가(王家)는 모른 척하고 있는 것이오."

"그렇군, 그런데 왜 그런가?"

"왕조가 흥하고 망하는 것은 하늘의 뜻이라고 하셨소, 그러니 내버려둬야 한다는 것이오."

"하긴 앞날을 내다본다니 다 아시겠군."

"용신께선 관(官)의 어떤 공물도 받지 않으시오."

다른 사내가 말했다.

"다만 인근 백성들의 공물을 가끔 받거나 천재지변을 미리 말씀해주실 뿐이오.”

“그런데 그런 영험을 주신다면 사람들이 들끓을 것 아닌가? 그런데
왜 이렇게 한산해?”

“다 들어주시기 않기 때문이오.”

사당군 하나가 말했고 다른 사내가 거들었다.

“욕심을 부리거나 비위가 틀리는 청원자는 해를 입소, 그러니 당연
한 일이지요.”

박영준이 머리를 끄덕였다. 백제 땅에 ‘용신’이라 불린 ‘영물’ 괴수가
살았다는 이야기는 전설로 전해 오지도 않았다. 그 이유를 조금은 알
것 같았기 때문이다. 곧 백제가 멸망하면 백제 ‘용신’ 이야기는 묻힐 것
이리라.

“거인(巨人)의 행적을 찾았느냐?”

무왕이 묻자 태자(太子) 의자가 두 손을 모으고 대답했다.

“아직 찾지 못했습니다.”

오시(12시) 무렵, 내궁의 청 안에는 무왕과 의자, 그리고 곧 백제 땅
으로 떠날 연화까지 셋이 둘러앉았다. 무왕의 시선이 연화에게로 옮
겨졌다.

“거인이 너한테 기별을 한다고 했느냐?”

“예, 대왕.”

연화의 눈 밑이 조금 붉어졌다.

“그러나 언제인지는 밝히지 않았습니다.”

“그가 영물인가?”

혼잣소리처럼 말한 무왕이 다시 의자에게 물었다.

"신라의 김명보 소식은 들었느냐?"

"형단성에 박혀 있다고 합니다."

형단성이 함안주 주성(州城)이며 서부군 총사령부가 위치한 곳이다. 김명보는 기마군 5천5백으로 하동성을 기습하려다가 역습을 받아 패퇴해서 돌아간 것이다.

"이번 승전의 1등 공(功)은 거인(巨人)이다."

무왕이 말을 이었다.

"2등 공은 계백이다. 계백이 작전을 잘 만들었다."

"예, 계백은 신라군 선봉대장 대아찬 노중환도 쏘아 죽였습니다. 노중환의 가슴에 박힌 화살이 계백의 철시였습니다."

의자가 말하자 무왕이 머리를 끄덕였다.

"김진평이 잠을 자지 못하겠다."

김진평이란 신라 진평왕을 말한다. 무왕이 의자에게 말했다.

"각 성에 전령을 보내 거인을 찾아라, 찾아서 정중하게 모셔오도록 해라. 거인은 계백의 은인이다."

"휘리릭!"

소리가 귀를 울렸을 때는 미시(오후 2시) 무렵, 박영준이 움막에 혼자 앉아 있을 때였다. 사당 군사 하나가 뛰어 들어오면서 소리쳤다.

"용신이 오셨소!"

자리에서 일어선 박영준이 서둘러 움막 마당으로 나간 순간 숨을 들이켰다. 거대한 괴수가 움막 앞마당까지 들어와 있었기 때문이다. 바로 강가에서 본 괴수다. 10보쯤 앞에 있는 터라 괴수는 집채만 했고 위압감에 숨이 막힐 지경이다. 사당군 셋은 움막 마당 구석에 모여 서 있었

261

는데 박영준과 괴수만 주시하고 있다. 괴수의 머리는 드럼통만 했고 축구공 크기의 눈은 붉다. 그때 용신의 입이 조금 벌어졌다.

"네가 거인이구나."

용신의 입에서 터져 나온 말이다. 그런데 여자 목소리, 방울이 굴러가는 것처럼 아름다운 목소리다. 그러자 갑자기 온몸에 소름이 돋아난 박영준이 괴수를 보았다.

"그대가 용신인가?"

박영준이 되묻자 괴수의 목에서 짧은 웃음소리가 났다.

"호호호, 넌 대담한 사내구나."

목소리만 들으면 아름다운 여인이다. 숨을 들이켠 박영준이 괴수를 보았다. 괴수가 머리를 들더니 박영준의 앞으로 쑥 다가왔다. 보라, 이제는 괴수의 머리가 박영준과 1미터 거리로 좁혀졌다. 괴수의 입에는 긴 혀가 날름거리고 있었는데 길이가 2미터는 된다. 폭이 20센티 가량의 붉은 혀끝은 뾰족했고 수시로 날름거린다. 그때 괴수가 말을 이었다.

"여긴 불편하구나, 내 사당으로 가자."

그러더니 박영준 앞에 머리를 낮췄다.

"자, 내 머리 위에 앉아라. 넌 내가 머리에 태우는 첫 인간이 될 것이다."

머리 위에 두 다리를 양쪽에 늘어뜨리고 앉았더니 용신은 순식간에 아래쪽 사당으로 움직였다. 몸을 꿈틀거려 뱀처럼 나갔는데도 소리가 나지 않는다. 사당 안에 들어갔을 때 박영준이 머리에서 내려 앞쪽 기둥에 등을 붙이고 앉았다. 그때 용신이 말했다.

"여긴 사당군이 접근하지 못하는 곳이야, 우리 둘만 있는 곳이지."

용신의 목소리가 나긋나긋해졌다. 눈을 감으면 아름다운 여인이 앞에 있는 것 같은 착각이 들 정도다. 용신이 말을 이었다.

"1백 년 전에도 여기 인간들이 거인이라고 불렀던 인간이 이 세상에 떨어진 것을 들었나? 귀곡성에서 말이야."

"들었소."

이제는 박영준이 고분고분 대답했다. 상대는 3천 세가 넘었다는 영물인 것이다.

"귀곡성에 찾아갔더니 그가 돌로 남긴 흔적 하나만 보았소, 그리고 옷가지하고…."

"내가 그를 만났어."

용신이 번들거리는 눈으로 박영준을 보았다.

"예엣! 그를 만났다고요?"

"그래, 그도 날 찾아왔더군."

"누, 누구였습니까?"

"전쟁 중에 이곳에 떨어진 군인이었네."

"전쟁 중에…."

"남북한 전쟁, 알고 있는가?"

"6·25 말입니까?"

"어쨌든, 후세에는 이 땅이 남북으로 나뉜 것 같더군."

"그, 그래서요?"

"전쟁 중에 폭탄을 맞았을 때 시간대가 흔들렸던 모양이야."

"…."

"그래서 이곳 귀곡성에서 새 세상을 살다가 사라졌어."

"어떻게 말입니까?"

"그것은 나도 알 수 없지."

"저는 어떻게 될까요?"

"한번 떨어진 사람은 다시 떠나게 돼."

"언제 말입니까?"

"그것도 알 수 없어."

용신의 목소리에 웃음이 띠어졌다.

"하지만 그대는 앞으로 새 세상을 세울 것 같네, 짧은 기간이지만 말이야."

밤, 술시(8시)가 넘어서 주위는 깊은 정적에 덮였다. 사당군 움막의 불빛도 꺼졌고 사당 안에도 잠깐 정적이 덮였다. 지금까지 용신은 박영준에게 신라와 백제, 고구려 이야기를 해주었다. 3국이 성립하기 전의 이야기도 해 주었는데 박영준은 처음 듣는 이야기였다. 박영준이 배운 역사와 전혀 다른 내용이 많았기 때문이다. 박영준이 되물으면 용신은 웃음 띤 목소리로 대답했다.

"역사는 승자의 기록이야, 이긴 자가 제 입맛에 맞게 기록한다네."

잠깐 벌레 소리를 듣던 용신이 입을 열었다.

"난 경선이라고 해."

"예?"

"내 이름이야."

"경, 경선이라니요?"

그때 용신이 짧게 웃었다.

"내 비밀을 말해주지."

"말씀하시죠."

"지금 어떤 상상을 하나?"

"예, 그것이…."

"…."

"내가 공주로 변하는 상상을 했지?"

어둠 속에서 박영준의 얼굴이 붉어졌다. 그때 용신이 웃음 띤 목소리로 말했다.

"바로 그래. 그럴 수가 있어."

숨을 들이켠 박영준에게 용신이 말을 이었다.

"난 그대하고 만날 인연이 있어. 그래서 3천 년을 기다렸던 거야."

깊은 밤, 사당에 다시 정적이 덮였다. 아직 영문을 알 수 없지만 박영준은 신비한 분위기에 젖어가는 자신을 느끼고 있다. 바로 눈앞, 거대한 바위처럼 또아리를 틀고 있는 용신, 경선. 드럼통만 한 머리가 1미터쯤 솟아났고 축구공만 한 붉은 눈은 야광처럼 선명하게 드러나 있다. 그러나 이제 두려움은 가셨다. 오히려 따뜻하고 포근한 느낌이 전해진다. 그때 경선의 목소리가 사당 안에 다시 울렸다.

"나는 다른 세상에서 왔어."

"그렇습니까?"

"이곳 지구가 아냐."

"과연, 난 지금부터 1,400년 후에서 왔지만 당신과 같은 생명이 있었다는 기록을 보지 못했습니다."

"그럴 거야."

경선의 목소리에 웃음기가 띠어졌다.

"내가 이곳에 모습을 드러낸 건 2백 년도 안 되니까."

"당신의 세상도 멉니까?"

"시간을 말하면 같은 시간대겠지. 그러나 공간은 까마득해, 공간이 겹치는 순간 내가 이곳으로 떨어졌다는 것만 알 뿐…."

"…"

"아마 거리상으로는 수십조 광년, 그 이상일 수도 있지."

"…"

"난 내 세상으로 돌아가는 건 포기했어."

"…"

"이젠 내가 모습을 감출 때가 되었어."

그러나 말 내용과는 다르게 경선의 분위기는 밝고 따뜻했다.

"네가 오기를 기다렸던 거야."

"미래를 알 수 있습니까?"

"오늘 밤이 지나면 안 돼."

"왜 그렇습니까?"

"난 인간으로 살아갈 테니까."

"어떻게 말입니까?"

"인간이 되는 것이지."

"…"

"인간의 아이를 잉태하고 어머니가 되는 거야. 그 아이가 대를 이어 살아가겠지, 박영준과 경선의 아이가."

박영준은 경선이 자신의 이름을 부르는 것에 놀라지 않았다. 세상에는 놀라운 일이 많은 것이다. 우주의 공간이 겹쳐서 만들어진 이 상황은 인간이 꿈도 꾸지 못했던 기적을 연출해 낼 수 있지 않겠는가? 그때 경선이 부드럽게 물었다.

"박영준, 나와의 인연을 받아들이겠어?"

"받지요."

"그럼 내가 변신하기 전에 그대에게 하나만 조언할게."

"듣겠습니다."

"오늘 밤이 지나면 사비도성에 연락해서 연화 공주를 만나."

"…."

"같이 왜국의 백제방으로 떠나도록 해."

"그것이 내 운명입니까?"

"파란만장할 테지만 그것이 왜국의 역사가 될 거야."

"내가 언제 내가 떠나온 곳으로 돌아갑니까?"

"순간이야."

다시 경선의 목소리에 웃음이 띠어졌다.

"지나고 나면 찰나야."

"하지만 미물은 한순간이 일 년 같습니다."

"기다려."

경선이 부드럽게 말했다.

"희망을 품고, 희망이 생의 근원이야."

그러더니 경선이 말했다.

"그러면 꼭 이룬다."

"알겠습니다, 희망을 품고 기다리지요."

"자, 눈을 감아."

심호흡을 한 박영준이 눈을 감았다.

"눈을 떠."

잠시 후에 경선의 목소리가 울렸고 박영준이 눈을 떴다. 그 순간 박영준이 숨을 들이켰다. 눈앞에 여자가 서 있는 것이다. 인간 여자, 긴 머리는 뒤로 묶었고 베옷이지만 치마저고리는 깔끔했다. 그리고 보라, 이 미모를. 갸름한 얼굴, 상큼한 눈, 곧은 콧날에 미소를 머금고 있는 붉은 입술, 경선이다. 경선이 변신했다. 자리에서 일어선 박영준이 여자에게 한 걸음 다가가 섰다.

"당신이 경선이오?"

"그래."

경선이 눈웃음을 쳤다.

"인간의 나이로 20세, 머릿속은 보통의 지식밖에 들어 있지 않아."

"당신의 근본은 잊지 않고 있군요."

"오직 그것뿐, 이제 인간으로 살아갈 거야."

"능력을 잃었으니 고생할 텐데."

"내가 선택한 길이야."

그때 경선이 한 걸음 다가서더니 박영준의 손을 잡았다. 손가락이 부드럽고 따뜻했다. 경선의 숨결이 바로 턱밑에 닿았고 향기로운 냄새가 맡아졌다. 저도 모르게 경선의 손을 마주 쥐었던 박영준이 허리를 당겨 안았다. 그 순간 경선이 박영준의 가슴에 안겼다.

신음이 사당을 울린다. 여자의 가쁜 숨소리에 섞인 신음이다. 쾌락의 신음, 여자가 기쁨을 터뜨리는 신음이다. 짚더미 위에서 엉킨 한 쌍의 알몸이 지칠 줄 모르고 꿈틀거리면서 신음과 탄성을 뱉어낸다. 말은 필요 없다. 엉키고, 부딪치고, 입술로 만지면서 두 알몸이 사당 안을 뒹굴고 있다. 이윽고 여자가 또 터졌다. 함께 터진 남자의 굵은 신음, 쾌락과 생명의 밤이 깊어가고 있다.

다음 날 박영준은 사당군이 깨우는 바람에 잠에서 깨어났다.

"거인, 일어나시오."

눈을 뜬 박영준에게 사당군이 말했다.

"해가 떴습니다."

박영준은 짚더미 속에 묻혀 있는 자신의 알몸을 느끼고는 주위를 둘러보았다. 그때 사당군이 말했다.

"용신께서는 떠나셨습니다."

박영준의 시선을 받은 사당군이 말을 이었다.

"사당 안에서 잔 인간은 나리가 처음이시오."

"그런가?"

겨우 대답한 박영준이 사당군에게 말했다.

"용신께서 언제 떠나셨나?"

"그건 모르지요, 나리께서 혼자 주무시고 계셨으니까."

박영준이 심호흡을 했다. 경선은 사라졌다. 이제 이 사당도 헐리리라.

"거인이 백암성에 들어왔습니다."

전령의 보고를 받은 태자(太子) 의자가 무왕에게 아뢰었을 때는 다음날 신시(4시) 무렵이다. 도성의 정청에서 백관이 도열해 있는 자리였다.

"어, 백암성에?"

반가운 듯 무왕의 목소리가 높아졌다. 백암성은 백제 동방(東方) 소속으로 도성에서 2백 리 거리다. 기마로 한나절이면 닿는다. 의자가 말을 이었다.

"예, 거인이 성주에게 직접 찾아갔다고 합니다. 지금 성주가 거인을 접대하고 있습니다.”

“네가 가 보아라.”

무왕이 의자에게 지시했다.

“가서 5품 한솔 관직을 주고 내가 내린 검을 건네주어라.”

“예, 대왕.”

“그리고….”

말을 멈추었던 무왕이 의자에게 지시했다.

“거인에게 왜국 백제방 감찰관 직함도 주어라, 방주를 보좌하는 역할이다.”

백관들이 술렁거렸지만 입을 여는 사람은 없다. 백제방으로 떠나보낼 줄은 의외였기 때문일 것이다. 더구나 거인이 그것을 받아들일지도 그들로서는 궁금할 것이었다.

“같이 가자.”

태자 의자가 말했을 때 연화는 숨부터 들이켰다. 거인이 백암성에 나타났다는 소문이 벌써 내성(內城)까지 들어와 있는 것이다. 내성의 내궁까지 찾아온 의자가 말을 이었다.

“대왕께서 널 데리고 가서 거인을 만나라고 하셨다.”

“그럼 가야지요.”

외면한 연화가 일어섰을 때 의자의 얼굴에 웃음이 떠올랐다.

“거인에게 백제방의 감찰관 직임을 내리셨다, 네 수족으로 임명하신 것이야.”

연화는 대답하지 않고 몸을 돌렸다. 그러나 눈 밑이 붉어져 있다.

전령이 만 하루에 450리를 달려 형단성의 김명보에게 보고했다. 사비도성의 세작이 보낸 정보가 김명보에게 만 하루 만에 전해진 것이다. 그것도 내성(內城), 내궁(內宮)의 일이었으니 신라 세작이 얼마나 많이, 얼마나 깊숙이 침투했는지 그 증거가 될 것이다.

"거인에게 5품 한솔 직위를 주었단 말이냐?"

되물은 김명보의 눈빛이 강해졌다.

"그리고 백제방의 감찰관이란 말이지?"

"예, 대감."

말을 네 번 갈아타고 달려온 전령이 기를 쓰고 대답했다.

"나솔 계백도 1급품 승진해서 5품 한솔이 되었습니다."

김명보가 어금니를 물었다. 마치 제 몸의 살을 베어간 공(功)으로 논공행상을 하는 것이나 같은 것이다. 아직 진평왕으로부터는 이번 전쟁의 패배에 대한 언급이 없다. 그러나 요즘 김명보는 좌불안석이다. 청안은 조용하다. 둘러선 무장(武將), 관리들도 김명보의 분위기를 아는 터라 숨을 죽이고 있다. 이윽고 김명보가 입을 열었다.

"태자 의자가 무왕의 명으로 거인을 만나러 백암성으로 간단 말이지?"

"예, 대감. 공주 연화하고 같이 갑니다."

"좋다."

머리를 든 김명보가 흐려진 눈으로 좌우를 둘러보았다.

"여기서 백제 백암성까지는 220리, 사비도성에서의 거리와 비슷하다."

청 안에 숨소리도 나지 않는다. 또 기습이다.

사비도성에서 서북쪽으로 120리 지점, 이곳에서 금강이 두 갈래로 갈라지면서 주위 산세가 험해진다. 오후 미시(2시) 무렵, 일대의 기마군이 풍우처럼 달려오더니 강이 갈라진 지점에서 멈춰 섰다. 기마군은 백제 경기병대, 날렵한 차림으로 제각기 장검과 활을 지녔을 뿐이다.

"이런, 강을 건널 배가 없구나."

기마군의 수장으로 보이는 텁석부리 무장이 소리쳤다.

"얕은 곳을 찾아라!"

기마군은 첨병대다. 30기 정도의 기마군이 서너 기씩 나뉘어 이쪽저쪽을 뒤지다가 곧 한 곳에 모였다. 강을 건널 얕은 곳을 찾지 못한 것이다.

"큰일이다, 며칠 전 폭우로 강이 불어났다. 20리 길을 돌아가야 되겠다."

다시 무장이 소리쳤을 때다. 옆쪽 숲에서 거인(巨人)이 나왔다. 한눈에 보아도 거인이다.

"앗!"

먼저 본 군사가 소리치자 모두의 시선이 모였다.

"거인이다!"

그렇다, 보통 사람보다 머리통 2개 정도는 더 큰 거인이 성큼성큼 다가왔다. 허름한 베옷, 그것도 소매와 바지가 짧았지만 당당한 풍채다. 허리에는 장검을 찼고 등에 짐을 메었는데 곧장 기마대를 향해 다가오는 것이다. 그때 기마대 대장 텁석부리가 말에서 뛰어 내리면서 소리쳐 물었다.

"뉘시오? 혹시 백암성에 계신다던 거인 아니십니까?"

"그러네, 내가 마중 나왔네!"

거인이 소리쳤다.

"도성에서 날 맞으려고 오는 사람들인가?"

"그렇습니다. 소인은 첨병대장 윤손이오!"

목소리가 골짜기에 부딪쳐 울리고 있다.

한 식경쯤 후에 강가에는 1천여 기의 기마군이 운집했다. 태자 의자와 계백의 본진까지 모두 도착한 것이다. 강가는 떠들썩해졌고 아직 해가 떠 있는데도 차일이 쳐졌다. 차일 아래에 모여 앉은 의자와 계백, 공주 연화가 거인 박영준을 정식으로 맞는다. 박영준은 태자 의자를 향해 허리를 꺾고 절을 하는 것으로 인사를 했지만 5품 한솔 계백과는 서로 맞절을 했다. 의자가 그렇게 시켰기 때문이다. 의자는 박영준에게 대왕이 5품 한솔 직임과 왜국의 백제방 감찰관 직을 내렸다는 것까지 말해주었다.

"백암성에서 기다리는 줄 알았는데 여기까지 혼자 왔다는 말인가?"

인사를 마쳤을 때 의자가 물었다.

"길이 어긋나면 서로 못 볼 뻔했지 않은가?"

"도성에서 백암성까지 가려면 이 길을 꼭 통해야 되었기 때문에 여기서 기다렸습니다."

박영준이 말했다.

"그리고 오는 도중에 천산령을 지나왔습니다."

"천산령을? 거긴 왜?"

놀란 듯 의자가 물었다. 천산령은 이곳에서 동쪽으로 70리 거리에 위치한 신라와의 접경 지역이다. 의자와 계백, 연화의 시선을 받은 박영준이 말을 이었다.

"저하, 소인이 백암성에 들어갔다는 소문은 이미 신라군 지휘부가 알고 있었습니다."

"그럴 거야, 신라군 세작은 도처에 깔려 있으니까. 예상하고 있었네."

의자가 쓴 입맛을 다시더니 되물었다.

"그래서 왜 이곳에 왔는가?"

"신라군 서부군 총사령 이찬 김명보가 기마군 1만을 이끌고 천산령을 지나 마등령 골짜기 좌우에서 매복하고 있습니다."

"마등령에서?"

의자가 되물었고 차일 안은 무거운 정적이 덮였다. 마등령은 백암성으로 가는 길목인 것이다. 이곳에서 80여 리 떨어진 곳으로 좌우가 밋밋한 숲이어서 사냥하기에 좋은 황무지다. 그러나 땅이 박토여서 사방 30리에 주민이 살지 않는다.

"으음, 김명보, 이놈 끈질기구나."

이 사이로 말한 의자가 머리를 들어 박영준을 보았다.

"그것을 알려주려고 여기서 기다렸는가?"

"소인이 백암성으로 들어간 것도 김명보를 끌어내기 위한 계략이었습니다."

박영준이 말을 이었다.

"지금까지 계속해서 기습을 당한 김명보가 이번 기회를 그냥 넘기지 않으리라고 예상했는데 과연 끌려들었습니다."

"과연."

의자가 웃음 띤 얼굴로 계백과 연화를 보았다.

"조상의 은덕으로 거인이 우리에게 찾아왔구나."

274

김명보는 1만 기마군을 3개 대(隊)로 나누었는데 중군의 5천 기는 자신이 직접 지휘를 맡고 좌우군을 각각 2천5백 기씩 나누어 파진찬 영석과 대아찬 김한에게 맡겨 좌우 숲에서 협공하도록 했다. 마등령은 좌우로 비스듬하게 완만한 경사가 나 있는 황야인 데다 잡초가 울창해서 매복하기에 적합했다. 더구나 백제 땅인 데다 신라군이 탐낼 성(城)이나 요새가 근처에 없는 땅이다. 그래서 지금까지 한 번도 신라, 백제군이 조우한 적도 없는 곳이었다.

　"어디까지 왔느냐?"

　오후 술시(8시) 무렵, 정탐조가 돌아왔을 때 김명보가 조급하게 먼저 물었다. 마등령 위쪽의 본진 진막에는 휘하 장수들이 모두 모였다. 지난번 백제 오금성의 하윤구한테 무참한 패배를 당한 태창성의 광천도 말석을 차지하고 있다. 김명보가 부른 것이다. 그때 정탐조장이 무릎을 꿇고 보고했다.

　"태자 의자와 한솔 계백, 그리고 공주 연화가 대열에 끼어 있었습니다, 대감."

　"옳지."

　김명보의 두 눈이 번들거렸다. 이미 분지에 밤이 깃들어서 진막 안에는 양초를 10여 개 켜놓았다. 정탐조장이 말을 이었다.

　"기마군 1천 기로 전열을 갖추었고 현재 이곳에서 80리 거리인 성천강 가에서 야숙을 하려고 선발대가 진막을 치는 것을 보고 왔습니다."

　"성천강 가라고 했느냐?"

　김명보가 되묻고는 주위를 불러보았다.

　"1만 기로 강 쪽으로 밀면 배수진도 필요 없이 몰살시킬 수가 있지 않겠는가?"

"그렇습니다."

부사령인 영석이 바로 동의했다.

"80리 거리라면 속보로 내달려 자시(12시)에는 강가에 닿을 것입니다. 오늘 밤 안에 백제 태자를 죽여 대(代)를 끊을 수가 있겠습니다."

"어떠냐?"

신중한 김명보가 머리를 돌려 주위를 둘러보았다. 그때 중군(中軍)의 기마대장 6품 아찬 황경이 한 걸음 나섰다.

"대감, 먼저 선봉을 보내 적진을 정탐한 후에 공격해야 합니다. 정탐조의 말만 믿고 대군을 움직일 수는 없습니다."

"정탐조가 제 눈으로 보았다고 하지 않느냐?"

"의자의 선발대가 성천강 가에서 진막을 치는 것을 보고 온 것 아닙니까? 의자의 본진이 성천강 가에 닿는 것을 본 것이 아닙니다."

"그렇군."

김명보의 시선이 정탐조장에게로 옮겨졌다.

"네가 의자의 기마군 1천을 본 곳이 어디냐?"

"성천강 남쪽 30리 지점이었습니다."

"그들을 보고 곧장 달려왔느냐?"

"예, 대감."

김명보가 머리를 돌려 장수들을 보았다.

"그놈들이 성천강 가에서 자리를 잡았는지 먼저 선봉대를 보내는 것이 낫겠다."

"그러고 나서 대군을 출동시켜도 늦지 않습니다."

황경이 말하자 김명보가 결단을 내렸다.

"좋아. 아찬, 네가 선봉군으로 기마군 1천을 이끌고 적세를 정탐하

276

라. 우리가 대기하고 있다가 네 연락을 받으면 즉시 출동하겠다."

중군의 진막에 활기가 일어났다. 제각기 명을 받은 장수들이 분주하게 진막을 나선다.

"정탐군 치고는 많군."

계백이 마등령 분지를 빠져나오는 기마군을 바라보며 말했다.

"1천 기 정도는 됩니다."

계백의 부장 연등이 어둠 속에 드러난 기마군을 보면서 말했다.

"북진하는 것이 성천강 쪽으로 가는 것 같습니다."

"우리가 야영을 하는지 확인하려는 거야."

계백의 목소리에 웃음이 섞였다.

"김명보가 호락호락한 놈이 아니군, 1천 기로 탐색을 시키고 있어."

"한솔, 마등령에는 대군이 남아 있습니다."

연등이 아래쪽을 지나는 신라 기마군을 내려다보면서 말을 이었다.

"다행히 감찰관께서 신라군 위치를 말씀해주셨으니 피해서 돌아가는 것이 상책이오."

지금 계백과 연등은 백제 기마군 20여 기를 이끌고 마등령의 신라군을 정탐하러 온 것이다. 그러다가 마등령 분지를 빠져나오는 기마군 1천 기를 본 것이다. 이윽고 기마군이 사라지자 주위는 다시 정적에 덮였다. 그때 계백이 말했다.

"돌아가자."

말고삐를 당긴 계백이 앞장을 서며 말했다.

"우리가 기선을 잡았다."

그때 백제 기마군은 성천강의 가(假)야영 지점에서 남쪽으로 30리 지점에 모여 있었는데 아직 군장은 다 풀지 않았다. 가(假)야영 지점에는 진막을 치고 1백여 명 기마군을 주둔시켜 본대가 머물고 있는 것처럼 위장시켰는데 함정을 파놓은 것이다. 신라군이 야습할 기미를 보이면 역습할 계획인 것이다.

"한솔, 그대에게 계책이 있는가?"

의자가 묻자 박영준이 머리를 들었다. 이곳은 태자(太子) 의자의 진막 안이다. 사방으로 정탐병을 내보내고 계백은 마등령 정찰을 떠난 후여서 진중의 분위기는 뒤숭숭했다. 밤 해시(10시)가 되어가고 있다. 군사들은 아직 군장도 풀지 않고 삼삼오오 모여앉아 군령을 기다리는 중이다. 그 상황에서 의자가 박영준에게 물은 것이다.

"태자 저하."

박영준이 머리를 숙였다가 들고 의자를 보았다. 그 순간 박영준의 머릿속이 온갖 감회가 일어났다. 여기 의자왕이 앉아 있는 것이다. 3천 궁녀와 온갖 향락을 즐기다 백제를 멸망시켰다고 배웠다가 그것이 차츰 변하더니 충신의 말을 듣지 않아서 나라가 망했다고 했다. 그 역사를 지금부터 박영준이 두 눈으로 보고 듣게 되었다.

"마음을 놓고 있군."

자시(12시) 무렵, 선봉군 1천 기를 이끌고 급히 달려온 중군(中軍) 기마 대장 황경이 강가의 화톳불을 보면서 뱉은 말이다. 황경은 1천 기를 뒤쪽에 정지시키고 첨병대 30기만을 이끌고 강가로 접근한 것이다.

"아찬, 화톳불이 18개요."

옆에 선 부장이 낮게 말했다.

"1천 기가 숙영하고 있는 것은 맞는 것 같소."

황경이 머리를 끄덕였다. 성천강을 뒤로 놓고, 1천 기의 기마군이 숙영을 하고 있다. 배수진을 친 진용이지만 이곳은 백제 땅이다. 전쟁 중도 아닌 터라 저것이 자연스럽다. 그때 더 앞으로 나갔던 정탐병이 돌아왔다. 정탐병은 백제군의 1백 보 거리까지 접근했다가 돌아온 것이다.

"나리, 1천 기가 맞습니다."

정탐병이 어둠 속에서 두 눈을 번쩍이며 말했다.

"강가로 길게 흩어져서 숙영을 하고 있는데 방심하고 있습니다."

황경이 머리를 끄덕였다.

"좋아, 물러가자."

몸을 돌리면서 황경이 쓴웃음을 지었다.

"공(功)은 대감께 드려야 한다."

자신이 이끈 1천 기로 당장 백제군을 섬멸시킬 수 있겠지만 선봉대는 정탐 목적이다. 공을 탐내다가 오히려 꾸중을 들을 수도 있는 것이다. 그것이 황경의 목숨을 살렸다. 과욕은 죽음을 부른다.

"물러가는 군."

이번에도 황경의 선봉군을 감시하던 계백이 머리를 끄덕이며 말했다.

"신중하다. 경솔하게 군(軍)을 움직이지 않는구나."

"한솔, 곧 대군(大軍)을 이끌고 올 겁니다."

"그렇겠지."

말고삐를 당긴 계백이 박차를 넣었다. 뒤를 기마대가 소리 없이 따른다. 신라군이 사라진 반대 방향이다.

　밤, 축시(오전 2시)가 지나면서 주위는 깊은 정적으로 덮였다. 피곤한 군사들이 이제 깊은 잠에 빠진 것이다. 이곳은 백제령 깊숙한 백운성, 성천강 가(假)진막에서 65리 떨어진 곳이다. 의자는 박영준의 말을 듣고 군사를 돌려 이곳으로 돌아온 것이다. 백운성은 암산 중턱에 세워진 석성(石城)으로 성벽 높이가 20자(6미터), 성 둘레가 2리(1킬로)나 되는 중성(中城)으로 주둔군은 7백여 명, 갑자기 들이닥친 태자(太子)를 맞아 성주 이하 관리들은 한바탕 소란을 일으켰다. 이곳은 태자가 온 적이 없었기 때문이다. 박영준이 나무 침상에 기대 앉아 허리 갑옷을 벗고 있을 때 문에서 인기척이 났다.

　머리를 든 박영준이 방으로 들어서는 사내를 보았다. 그 순간 박영준이 숨을 들이켰다. 공주 연화다. 연화는 의자를 따라 올 때부터 남장(男裝)을 해서 머리에 두건까지 쓰면 키가 컸기 때문에 영락없는 남자(男子)다. 허리에 청색 띠를 매어서 12품 이상 9품 미만의 무장(武將) 표식을 했다.

　"내가 깨웠어?"

　다가선 연화가 묻자 박영준은 쓴웃음을 짓고 침상에서 내려왔다.

　"아니오."

　이제 박영준은 경어를 쓴다. 창가의 의자에 마주보고 앉았을 때 연화가 말했다.

　"태자께서 그대를 신임하고 계셔. 그런데 전쟁이 끝나면 나하고 왜국에 같이 갈 거지?"

　"공주께선 백제에 언제 돌아오십니까?"

"가끔 대왕께서 부르시지만 왜국에 머물게 될 거야."

"나도 백제 땅에 인연이 없습니다. 어디를 가건 괜찮습니다."

"그럼 잘됐네."

연화의 얼굴에 웃음이 떠올랐다.

"난 그대가 따라가지 않는다고 할까 봐 겁이 났어."

"겁이 나다니요?"

"그대가 없었을 때는 그런 생각을 하지 않았어."

"…."

"그런데 그대가 나타났고 백제방 감찰관 직임까지 내려진 상황이 되니까 걱정이 되는 거야."

방안에는 기름등이 하나 켜져 있어서 문틈으로 들어온 바람에 불꽃이 흔들렸다. 연화의 시선을 받은 박영준이 정색하고 물었다.

"공주는 왜 혼인하지 않았습니까?"

"내가 남자를 고르지 않았기 때문이지."

"무슨 말씀이오?"

"대왕께서 골라준 남자들을 내가 다 싫다고 했으니까."

"그럴 수 있습니까?"

"무슨 말이야?"

"대왕께서 골라주신 남자들을 싫다고 하시다니요?"

그러자 연화가 눈을 가늘게 뜨고 웃었다.

"백제 관습을 모르는군. 백제에서는 남녀가 서로 좋아해야 혼인을 한다네, 그것은 왕가에서도 마찬가지야."

"그렇군요."

"그대가 태어난 땅에서는 어땠어?"

"그쪽도 비슷합니다."

"만난 여자는 있었어?"

"다 헤어졌지요."

"나는 아직 한 번도 남자하고 동침한 적이 없어."

박영준의 시선을 받은 연화가 수줍게 웃었다.

"그대가 원한다면 같이 잘 수도 있어."

"그래도 됩니까?"

"서로 마음이 맞는다면. 하지만 혼인을 하게 되면 남편만을 위해 지조를 지켜야지."

"그렇군요."

"오늘 밤 같이 잘까?"

"다음에 하지요."

박영준이 조금 상기된 연화의 얼굴을 바라보면서 정색하고 말했다.

"나도 공주를 안고 싶습니다. 하지만 지금은 때가 아닌 것 같습니다."

다음 날 첩병이 성으로 돌아와 보고했다.

"저하, 신라군이 성천강까지 왔다가 진지가 빈 것을 보고 서둘러 퇴각했습니다."

성의 청 안에는 의자와 정탐을 하고 돌아온 계백까지 다 모여 있었는데 어젯밤 박영준의 권고에 따라 사비도성에 전령을 보낸 상황이다. 의자가 물었다.

"신라군은 어디로 갔느냐?"

"성천강에서 동진(東進)하는 것을 보면 신라령으로 돌아가려는 것 같습니다."

머리를 끄덕인 의자가 계백과 박영준을 번갈아 보았다.

"김명보가 형단성으로 돌아갈까?"

"형단성까지는 2백50리 길입니다. 백제령 80리를 지나갈 테니 그 사이에 어디로 숨을지 알 수 없습니다."

계백이 말했다. 그러나 신라군은 기마군 1만이다. 군량과 장비를 실은 치중대에다 예비마까지 포함해서 2만 필 이상의 군마(軍馬)가 이동한다. 지금도 백제군 첨병이 뒤를 따르고 있는 것이다. 그때 박영준이 계백에게 물었다.

"한솔, 전령이 도성까지 가려면 얼마나 걸립니까?"

"말을 다섯 필 끌고 갔으니 오늘 오시(12시)에는 도착할 거요."

계백이 말을 이었다.

"대왕의 말씀을 받으려면 내일 오시까지는 기다려야 될 것 같소."

"너무 늦군요."

그러자 의자가 박영준에게 물었다.

"그만하면 빠른 편이야, 3백여 리를 하루에 주파하는 셈이다. 백제군의 전령은 고구려, 신라보다 훨씬 빠르다."

"예, 저하."

더 빠른 방법이 떠올랐지만 박영준은 입을 열지 않았다. 그것은 나중 문제다. 신라 주력군 기마군 1만 기를 잡아야 한다. 그래서 사비도성의 무왕에게 보고를 하도록 했지만 하루를 더 기다려야 하는 것이다. 그때 연화가 나섰다.

"전령이 너무 늦다고 했는데 무슨 생각이 있는가?"

"예, 공주."

청 안에는 10여 명의 무장이 모여 있었는데 모두 박영준을 주시했다. 그들보다 머리통 2개는 큰 거인 박영준이 말을 이었다.

"제가 일단 대왕께 이 상황을 보고 드리자고 태자 저하께 말씀 드린 것은 적세가 너무 우세했기 때문입니다."

"말하라."

"신라군 1만 기를 기마군 1천과 근처 성에서 끌어 모은 몇 천으로 대항하는 것은 무모하다고 생각했기 때문입니다."

그때 의자가 입을 열었다.

"대왕께서 원군을 보내주실지 여부도 아직 알 수 없어, 그러니 그대의 계책은 있는가?"

의자가 말을 이었다.

"내 생각도 그렇다. 이렇게 성에 박혀 기다리기에는 너무 대처 방법이 늦는 것 같구나."

"예, 저하."

"그대 말대로 전장을 이탈해서 이 성으로 옮겨와 도성에 전령을 보냈지만 신라군은 멀어지고 있다. 자, 다른 계획이 있느냐?"

"소인하고 한솔 계백에게 각각 5백 기씩을 맡겨 양동 작전을 하도록 허락해 주십시오."

"양동 작전?"

"예, 김명보를 쫓아가 기습하겠습니다."

"1천 기로 1만을 말이냐?"

"5백 기가 되겠습니다."

그때 의자가 주위를 둘러보더니 목소리를 낮췄다.

"5백 기?"

"예, 한솔과 제가 이끄는 5백 기 중 1대가 김명보의 진막을 기습하게 될 테니까요."

그때 계백이 커다랗게 머리를 끄덕였다.

"계책을 들읍시다."

의자의 눈빛도 강해졌다. 이제 무왕의 지시를 기다릴 필요는 없다.

"적을 아는 것도 중요하지만 지리를 이용 하는 것도 중요하오."

계백이 주위를 둘러보며 말했다. 오시(12시) 무렵, 계백과 박영준은 기마군 1천을 이끌고 지금 동진하고 있다. 말 머리를 나란히 하고 속보로 달리면서 계백이 말을 이었다.

"나는 대륙에서 기마전을 많이 치렀는데 이곳은 평지가 좁고 골짜기가 많은 데다 지리에 익숙하지가 않소."

박영준의 시선을 받은 계백이 쓴웃음을 지었다.

"한솔께서 좋은 계책을 내려주시기만 바랄 뿐이오."

"겸손하신 말씀이오."

박영준이 20여 년 후에 황산벌에서 장렬하게 전사할 계백을 응시하며 말을 이었다.

"한솔께선 후세에 큰 명성을 얻는 장군이 되실 것이오."

"허헛."

계백이 하늘을 향해 목젖을 보이면서 웃었다. 밝은 웃음이다.

"한솔께서 가장 듣기 좋은 말씀을 하시는군요. 어떻게 명성을 얻게 될 것 같습니까?"

"출중한 무용과 대왕께 대한 충절 때문이 아니겠소?"

"한솔께선 미래를 내다보시는 모양이오."

"조금 예견할 수는 있지요."

"이번에 김명보를 잡는 것도 알 수가 있습니까?"

"그건 모릅니다."

박영준이 웃음 띤 얼굴로 말을 이었다.

"하지만 김명보 따위는 한솔과 비교가 되지 않습니다."

계백이 5천 결사대와 함께 장렬한 전사를 했다는 말은 할 필요가 없다. 역사는 바꾸지 못한다. 죽음 또한 피하지 못하는 것이다. 그때 내보냈던 첨병들이 흰 먼지를 일으키며 달려오고 있는 것이 보였다.

"신라군이 신라령으로 들어갔습니다."

첨병조장이 소리쳐 보고했다.

"후군 치중대가 신라 몽토성 앞을 지나는 것을 보고 돌아왔습니다."

"몽토성이라면 국경에서 70리 안쪽입니다, 형단성으로 가는 길목에 있지요."

계백 옆에 선 연등이 거들었다.

"김명보가 거성으로 회군한 것 같습니다."

계백의 시선이 박영준에게 옮겨졌다.

"한솔, 치중대라도 치는 것이 낫지 않겠소?"

이번 출정의 주장(主將)은 박영준이나 마찬가지다. 계백이 작전권을 일임했기 때문이다. 계백의 시선을 받은 박영준이 머리를 끄덕였다.

"치중대가 그만큼 떨어졌으니 급속 회군이군. 쫓지요."

박영준이 마음을 굳혔다. 이것이 자신이 주장이 되어 치르는 첫 전쟁이다. 더구나 영웅 계백이 부장(副將)이 되어 있는 것이다.

"백제군이 그냥 물러났을 리가 없다."

김명보가 태음령 중턱의 나무 밑에 서서 웃음 띤 얼굴로 말했다.

"쫓아올 거다. 태자 의자가 기습을 당하려다가 겨우 모면을 했지 않느냐? 주변에서 군사를 끌어 모아 내 뒤를 치려고 할 것이다."

"대감."

성천강까지 나갔다가 되돌아온 중군 기마대장 황경이 말했다.

"백제군도 첨병을 활발하게 운용하고 있습니다. 아군은 대군이어서 백제군보다 쉽게 눈에 띌 것입니다."

"네 말도 맞다."

머리를 끄덕인 김명보가 웃었다.

"지금 우리가 의자의 퇴로를 막고 있다고 누가 예측하겠느냐?"

그렇다. 김명보는 대군(大軍)을 3개 대(隊)로 다시 쪼갰다. 1대는 치중대와 함께 신라 영토로 회군시켰고 2대는 별동대로 삼아 국경 지역인 아산성 근처에 잠복시켰다. 치중대를 쫓는 백제군을 잡는 역할이다. 그리고 김명보가 이끄는 본대 5천은 지금 백제령 깊숙이 숨어들어 의자의 퇴로를 막고 있는 것이다. 오후 유시(6시)가 되어 가고 있다. 태음령 골짜기에는 이미 그늘이 덮였고 군사들의 밥 짓는 냄새가 난다.

예감이 떠오르지 않는다. 머릿속 지식은 이곳으로 던져지기 전과 같지만 능력은 사라졌다. 전(前)에는 상대방과 시선이 마주치면 머릿속 생각까지 읽을 수 있었지만 지금은 백지 상태다. 오히려 그것이 편하기는 하다. 본래의 인간으로 돌아온 느낌이 들었기 때문이다.

지금은 백제 무왕 시대, 신라는 진평왕이 다스리고 왜국은 백제방이 진출해 있다. 막사에 앉은 박영준의 얼굴에 쓴웃음이 떠올랐다. 이것이 내가 백제 땅에서 치르는 첫 전쟁인가? 그러나 무왕 말년에 백제의

5품 한솔 품위의 무장, 박영준이라는 무장이 신라 서부군 총사령 김명보하고 전쟁을 치렀다는 기록은 없다. 그렇다면 이 전쟁은 이뤄지지 않는가? 그것도 아니라면 나는 또 다른 세상에서 살고 있는 것일까? 밖은 군사들이 저녁을 짓느라고 부산하다. 이곳은 신라령으로 들어와 첫 밤을 보내려는 부소령의 산속이다. 그때 헛기침 소리와 함께 진막 안으로 무장(武將)하나가 들어섰다. 박영준의 부장(副將)으로 수행하고 있는 10품 대덕 요중이다.

요중은 27세, 작달막한 체격이어서 머리끝이 박영준의 가슴께밖에 닿지 않는다. 그러나 팔이 굵고 긴 데다 수염이 짙다. 마치 동물원의 오랑우탄 같다. 요중이 박영준 앞에 대나무로 만든 소쿠리를 내려놓고 앞에 앉았다.

"드시지요."

저녁밥이다. 요중도 함께 먹으려는지 소쿠리 앞으로 다가앉으면서 말했다.

"말린 사슴고기를 데운 물에 불려 왔습니다, 식초에 싸 드시면 먹을 만합니다."

식초란 식용풀이다. 소쿠리 안에는 김이 오르는 고기와 식초가 가득 차 있어서 박영준이 손으로 고기를 떼어 풀에 싸 입에 넣었다. 과연 향긋한 냄새와 함께 달콤한 맛이 났고 고기는 연했다. 박영준이 고기를 삼키고는 만족한 듯 머리를 끄덕였다.

"맛이 있군."

"어떻게 신라군을 잡으실 거유?"

불쑥 요중이 묻자 박영준은 빙그레 웃었다. 심안(心眼) 능력은 없어졌지만 요중의 표정을 보고 예상은 했기 때문이다.

"이봐, 대덕. 조금 전 진막 안에 기름등을 켤 때 유황가루를 썼지?"

"예, 그렇소."

요중이 작은 눈을 깜박였다. 그렇다. 불을 붙일 때 마른풀에 유황가루를 뿌리고 부싯돌을 부딪쳤더니 불이 확 일어났다.

"가서 유황가루를 있는 대로 가져오고 기름통도 가져오게. 그리고 낮에 사냥해서 잡은 노루의 창자를 다 가져오게."

"아니, 뭘 하시려고…."

손에 고깃덩이를 쥔 요중이 눈을 껌벅였다가 입에 넣으면서 자리에서 서둘러 일어섰다.

"아니, 이게 뭡니까?"

계백이 앞에 놓인 물체를 보고 눈을 가늘게 떴다. 호기심이 가득 일어난 표정이다. 밤, 자시(12시) 무렵, 박영준의 진막 안이다. 안에는 계백과 연등, 박영준과 요중, 일을 거든 군사들까지 7, 8명이 둘러서 있다. 그런데 앞에는 길이가 10자 정도의 창끝에 둥근 주머니가 달렸고 주머니 끝에 심지가 붙여졌다. 혹이 붙은 모양이다. 그때 박영준이 쓴웃음을 짓고 말했다.

"이건 화살이오."

"화살이라니?"

계백이 놀란 표정으로 박영준을 보았다.

"이것을 쏜단 말입니까?"

그때 박영준의 눈짓을 받은 요중이 진막 밖으로 나가더니 받침대가 2개나 붙은 커다란 활을 군사들에게 들려서 들어왔다. 활이 커서 진막 안의 사람들은 구석으로 밀려나야만 했다.

"이게 활입니다."

시위는 보통 활의 5배쯤 되어서 동아줄 굵기였고 활대는 팔뚝만 한 굵기의 대나무를 절반으로 쪼개어 4개를 묶었는데 길이가 20자는 되었다. 엄청난 크기의 활이다.

"으음!"

계백이 탄성을 뱉었다.

"내가 대륙에서 공성 전용 투석기를 보았지만 이런 대궁(大弓)은 처음 보았소."

"이 화살 끝에 매단 주머니에 기름이 들었소."

박영준이 사슴 창자를 잘라 만든 주머니를 가리키며 말했다. 주머니는 아이 머리통만 했는데 바로 사슴의 창자 안에 기름을 넣은 것이다. 그리고 기름 주머니 밑에 심지가 붙여졌고 심지는 유황가루를 묻혔다. 박영준이 말을 이었다.

"이 유황가루를 먹인 심지에 불을 붙인 다음 이 화살을 적진에 대고 쏘는 거요. 내가 시험해 보았더니 화살 끝에 줄을 매달아 셋이 당겼다가 줄을 끊으면 5백 보는 날아갑니다."

"5백 보나?"

놀란 계백이 숨을 들이켰다.

"그렇습니다, 한솔."

계백의 시선을 받은 요중이 어깨를 잔뜩 펴고 웃었다.

"제가 직접 보았습니다. 그리고…."

박영준의 눈치를 살피던 요중의 목소리가 높아졌다.

"이 창끝이 목표에 박히는 순간 기름 주머니가 유황불에 터지면서 사방에 불길이 덮였소. 진막 하나가 금방 불덩이가 되었습니다."

"허어, 거인이 신무기를 만드셨구려."

무의식중에 계백의 입에서 '거인'이라는 말이 나왔다. 계백이 머리를 들고 박영준을 보았다.

"한솔, 내 눈으로 보게 해주시오."

"그러지요. 그러려고 준비해 놓았습니다."

박영준의 눈짓을 받은 요중이 군사들에게 지시했다. 목소리와 몸짓이 활기에 차 있다.

군사 셋이 힘껏 줄을 당기자 시위가 만월처럼 부풀었다. 10자(3미터)가 조금 넘은 창이 창끝만 화살대에 걸렸을 때 요중이 불이 붙은 나뭇가지로 창끝에 붙은 심지에 불을 붙였다. 심지는 한 뼘쯤 길이여서 금방 타들어간다. 그때 박영준이 칼을 들어 줄을 끊었다. 그 순간 창이 밤하늘로 날아올랐다. 그러고는 5백 보 아래쪽의 빈 진막을 향해 유성처럼 날아간다. 그러더니 진막에 박히면서 불기둥이 일어났다. 진막을 불길이 뒤덮는다.

"찾았습니다."

척후와 함께 다가온 아찬 황경이 소리쳤다. 오전 진시(8시) 무렵, 태음령의 본진에서 김명보가 희소식을 듣는다. 앞에 엎드린 척후조장이 땀과 먼지로 더럽혀진 얼굴을 들고 김명보를 보았다.

"대감, 백제 기마군 주력의 본진을 찾았습니다, 바로 부소령에 들어가 있습니다."

"뭐? 부소령?"

김명보가 눈을 크게 떴다. 신라령 안이다. 조장이 말을 이었다.

"예, 부소령의 위쪽 분지에 머물고 있는데 진막을 치고 밥 짓는 아궁이를 수십 개 만들어 놓았습니다. 며칠간 그곳에서 머물 작정인 것 같습니다."

"그놈들이 지원군을 기다리는군."

대번에 김명보가 말했다. 부소령에서 형단성까지는 180리, 태음령에서 부소령까지는 85리다.

"이놈들, 잘도 숨어 있었구나."

김명보가 마침내 손바닥으로 무릎을 쳤다. 결단했을 때의 버릇이다.

"유황을 가져왔소."

요중이 어깨에 멘 자루를 땅바닥에 내려놓으며 말했다. 마대 자루에서 독한 유황 냄새가 났다. 유황은 백제 땅 여러 곳에서 산출되었는데 불쏘시개용으로 많이 사용되었다. 유황이 산출된 지 10여 년밖에 되지 않아서 주민들은 악취가 난다고 산지를 피해 사는 상황이다. 요중의 뒤를 이어서 군사들이 진막 안에 쌓아놓은 유황 자루는 7, 8개가 되었다. 박영준이 둘러선 군사들에게 말했다.

"이 유황 덩어리를 잘게 부숴라, 잘 부서질 테니 물을 섞어서 절구통에 넣고 빻아라."

군사들이 자루를 풀어 유황 덩어리를 꺼냈을 때 박영준이 말을 이었다.

"꼭 물을 부어야 한다. 물 반죽이 되도록 해야지, 그냥 부수면 열이 나고 폭발한다, 아느냐?"

"그건 압니다."

군사 서너 명이 대답했다.

"분말 가루는 마르면 위험하다는 건 누구나 알지요, 나리."

"반죽이 된 유황을 주먹만 하게 뭉쳐서 말려야 한다."

박영준이 손으로 주먹을 만들어 보이고는 주먹 가운데를 손가락으로 찔렀다.

"주먹만 하게 만든 유황 덩어리 가운데에 구멍을 뚫어 놓아라. 나뭇가지 하나씩을 꽂아 말리면 된다."

유황 덩어리는 백제령 안의 산에서 캐어왔다. 오늘로 사흘째 부소령 안에 머물고 있는 박영준과 계백의 군사 1천 기는 바쁘게 움직이고 있다.

태자 의자는 박영준과 계백에게 김명보의 추적을 맡긴 후에 연화와 함께 사비도성으로 돌아왔다. 박영준을 찾으려고 떠난 행차였으니 목적은 달성한 셈이다. 도중에 김명보의 신라 대군(大軍)의 기습을 받을 뻔했지만 그것도 박영준의 도움으로 피했다. 의자로부터 자초지종을 보고받은 무왕이 눈을 가늘게 뜨고 턱수염을 쓸었다.

"그자가 온조대왕이 보내신 백제 수호신인 것 같다. 이제는 너까지 구했구나."

"연화를 따라 백제방으로 보내는 것이 아주 잘된 일인 것 같습니다."

의자가 말하자 무왕이 입맛을 다셨다.

"계백과 함께 이곳 본국의 장수로 쓰는 것이 더 나을 뻔했다."

듣고 있던 연화가 힐끗 시선을 주었지만 입을 열지는 않았다. 대왕(大王)의 명이 조변석개할 수는 없었기 때문이다. 그때 무왕이 의자에게 물었다.

"네가 보낸 전령의 보고를 듣고 의직한테 동방(東方)의 1만 기마군을 대기시켰다. 네가 동방군을 지휘할 테냐?"

"예, 안현성으로 가겠습니다."

"박영준과 계백 둘 다 백제 땅에서 첫 전쟁을 치르는구나. 의직이 백전노장이니 뒤를 받쳐줄 것이다."

무왕이 정색한 얼굴로 의자를 보았다.

"김명보가 신중한 놈이기는 하나 소인(小人)이야. 대국(大局)은 읽지 못한다, 명심해라."

방으로 들어온 연화에게 시녀 옥금이 물었다.

"마마, 거인은 언제 옵니까?"

"거인이 뭐냐?"

정색한 연화가 꾸짖었다.

"버르장머리 없는 년 같으니, 한솔 나리다."

"잘못했습니다."

두 손을 모은 옥금이 머리를 숙였다가 들었지만 말짱한 표정이다. 옥금은 28세, 연화가 5살 때부터 시중을 들어온 시녀여서 언니나 같다. 어머니인 선화 공주가 옥금을 연화의 측근 시녀로 보내준 것이다. 옥금이 연화의 옷을 벗기면서 다시 물었다.

"마마, 한솔 나리는 키가 얼마나 큽니까?"

"나보다 머리통 2개만큼 더 크다."

"아이구머니!"

놀란 옥금이 숨을 들이켰다. 연화도 큰 키다. 보통 남자만큼 커서 남자 옷을 입으면 미소년이 되었다. 옥금이 갈아입을 옷을 내밀면서 말을 이었다.

"소문에 한솔 나리의 양물이 말만 하다고 했습니다, 마마."

"미친년."

어느덧 얼굴이 붉어진 연화가 눈을 흘겼다.

"이년이 남자 맛을 못 봐서 그런지 주둥이만 음탕해졌구나."

"마마께서 어서 혼인을 하셔야 나도 남자 맛을 보지요."

연화의 저고리 끈을 매주면서 옥금이 말을 이었다.

"한솔 나리가 왜국을 같이 가신다니 참으로 다행입니다, 마마."

옥금도 왜국에 따라가는 것이다.

자시(12시) 무렵, 부소령이 보이는 황무지에 서서 김명보가 말했다.

"저놈들이 아주 마음을 놓고 있구나."

김명보의 얼굴에 쓴웃음이 떠올랐다.

"계백하고 거인 그놈의 명줄이 오늘로 끊어지게 되는가?"

"대감, 지시를 내려 주시지요."

아찬 황경이 다가와 말했다. 황경은 이미 손에 장검을 빼들고 있다. 그러나 신중한 김명보가 머리를 돌려 뒤쪽을 보았다. 지금 신라군 5천은 부소령 아래쪽에 운집해 있다. 기마군 5천이 3개 대로 나뉘어 부소령 안으로 밀고 들어갈 준비가 되어 있는 것이다.

부소령은 뒤쪽이 험준한 암산인 데다 좌측은 강이다. 우측에 뒤쪽으로 넘어가는 소로가 나 있을 뿐으로 주둔하기는 좋으나 공격을 받으면 밑으로 내려오는 수밖에 없다. 그 밑을 5천 군사가 가로막고 있으니 백제군의 도주로는 우측 산길뿐이다.

"우측 길은 막았느냐?"

김명보가 묻자 어둠 속에서 무장(武將) 하나가 대답했다.

"지금쯤 산을 돌아 길 끝에 닿았을 것입니다."

우측 산길의 퇴로를 막으려고 5백여 명의 기마군을 한 시진 전에 보낸 것이다. 이윽고 김명보가 앞쪽을 응시했다. 백제군은 부소령 안쪽에 모닥불을 50여 개나 피워 놓고 있다. 김명보가 서 있는 아래쪽에서 백제군과의 거리는 1천 보 정도였는데도 불빛에 어른거리는 백제군의 모습이 선명하게 드러났다. 옆쪽 산비탈에 매어 둔 말떼도 1천여 필이 넘는다. 백제 기마군 1천 기가 모두 모여 있는 것이다. 이윽고 김명보가 허리를 펴더니 손을 치켜들었다.

"쳐라!"

김명보의 목소리가 어둠 속에 퍼져나갔다.

말굽 소리가 지진이 난 것처럼 울렸다. 5천 기의 기마군이 일제히 내딛었으니 땅이 울릴 만했다. 더구나 이곳은 뒤와 옆쪽이 산으로 막힌 터여서 소리가 메아리로 울린다.

"옵니다!"

요중이 소리쳤다. 목소리가 떨리는 것이 두려움 때문이 아니다, 흥분했다.

"일제히 내닫고 있소."

옆에 선 계백도 격정을 참지 못한 것 같다. 잘생긴 얼굴이 어둠 속에서 활기를 띠고 있다.

"당겨라!"

박영준이 소리치자 앞줄에서 대기하던 10대의 거대한 활시위가 둥글게 당겨졌다. 각 포에는 3인의 시위꾼이 시위를 당겼고 1명의 사수가 창촉의 방향을 잡아주고 시위꾼이 당기는 창끝의 줄을 끊는다. 그리고 또 하나는 창끝에 달린 기름 주머니에 심지 불을 붙이는 역할이다. 1대의 대궁(大弓)에 5인이 붙어 있다. 곧 시위가 만월처럼 당겨졌고 창끝이 하늘로 향해졌다.

"불을 붙여라!"

그때 박영준이 소리치자 횃불을 들고 서 있던 군사들이 일제히 심지에 불을 붙였다.

"쏘아라!"

외침과 함께 창이 밤하늘로 솟아올랐다. 창끝에 붙여진 심지불이 조그마했지만 선명하게 밤하늘에 드러나 있다.

"2진! 당겨라!"

다시 박영준이 소리치자 뒤쪽의 10대 대궁이 일제히 당겨졌다. 박영준은 대궁(大弓) 20대를 만들어 놓은 것이다.

"불을!"

불이 붙여졌고 사수가 칼을 치켜들었다. 창끝의 줄을 끊으려는 것이다.

"쏘아라!"

그 순간 칼이 내려쳐졌고 시위를 떠난 창이 밤하늘로 날아올랐다.

"퍽!"

소리는 약하게 났다. 땅바닥에 돌덩이가 떨어지는 것 같다. 말발굽 소리에 묻혀 주변의 서너 기만 들었을 뿐이다. 그러나 다음 순간 불길이 솟아올랐다. 사방 10자(3미터) 주위에 불길이 솟아올랐고 말과 사람에 불이 옮겨 붙었다.

"으악!"

뜨겁다. 옷에 기름불이 옮겨 붙었으니 살이 탄다.

"히히힝!"

말떼는 더 놀라 날뛰었다. 그 불기둥이 한꺼번에 10개나 떨어졌으니 1차의 불벼락에 앞장선 선봉이 어수선해졌다.

"퍽! 퍽! 퍽!"

그래도 내달리는 신라군을 향해 다시 불기둥이 쏟아졌다. 마치 불벼락이 떨어지는 것 같다.

"말을 멈춰라!"

아우성이 일어났을 때 김명보는 중군(中軍)에 끼어 부소령의 중심(中心)을 향해 달려가는 중이었다. 거리는 7, 8백 보, 앞쪽 선봉 2천 기는 이미 불벼락에 맞아 산산이 흩어지고 있는 중이다. 그러나 기마군의 진퇴는 보군과 달리 쉽게 이뤄지지 않는다.

명령 전달이 된 후에 탄력을 받아 달리는 기마군이 제대로 멈춰 서고 방향을 틀려면 최소한 2백 보 거리가 필요하다. 달리는 속도가 빠를수록 그 거리는 길어진다. 게다가 기마군의 퇴군은 어김없이 아수라장이 된다. 말떼가 뒤엉켜서 넘어지고 날뛰게 되면 보군보다 더 엉망이 되는 것이다.

"퇴군하라!"

옆에 선 아찬 황경이 악을 쓰고 소리친 순간 옆에서 불기둥이 폭발했다.

"퍽!"

불이 번지는 소음과 함께 기름이 튀었고 이어서 비명과 말의 울음이 함께 일어났다.

"으악!"

김명보의 소매에도 기름불이 옮겨 붙었지만 달려온 호위군사가 옷자락을 휘둘러 기름불을 껐다.

"어허!"

김명보가 탄식했다. 일순간이다. 보라, 이제 5천 기마군이 부소령 중심에 멈춰 서서 뒤엉켜 있다. 후퇴하려고 말 머리를 돌렸지만 말떼는 사람과 다르다. 몸체가 커서 제대로 움직여지지도 않는다. 그때였다.

"꽝! 꽝! 꽝!"

천지를 진동하는 폭음이 울리면서 앞쪽 말 한 마리가 허공으로 솟아올랐다. 물론 몸통이 처참하게 찢어졌고 말에 탄 군사는 옆쪽으로 내동댕이쳐졌다.

"우앗! 벼락이다!"

아우성이 일어났다. 이것이 무슨 벼락인가?

"꽝! 꽝! 꽝! 꽝!"

폭음이 이어서 울리더니 기마군은 더 아수라장이 되었다. 기름불과 벼락이 계속해서 쏟아지고 있는 것이다.

창에 매달아놓은 유황 덩어리가 바로 폭탄 역할이다. 유황 덩어리에 심지를 박은 후에 불을 붙인 창을 내쏘아 폭발시킨 것이다. 유황과 기름 창을 번갈아 쏘아댄 지 15분쯤이 지났을 때는 신라군 5천의 절반은 사상자가 되었고 나머지 절반 중에서 절반은 사방으로 도망쳤으며 김명보를 호위하고 부소령을 빠져 나간 기마군은 1천여 기뿐이었다. 참담한 패전이다. 그것도 오직 기름과 유황포에 맞아 불타 죽고 터져 죽고 사분오열이 되었으니 김명보는 기가 막혀서 말도 못 했다.

"신무기를 쓰셨구려."

감동한 계백이 거대한 불길에 덮인 부소령을 내려다보면서 말했다. 바람이 아래쪽으로 불고 있어서 불길이 더 번지고 있다. 인마가 뒤엉켜 쓰러진 채 불에 타고 있다. 너무나 처참한 광경이어서 이쪽 백제군은 승리의 함성도 제대로 지르지 못하고 있다. 계백이 박영준을 보았다.

"유황과 기름을 이용한 이런 '불벼락'은 자주 써 보셨소?"

"아니, 처음이오."

머리를 저은 박영준이 아래쪽 참상을 외면했다. 백제군 1천은 단 한 명의 부상자도 없는 엄청난 승리였지만 마음이 편치 않은 것이다. 이보다 더 참혹한 전쟁이 앞으로 수도 없이 일어날 것이었다.

"대승이오."

계백이 박영준의 사기를 올려주려는 듯 목소리를 높였다.

"김명보의 중군(中軍) 5천 기를 궤멸시켰소. 저 불길 속에 김명보가 들어 있을지도 모릅니다."

그러나 김명보는 1천 기를 이끌고 돌아가는 중이다. 매복시켰던 기마군 2개 대(隊)를 불러 6천 기를 이끌고 형단성을 향하고 있다. 이번 전쟁에서 김명보는 절반 가까운 4천 기마군을 잃었다. 무장 20여 명도 불에 타죽거나 폭발로 끔찍한 변을 당했는데 아찬 황경도 포함되었다.

"기름탄과 유황탄이 전세를 뒤집었다."

김명보가 옆을 따르는 부사령 영석에게 혼잣말처럼 말했다. 한낮, 전장(戰場)을 빠져나온 지 한나절이나 지났지만 김명보의 두 눈은 아직도 흐리다. 얼이 빠져나간 것 같다.

"이런 일은 처음 겪는다."

영석은 매복병을 지휘하고 있었던 터라 현장을 겪지 못했다. 그러나 김명보에게 이런 패배는 처음이다. 진평왕은 상벌에 철저한 군주였으니 김명보를 왕성으로 불러들일 것이었다.

"대감, 앞으로 기회는 얼마든지 있습니다."

영석이 겨우 위로했다. 6천 기마군은 신라령으로 들어가 속보로 갈천산 기슭을 돌아가는 중이다.

"대감께서 무사하신 것만으로도 천행입니다, 너무 심려하지 마시지요."

"유황을 그렇게 터뜨리다니, 나는 불쏘시개로나 쓰일 줄 알았더니…."

"조장 하나가 터지지 않은 유황탄을 창끝에서 떼어 왔다니 그것을 조사하면 될 것이오."

"거인(巨人)의 소행이야."

김명보가 눈동자의 초점을 잡고 영석을 보았다.

"그런 신무기를 만들 놈은 거인밖에 없어."

그때였다. 앞쪽에서 소란이 일어나더니 함성이 울렸다. 가슴이 덜컥 내려앉은 김명보가 말고삐를 채어 멈춰 섰을 때다. 옆쪽 숲에서 화살이 비 오듯 쏟아졌다.

"기습이다!"

영석의 외치는 소리를 들은 순간 김명보는 숲에서 울리는 함성을 들었다. 가깝다. 1백 보도 되지 않는다. 김명보는 입을 딱 벌렸지만 소리가 터져 나오지 않았다.

갈천산 기슭에 매복하고 있었던 군사는 의자가 이끄는 백제 동방군(東方軍) 1만이다. 동방방령 달솔 의직이 의자를 도와 매복 작전을 펼쳤는데 백전노장이어서 준비가 철저했다. 먼저 산기슭에 3천 궁수를 배치시켜 소낙비처럼 화살을 퍼붓고 나서 신라군 앞쪽을 먼저 치고 패퇴하는 군사를 5천 기마군이 뒤에서 섬멸한다는 전략이다.

그 전략이 어김없이 맞았다. 신라군이 방심했던 때문이기도 할 것이다. 평소에 용의주도했던 김명보가 이번에는 부대별 간격도 감독하지 않았고 선봉대장도 정해주지 않았다. 산기슭에 매복했던 궁수 3천의 화살을 받은 순간부터 신라군은 무너지기 시작했다. 더구나 이쪽은 패잔군 6천이다. 의기충천한 백제군 1만이 3면에서 협공해오자 싸우지도 않고 도망질을 시작했다.

"저하, 김명보를 포로로 잡았습니다."

의직이 흰 수염을 날리며 달려와 외쳤을 때는 전쟁이 시작된 지 반시진쯤이 지난 후다. 의자는 갈천산 산기슭에 서 있었는데 아래쪽 능선이 다 내려다보였다. 말에서 내린 의직이 말을 이었다.

"김명보가 전령을 보내 투항 의사를 밝히더니 곧 칼을 던지고 아군 진영으로 걸어 내려왔습니다."

"허, 대어(大魚)를 잡았구나."

의자의 얼굴에 웃음이 떠올랐다. 대승이다. 더구나 신라 서부군 총사령이며 왕족인 김명보를 포로로 잡은 것이다. 그때 전령이 달려와 다시 보고했다.

"저하, 신라군이 무더기로 투항하고 있습니다! 모두 무기를 버리고 대항하지 않습니다!"

의자가 숨을 들이켰다. 이 기세를 몰아 신라 서부군의 중심이며 김명보의 거성인 형단성을 함락시킨다면 성(城)이 30개가 수중에 들어온다. 의자가 의직에게 소리치듯 말했다.

"달솔, 이 기세를 몰아 형단성을 치는 것이 어떻겠는가?"

"고향이 어디요?"

그날 밤, 진막 안에 둘이 남았을 때 계백이 박영준에게 물었다. 이곳은 부소령에서 70리 떨어진 백제 땅, 조금 전에 의자의 승전 소식을 듣고 난 후다. 계백의 시선을 받은 박영준이 빙그레 웃었다. 불쑥 사실을 밝히고 싶은 충동이 일어난 것이다.

"한솔, 나는 다른 세상에서 왔소."

"글쎄, 그건 압니다. 그 세상이 이곳에서 얼마나 멉니까?"

"아주 멉니다, 한솔."

"내가 대륙을 끝없이 달린 적이 있소. 열일곱 살 때인데 서쪽의 백국(白國)까지 들어갔지요."

계백이 눈을 가늘게 뜨고 옛일을 떠올렸다.

"아마 4만 리는 갔을 거요, 나만큼 멀리 간 백제인도 없다고 생각했지요."

"…"

"백국은 말 그대로 피부가 눈처럼 흰 인간들의 세상이었소. 그곳도 왕국 간의 전쟁이 치열했지만 유황탄은 보지 못했소."

"견문이 넓으시오."

박영준이 칭찬했다. 백국이라면 유럽일 것이다. 그쪽은 아직 동방과 교류가 되지 않았다. 계백이 다시 물었다.

"고향이 백국보다 더 먼 곳이오?"

"그렇습니다, 더 멉니다."

박영준의 머릿속에 지난 세월이 떠올랐다. 순식간에 눈앞을 스쳐 지나는 지난 세월, 모두 부질없는 꿈처럼 느껴졌다. 눈동자의 초점을 잡은 박영준이 계백을 보았다.

　"한솔, 나는 곧 왜국으로 떠납니다. 아마 백제 땅은 다시 밟기 힘들 겁니다."

　"그렇소?"

　계백의 얼굴에 그림자가 덮였다.

　"나하고 같이 이 난국을 헤쳐가면 좋으련만."

　"한솔은 후세에 큰 명성을 남기실 것이오."

　"듣기는 좋으나 죽어서 명성을 얻어 무얼 한단 말이오?"

　계백의 얼굴에 웃음이 떠올랐다.

　"내가 어디서 죽습니까? 앞날을 보신다면 그것이나 말씀 해주시오."

　"황산벌이오."

　마침내 박영준이 역사 속의 기록을 꺼내 말했다.

　"한솔께서 5천 결사대를 이끄시는데 그것을 3개 진(陣)으로 나누시게 됩니다."

　박영준이 한 마디씩 말을 이었다.

　"한솔께선 네 번 싸워서 네 번을 이기고 다섯 번째에 장렬하게 전사하시지요."

10장 영주(領主)

박영준이 연화와 배에 올랐을 때는 그로부터 열흘 후다. 도성 아래쪽 사비수의 구드레 선착장에서 태자 의자와 백관들의 환송을 받으며 대형 범선이 호위선 한 척을 이끌고 출항했다.

연화와 감찰관 박영준이 탄 범선은 큰 돛이 1개, 폭이 30자(9미터)에 길이가 90자(27미터), 높이가 20자(6미터)였는데 배에는 군사 60여 명, 수부 20명에 관리 20명이 탔다. 모두 100명이 넘는 인원이 탄 것이다.

호위선은 그 절반밖에 안 되지만 수부가 20명에 군사 30명이 탔고 빠르다. 돛이 2개여서 주선(主船)보다 배나 빠른 속력을 낸다. 배가 사비수 하류를 빠져나가 대해(大海)로 들어섰을 때 2층 누각에 서 있던 연화가 박영준을 불렀다. 박영준이 누각 안으로 들어서자 연화가 정색한 얼굴로 물었다.

"왜국까지는 한 달 정도가 걸리는데 풍랑을 만나거나 해적과 마주칠 때면 더 걸릴 수가 있어, 알고 있겠지?"

"들었습니다."

박영준이 말을 이었다.

"세 척에 한 척은 배가 난파된다고도 하더군요. 공주님은 여러 번 왕래하셨는데도 살아남으셨으니 대운(大運)을 받으신 것 같습니다."

"이 대선(大船)은 어지간한 풍랑은 견디어내지. 다만 속력이 느리고 옆면 방비가 허술해서 해적들의 공격 목표가 되지."

"해적이 많습니까?"

"왜의 변두리 영주 놈들이 해적질로 먹고살아. 아예 영주 놈들이 해적 선단의 지휘관 노릇을 하는 놈들도 있어."

"그놈들이 위험합니까?"

"특히 지쿠젠과 나가토, 히젠과 부젠의 영주 놈들이 악질이야."

연화가 고개를 절레절레 흔들었다.

"내해(內海) 사누키의 영주 놈들은 더 악질이지."

지금 연화는 박영준에게 왜의 실상을 말해주고 있다. 누각 안에는 시녀 옥금까지 셋뿐이다. 오후 신시(4시) 무렵, 배는 출렁이며 미풍 속을 남진(南進)하고 있다. 내륙을 왼쪽으로 끼고 남하하는 것이다.

"지도를 펼쳐놓아라."

연화가 말하자 옥금이 바로 누각 바닥에 소가죽에 그린 왜국 지도를 펼쳤다. 곧 구부러지고 반이 쪼개진 오이 모양의 왜국 지도가 드러났다.

"우리는 이곳을 지나 내해의 끝이며 왜국의 중심부인 셋쓰에 도착하는 거야."

연화가 손끝으로 내해 끝을 짚더니 그 위쪽을 다시 짚었다.

"여기가 우리 백제방과 천황이 있는 아스카야."

멀다. 눈을 가늘게 뜬 박영준이 심호흡을 했다. 연화가 방금 악질 해적들이 있다는 지쿠젠과 나가토, 히젠, 부젠, 사누키에는 붉은 동그라미를 그려 놓았는데 내해 좌우가 온통 붉은색이다. 그때 연화가 웃음 띤 얼굴로 말했다.

"이봐, 난 지금까지 두 번을 왕래했어, 네 번을 오갔고 지금이 다섯 번째야. 그동안 해적선을 여섯 번 만났는데 호위선을 두 번 잃었다."

연화의 눈빛이 강해졌다.

"본선(本船)을 습격당한 적이 한 번 있었는데 그땐 나도 칼을 쥐고 세 놈을 베어 죽였다."

"장하시오."

마침내 박영준의 얼굴에 쓴웃음이 떠올랐다.

"과연 백제방주시오."

그때 연화가 정색하고 말했다.

"스미코 천황을 보좌하는 것이 내 일이야. 지방 영주들의 세력이 커지면서 중앙(中央)의 세력이 약해지고 있어."

연화가 입을 다물었다. 스미코 천황은 무왕(武王)의 이복 여동생이며 무왕의 부친 법왕(法王)의 딸인 것이다.

항해 나흘째가 되는 날 오전, 돛대 위에 서 있던 '망보기'가 소리쳤다.

"앞쪽에 배요! 2척!"

순식간에 주선(主船)에서 소란이 일어났고 수군(水軍) 조장 두 명이 돛대 위에 오르더니 곧 소리쳤다.

"왜선이오! 해적선 같습니다!"

"해적선이 이곳까지 오다니."

누각에 선 연화가 혀를 차며 말했다.

"점점 북상해 오는구나."

이곳은 백제령 서쪽 남방(南方)의 남서쪽 해상이다. 이제 백제방 방주(坊主)가 탄 주선과 호위선이 육지를 좌측으로 돌아 남해(南海)로 들어서는 참이었다. 누각 아래쪽에 서 있던 박영준이 연화를 보았다.

"방주, 해적선이라면 어떻게 하시렵니까?"

"저놈들은 빠르니 마치 교활한 쥐처럼 우리를 따르다가 밤에 기습해 올 거야."

연화가 눈을 가늘게 뜨고 앞쪽을 응시하면서 말했다.

"계속 쫓아오면서 밤에는 접근해서 배에 기어올랐다가 낮에는 멀찍이 떨어진다. 그렇게 열흘쯤 지나면 쫓기는 자가 지치게 되지."

"육지에 상륙해서 피합니까?"

"그러지 못하게 방해를 한다, 키를 부수거나 돛대를 불화살로 태우지."

"제가 배 안에 대궁 3정을 실어 놓았습니다."

박영준이 웃음 띤 얼굴로 연화를 올려다보았다.

"부소령에서 신라군을 궤멸시킨 기름탄과 유황탄도 3백 개씩 실어 놓았지요."

수부(水夫)는 곧 수군(水軍)이다. 주선에 탄 수군은 선장이 13품 무독 벼슬의 40대 사내로 연화를 세 번째 싣고 왜국을 가는 셈이다. 선장 이름이 복길, 지난번 해적선과의 싸움 때 15품 건무 벼슬로 키잡이였다가 왜선을 들이받아 침몰시킨 공으로 연화가 무독으로 승진시켰다. 그 해전 때 선장이 전사했고 때문에 복길은 선장이 되었다.

"역시 해적선입니다."

복길이 누각 밑으로 다가와 보고했다.

"노(櫓)꾼이 양쪽에 각각 여섯씩 매달린 데다 돛이 2개로 우리 호위선보다 빠릅니다, 방주."

그때 연화와 박영준은 누각에 서 있었는데 과연 다가온 왜선의 선체가 다 드러났다. 왜선은 폭이 10자(3미터), 길이가 40자쯤 되어서 날렵한 뱀 모양이다. 앞머리가 조금 올라가 있어서 머리를 쳐든 뱀 같다. 선체는 검은 옻칠을 했는데 밤에 붙으면 흔적도 보이지 않을 것 같다. 돛은 4각 돛 2개, 갑판 위에 나와 있는 무리도 보인다, 30, 40명. 거리는 7, 8백 보 정도. 해적선 2척은 이제 이쪽 주선과 호위선 2척과 나란히 달리고 있었는데 이쪽의 목적지를 아는 것 같다.

"저놈들이 우리가 누구인지 아는 것 같네."

연화가 누각 기둥에 몸을 붙이며 말했다. 날씨가 흐려지면서 풍랑이 일어나고 있다.

"밤이 되기를 기다리는 것 같다."

그때 복길이 연화에게 물었다.

"방주, 오늘 밤이 지나면 다도해로 들어갑니다. 그냥 나아갑니까?"

"그냥 간다."

"밤이 되기 전에 남해성 포구에 들어갈 수 있습니다. 잠시 쉬는 것이 낫지 않겠습니까?"

남해성은 백제 남방 소속의 바닷가 성이다. 신라와 국경을 맞댄 바닷가 성이어서 백제 수군의 모항 역할도 한다. 연화가 머리를 저었다.

"신라 놈들한테 금방 알려질 것이고 그렇게 되면 오히려 더 위험해진다. 풍랑을 뚫고 나가는 것이 낫다."

"예, 방주."

복길이 사라졌을 때 박영준이 연화를 보았다.

"대궁(大弓)을 보여 드리지요."

"백제방 방주가 탄 모선이 틀림없소."

다로가 헤이찌에게 말했다.

"내가 작년에 저 배를 본 적이 있소. 그때 타시노가 저 배에 받혀서 죽었소."

타시노는 다로가 탔던 배의 선장이었다.

"그 배가 틀림없다면 저 모선에는 백제 공주가 타고 있겠다."

헤이찌가 황소눈을 껌벅이며 다로를 보았다.

"내가 길목을 잘 잡았구나, 다로."

"허나 헤이찌 님, 조심해야 될 겁니다. 저 모선의 군사가 수부까지 합쳐 1백여 명이오."

"그까짓 숫자가 대수냐?"

헤이찌가 코웃음을 쳤다.

"살쾡이처럼 밤에 닭장으로 들어가 한 마리씩 잡아 죽이는 거다. 내가 해적 노릇이 15년이다, 다로."

"예, 압니다, 헤이찌 님."

다로가 커다랗게 머리를 끄덕였다.

"히젠의 헤이찌 님 하면 해적선 무리 중에 모르는 사람이 없지요."

"사쯔한테 신호를 보내라! 밤까지 따라가기만 하라고!"

헤이찌가 소리치자 부하들이 선미로 달려갔다. 다로는 작년에 배를 잃은 후에 떠돌이 신세가 되었다가 지난달 헤이찌의 해적선에 길잡이로 고용되었던 것이다. 다로는 백제와 신라에 자주 다녔기 때문에 수로에 익숙했고 백제 말도 유창했다. 눈치도 빠르고 칼 솜씨도 좋아서 헤이찌에게는 유용한 부하였다.

갑판 아래쪽 창고로 내려온 다로가 뒤를 따라온 소까에게 말했다.

"헤이찌가 방주선을 칠 모양이다."

"가만 보았더니 방주선이 흔들리지 않아요, 형. 남해성으로 들어갈 줄 알았는데 곧장 다도해로 나가는군요."

다로를 따라 헤이찌에게 몸을 기탁한 소까가 말했다. 소까는 다로의 의동생 겸 경호역이다.

"사정이 급하거나 자신이 있는 거다."

다로가 말하더니 판자 틈 사이로 바다를 보았다.

"밤에는 풍랑이 더 심해지겠어. 헤이찌가 배를 붙이는 데 애를 먹겠다."

"어쨌든 우리가 탄 첫 출정 때 백제방 방주선을 알려주었으니 형의 면목이 섰소."

"얄궂은 인연이다."

다로가 쓴웃음을 지었다.

"우리 배를 깨뜨린 놈들을 다시 만나다니, 딱 1년 만이로군."

대궁 3정이 갑판 위에 놓이자 수부들은 물론이고 군사들, 연화를 수행한 관리들까지 모두 몰려와 구경을 했다. 대궁은 갑판 맨 밑의 창고에 넣어 두었던 것이다.

"과연 엄청난 크기로군."

셋이 겨우 당겨야 늘어나는 시위를 보면서 연화가 감탄했다. 모두 입을 딱 벌리고 있다.

"이것으로 이 창을 쏜단 말인가?"

창에는 기름 주머니와 유황탄이 각각 붙여져 있다. 그들로서는 처음 보는 신무기다.

흐린 날씨여서 하늘은 금방 어두워졌다. 헤이찌는 이제 눈앞에 다 된 밥을 보는 느낌이 들었다. 백제방 주선(主船)에는 온갖 보물이 실려 있을 것이었다.

"배를 붙여라!"

헤이찌가 명령하자 기다리고 있던 부하들이 재빠르게 움직였다. 쾌선인 해적선은 회전과 속력이 빠르다. 노잡이가 일제히 노를 젓고 키를 비틀자 해적선은 금방 주선에 접근해 갔다. 어두워지기 전에 가깝게 붙어 있어야 놓치지 않는 것이다. 거리가 8백 보에서 7백 보, 6백 보, 5백 보로 가까워졌다. 모선을 눈여겨보던 헤이찌가 다시 소리쳤다.

"3백 보로 붙어라! 넉넉히 잡고 따른다!"

3백 보라면 화살 사정거리 밖이다. 아무리 강궁(强弓)이라고 해도 2백 보는 넘지 못하는 것이다. 헤이찌가 다시 소리쳤다.

"사쯔에게도 신호를 해라! 우리 옆으로 바짝 붙으라고 해라!"

헤이찌의 자매선 선장에게 이르는 말이다. 헤이찌의 쾌선에는 해적 45명이 탔고 사쯔의 배에는 38명, 모두 죽는 것을 옆집에 가는 것처럼 여기는 악질(惡質)들이다. 배가 3백 보 거리에 닿았을 때 앞쪽 백제 주선 (主船)의 형체가 뚜렷해졌고 갑판을 오가는 군사들이 보였다. 그런데 선미 부근에 여럿이 모여 이쪽을 바라보고 있다.

"저놈들이 우리를 구경하고 있구나."

헤이찌가 웃음 띤 얼굴로 그쪽을 손가락으로 가리켰다.

312

"저놈들은 이제 우리 밥이다, 밥한테 인사를 해줘라!"

그러자 해적들이 일제히 함성을 지르고 손을 흔들었다. 호각을 부는 자도 있고 한 놈은 독전용 북을 쳤다. 바다가 소란해졌다. 백제 모선의 군사들이 놀란 듯 이쪽을 바라보고 있는 것에 신바람이 난 해적들의 함성은 더 높아졌다.

"당겨라!"

박영준이 외치자 시위에 걸린 창끝을 묶은 줄을 군사 셋이 일제히 당겼다. 순간 시위가 만월처럼 부풀었고 10척(3미터)도 넘는 긴 창이 죽 밀려가 창끝만 활에 걸렸다. 그때 박영준이 다가가 창끝의 높이를 조절했다. 표적을 겨냥한 것이다. 그러고는 한 걸음 물러서면서 다시 소리쳤다.

"불을 붙여라!"

그러자 대기하고 있던 군사가 손에 들고 있던 횃불을 활 끝에 달린 기름 주머니의 심지에 불을 붙였다.

"각도를 움직이지 마라!"

다시 주위를 준 박영준이 먼저 왼쪽의 대궁(大弓)의 창끝의 끈을 칼로 내려쳤다.

"휙!"

거대한 화살이 날아가는 소리가 그렇게 들렸다. 모두 화살을 본다. 화살 끝에 달린 심지의 불꽃이 반짝이고 있다. 바다에 파도가 높았지만 겨냥이 틀리지 않았다.

"아앗!"

배 안에서 탄식이 울렸다. 기름탄이 해적선을 지나 바다에 떨어진 것이다. 바다에 떨어지면서 기름이 퍼져서 바다 위에 불덩이가 번졌다.

"각도가 높았다."

박영준이 혼잣소리로 말하고는 두 번째 대궁으로 다가갔다.

"당겨라!"

박영준이 소리치자 군사들이 익숙하게 줄을 당긴다. 이번에는 횃불을 든 군사가 바짝 다가와 명을 기다린다. 박영준이 창끝의 각도를 맞추고는 소리쳤다.

"불을!"

횃불이 재빠르게 심지 끝에 불을 붙였다. 그 순간 박영준이 줄을 끊었고 두 번째 기름탄이 하늘로 날아갔다. 거리는 3백 보, 해적선은 1탄이 옆에 떨어졌을 때 어리둥절한 상태, 해적선 안의 함성이 뚝 그쳤다. 그때였다.

"와앗!"

배 안에서 함성이 울렸다. 기름탄이 해적선 중앙에 꽂히면서 기름불이 퍼진 것이다. 놀란 해적들이 뿔뿔이 흩어지고 있다.

"3탄!"

박영준이 소리치자 오른쪽 대궁의 시위가 힘껏 젖혀졌다. 각도를 맞춘 박영준이 머리만 끄덕이자 횃불을 든 군사가 불을 붙였다. 다음 순간 줄이 끊어졌고 세 번째 기름탄이 날아갔다.

"우와앗!"

이번에도 적중이다. 이제 해적선 주선(主船)의 갑판은 불길에 싸였다.

"기름탄 하나 더!"

박영준이 소리쳤다.

"나머지는 옆쪽 호위선을 쏘아라!"

그러자 이제는 군관들이 제각기 대궁 옆에 붙어 섰다. 박영준의 시범을 보고는 자신 있게 달려든 것이다.

"쾅!"

이번에는 엄청난 폭음과 함께 갑판 한쪽이 날아갔다. 기름 벼락을 맞아 불타오르던 갑판이 부서지면서 하늘로 솟아오른 것이다.

"으아악!"

팔 하나가 어깨에서부터 날아간 해적 하나가 악을 쓰면서 뒹굴었다. 몸에 불까지 붙었다.

"쉬이익! 퍽!"

이번에는 기름 벼락.

"후왁!"

기름이 번지는 소리다.

"으아악!"

"아악!"

온몸이 불덩이가 된 해적들이 날뛰다가 다른 해적의 몸에 불길을 옮겼고 불덩이가 된 채로 바다에 뛰어들었다. 지옥이다, 생지옥. 다로는 문득 부처님의 불벼락이 쏟아져 내린다는 생각이 들었다.

해적 왕(王) 행세를 하던 선장 헤이찌는 세 번째 기름 벼락을 맞고 그야말로 장렬하게 타죽었다. 너무 끔찍해서 보고 있던 부하들이 겁이나 바다로 뛰어들 정도였다. 온몸에 불이 붙어서 새까맣게 타서 쪼그라들 때까지 처절한 비명이 그치지 않았던 것이다.

"으악! 배가 침몰한다!"

누군가 외쳤지만 다로는 이미 알고 있었다. 사쯔의 호위선은 이미 선수를 치켜들고 바다 속으로 빠지기 직전이다. 그 상황에서도 배에서 불기둥이 솟아오르고 있다. 이제 이 배도 옆으로 기운 채 물이 쏟아져 들어왔고 불길은 더 번지고 있다.

지금까지 기름 벼락과 불벼락을 20개도 더 맞았을 것이다. 배 안에 살아남은 해적은 10여 명도 안 되었지만 하나둘씩 바다로 뛰어 내리고 있다. 저 바다는 마치 무덤 같다. 어둠이 덮이기 시작하는 바다를 보면서 다로가 이 사이로 말했다.

"이제 다로의 30 인생도 끝이구나."

의동생 소까는 조금 전 폭발탄과 함께 흔적도 없이 사라졌다. 다로는 몸을 일으켜 바다 속으로 뛰어들었다. 불에 타 죽는 것 보다는 시신이 깨끗할 것 같았기 때문이다.

"이런 신무기가 있었다니."

연화가 밝게 웃었다. 어둠에 덮인 바다 위를 주선과 호위선이 나란히 항진하고 있다. 풍랑은 거칠지만 항해를 못 할 정도는 아니다. 옆쪽 바다 위에 드문드문 불덩이가 보였다. 침몰한 해적선 2척에서 부서져 나온 선체가 기름에 타고 있는 것이다.

"한솔, 이제는 해적선 걱정을 안 해도 되겠어."

연화가 말하자 박영준은 머리를 숙였다.

"기름탄과 유황탄의 화력을 더 강하게 만들어야 되겠습니다."

"저 신무기만 왜국에 갖다 놓으면 천하무적이 될 거야."

"금방 모조품을 만들 것입니다."

박영준의 얼굴에 쓴웃음이 번졌다.

"보기만 해도 만들 수 있을 테니까요."

316

"유황탄도 그럴까?"

"왜국에 유황이 있습니까?"

"아스카 근처의 유황 광산이 있어. 그곳에서 부싯돌을 만들지."

박영준이 머리를 끄덕였다. 신라군도 이미 기름탄, 유황탄을 만들기 시작했을 것이다. 그때 뱃전에 서 있던 수군 하나가 소리쳤다.

"해적 하나가 바다에 떠 있습니다!"

"활로 쏴 죽여라!"

무관 하나가 소리쳤을 때 박영준이 머리를 들었다.

"그놈을 생포해라!"

무관에게 지시한 박영준이 어둠에 덮인 바다를 둘러보며 말을 이었다.

"그놈이 어디에서 왔는지 알아야겠다."

"히젠 오오마 마을에 사는 다로라고 합니다."

무릎을 꿇은 사내가 앞에 선 박영준과 연화를 올려다보았다. 밤, 풍랑은 여전해서 주선은 출렁거리며 천천히 밤바다를 항진하고 있다. 배의 등은 1개만 남겨 놓았는데 왼쪽 육지가 신라령이기 때문이다. 가끔 바닷가 마을의 불빛이 보였다가 멀어져간다. 신라 마을이다.

"네놈 해적 일당은 얼마나 되느냐?"

박영준이 묻자 백제방 소속의 무관 하나가 통역을 했다.

"예, 제가 사는 오오마 마을에 해적선 하나가 있었는데 작년에 이 배에 부딪쳐 침몰했습지요. 소인은 그때 살아남았다가 이번에 잡힌 것이오."

다로의 긴 말을 통역을 통해 듣자 박영준과 연화가 얼굴을 마주보고 웃었다.

"그놈, 나하고 악연이 있구나."

연화가 다로를 노려보았다.

"이제 여기서 그 악연을 끝내주겠다."

통역의 말을 들은 다로가 두 손을 비비면서 소리쳤다.

"소인을 길잡이로 쓰시면 득이 될 것입니다. 제가 내해는 제 손바닥보다도 더 잘 알지요."

다로가 손가락으로 다시 밤하늘을 가리켰다.

"곧 폭풍이 불어옵니다. 앞쪽에 섬이 있으니 섬으로 피했다가 가시지요."

"네놈이 어떻게 그것을 아느냐?"

"바다 냄새가 그렇습니다."

다로의 말이 맹랑하게 들렸지만 박영준이 머리를 돌려 연화를 보았다.

"저놈 말을 믿고 배를 섬에 대 보시지요, 날씨가 심상치 않습니다."

과연 근처에 말굽형의 작은 섬이 있었다. 다로가 안내해준 것이다. 말굽 안으로 배를 넣었을 때 기다렸다는 듯이 폭우가 쏟아지면서 바람이 휘몰아쳤다. 태풍이다. 서둘러 배를 맨 박영준과 연화가 서로의 얼굴을 보았다. 이곳은 방파제 역할을 해서 비만 뿌렸지 바다는 잔잔했던 것이다. 연화가 정색하고 말했다.

"저놈 쓸 만한 놈이야, 데려가기로 하지."

비바람은 더욱 거칠어졌지만 말굽형의 섬은 안전했다.

다음 날 아침, 폭풍은 언제 그런 일이 있었느냐는 것처럼 사라지고 푸른 하늘에 구름 한 점 없는 청명한 날씨, 바람까지 남동풍으로 바뀌어 백제선(船) 2척은 서둘러 포구를 빠져나왔다.

이곳은 다도해(多島海), 작은 섬들이 많다고 예전부터 불리던 해역이다. 남쪽이어서 날씨는 따뜻했지만 이제 이곳은 신라령이다. 섬 구석에 숨어 있던 신라 순시선이나 전함이 뛰쳐나올지도 모르는 터라 연화는 전속 전진을 지시했다.

"지난번에는 신라 순시선을 만나 뱃머리로 들이받아야만 했어."

연화가 앞쪽 섬들을 둘러보며 말했다.

"신라 전선(戰船)은 연안용이어서 작지만 빠른 데다 보통 3척에서 5척씩 무리를 지어 나타나지. 백제 상선을 보면 물개 떼처럼 달려들어서 재물을 빼앗고 사람은 노예로 팔아먹는 놈들이야."

"그러면 백제 군선(軍船)도 신라 상선이나 순시선을 만나면 그렇게 합니까?"

"당연하지."

그때 누각 아래에 서 있던 다로가 앞을 가리키며 왜어로 소리쳤다.

"앞이 소용돌이오! 왼쪽으로 돌아가야 합니다. 10리쯤 앞에 바닷물이 검게 변한 곳이 있소, 그곳이오!"

연화가 웃음 띤 얼굴로 박영준을 보았다.

"10리쯤 앞이 소용돌이 해역이라네. 그 물살에 휩쓸리면 여지없이 바다 속으로 끌려 들어가지, 다로 저놈이 해역에 밝구먼."

선장 복길도 소용돌이 해역을 아는 터라 서둘러 선수를 돌리고 있다.

"이리 오너라."

배가 소용돌이 해역을 비켜 지나갔을 때 박영준이 손짓으로 다로를

319

불렀다. 갑판 구석의 닻줄을 감아놓은 곳이다. 주춤거리며 다로가 다가오자 박영준이 백제어로 물었다.

"너 백제어 아느냐?"

백제어는 곧 신라어나 같다. 고구려인은 만나지 못했지만 그들도 같은 언어를 쓴다는 것이다. 그때 다로가 머리를 끄덕였다.

"압니다, 나리께선 제가 백제어를 알고 있다는 것을 어찌 아셨습니까?"

"네가 우리말을 알아듣는 것 같았다."

"속일 생각은 없었습니다, 나리."

"네가 나한테 왜어를 가르쳐라."

박영준이 정색하고 다로를 보았다.

"지금부터 넌 내 하인이다. 방주께도 허락을 받았으니 그리 알아라."

"예, 나리."

다로의 얼굴이 환해졌다.

"감찰관 나리의 부하가 되었으니 광영이올시다."

"우리가 셋쓰에 닿을 때까지 내가 왜어를 익힐 것이다."

박영준이 정색하고 다로를 보았다.

"네 놈도 열성을 다해야 될 것이야."

<3권 계속>

320